누구에게나
사랑의 순간은 온다,

마치
마법처럼

§마치 마법처럼§

2017년 2월 22일 초판 1쇄 인쇄
2017년 3월 10일 초판 2쇄 발행

지은이 § 박지영
발행인 § 곽동현
기획&편집디자인 § 신연제, 이윤아
발행처 § (주)조은세상

등록 § 2002-23호(1998년 01월 20일)
주소 § 경기도 연천군 미산면 청정로 1355
Tel § (02)587-2977
e-mail romance@comics21c.co.kr
블로그 http://goodworld24.blog.me

값 9,000원

ISBN 979-11-5832-889-4

누구에게나
사랑의 순간은 온다,

마치
마법처럼

박지영 장편소설

(주)조은세상

GOOD WORLD ROMANCE NOVEL

contents

— *16. 8. 29.*

[뉴스 속보입니다. 29일 오전 10시 무궁화호 열차 탈선사고가 일어났습니다.

기차 앞부분이 선로를 이탈하여 뒤집힌 사고로, 열차 전체 9량 가운데 기관차를 비롯하여 모두 3대의 객차가 선로를 벗어났습니다.

이 사고로 기관사 55살 김 모 씨와 승객 7명이 숨지고, 승객 10명과 부기관사 등이 다친 가운데 5명이 중태인 것으로 알려졌습니다.

기관차가 완전 전복될 정도로 큰 규모의 사고이나, 평일 오전 기차인데다 승객 대다수가 탈선하지 않은 뒤쪽 객차에 있어 더 큰 대형사고는 막을 수 있었습니다.

119구조대원들에게 구조된 부상자는 인근 병원으로 이송 중이며……]

— *8. 29.*

내리길 잘했다.

창밖 풍경을 내다보다 충동적으로 내린 간이역에서 지희는 그렇게 생각했다. 보답하듯 철로를 따라 강줄기처럼 흐르는 구절초 무리가 살가운 고갯짓을 한다. 반가워, 라고. 노란 꼭지의 포인트로 인해 꽃잎이 희고 곱다.

떠나는 여름 위로 가을이 사푼거리는 계절. 유독 가시거리가 좋은 날이다. 하늘은 코발트블루 바다를 품었고, 봉긋한 산등성이는 엄마의 젖가슴처럼 푸근해 보인다.

진작 올걸. 이게 뭐 어렵다고.

삶의 돌파구. 무작정 가방을 싸들고 서울역으로 향하던 순간까지도, 그런 거창한 슬로건은 없었다. 막연히 꿈꾸면서도 막상 도전해보지 못하던 혼자만의 여행이기에 설렘보다는 두려움이 앞섰다.

그런 여행을 덜컥 시작한 건, 우연찮게 발견한 십 대 시절의 메모 때문이었다.

『지금 행복한 게 중요해.
지금 행복하지 않다면 나중도 없는 거야.』

문학소녀를 흉내 낸 사춘기 낙서인지, 어느 서적에서 베낀 문구인지 명확히 기억나지 않았다. 단순하다면 단순한 글귀였고, 유치하다면 유치한 글귀였다. 한데 그날따라 다르게

누구에게나
사랑의 순간은 온다.

한 자 한 자 귀이개처럼 속을 후벼 팠다. 행복, 지금의 행복이라. 그런 감정을 느낀 적이 언제였나. 있긴 했나.

그런 생각이 들자마자, 문득 떠나자!는 욕구가 일었다.

오염된 도시를 탈출하는 거니 후미진 시골길이 좋겠다. 가다 보면 바다도 보이겠지. 아예 최종 목적지를 바다로 할까.

그렇게 여행길을 나섰다.

여행이란, 그 단어만으로도 충분히 신선하고 멋지지 않은가.

위안거리를 찾는다면 그나마 행운일 것이고, 설사 무無의 여행일지라도—멧돼지와 만나 갈비뼈 한 대 나갔다는 식의 용감무쌍한—일화 하나쯤 건지면 되지.

맞다, 삶의 돌파구. 까짓것 거창한 슬로건도 내걸어보자!

지희는 플랫폼에서 주변 전경을 실컷 제 눈에 담은 후에야 역사로 들어갔다. 안에는 전산승차권단말기 대신 초록색 바리케이드 칸막이가 전부였는데 그마저도 활짝 열려 있었다.

거뜬히 칸막이를 통과했다. 자그마한 반달 구멍이 뚫린 매표소도 텅 비어 있어 무심히 지나치려는 찰나.

"어디서 왔어요?"

손수건으로 손을 닦으며 반백의 역무원이 유리 구멍 너머로 나타났다. 낯설고 젊은 아가씨의 방문이 새삼스러운 표정이었다.

마치 마법처럼 9

"서울이요."

멈칫한 지희는 뒤꿈치를 빙그르르 돌렸다. 대치하듯 매표소 안쪽 역무원과 마주보고 선 어정쩡한 자세로 부리나케 가방을 뒤졌다. 기차에서 대강 넣어뒀던 표가 도무지 찾아지지 않았다.

표 하나 찾는데 허둥거리며 오래 걸리는 그녀를 따분한 눈빛으로 보던 역무원이 설설 손짓했다. 됐다. 그냥 가시게.

"아! 여기."

그제야 지희 손끝이 표를 걸어 올렸다.

꾸깃꾸깃한 표를 일별하며 역무원이 끄덕거리며 검지와 엄지를 붙인 손가락을 들었다. 오케이.

번거로운 확인 없이 곧바로 승인해주는 그의 시원시원함에 지희는 머쓱한 미소로 답례했다. 야무지지 못한 아가씨이긴 해도, 도둑 승객은 아니랍니다.

꾸벅 고갯짓하고 돌아섰다.

미닫이창 아래 놓인 낡고 투박한 대기실 의자가 보였다. 의자 등받이가 붙어 있는 벽 쪽은 군데군데 페인트칠이 벗겨져 긴 세월의 흔적을 고스란히 나타냈다.

휘둘러보다, 역사 밖으로 나왔다. 작은 역사의 지붕에는 적당한 크기의 간판이 중앙 자리를 떡하니 차지하고 있었다. 턱을 세워 간판을 올려다봤다.

인정人停**역.**

사람 人에 머물 停, 사람이 머무는 역.

스쳐 지나가는 이의, 떠나는 이들의 발길을 잡는 이름이다.

이 역에 머물러야 할까?

말간 입술이 찌익 늘어났다. 여행의 설렘이 곱절로 가중된다. 왜인지 좋은 일이 일어날 것 같다.

쾌활하게 다리를 움직여 역과 이어진 골목으로 들어섰다.

첫 번째 점포는 파랑 하늘과 보색대비 되는, 초점을 확 사로잡는 간판이 달려 있었다. 역전다방. 도시의 테이크아웃 카페의 명칭과 사뭇 비교되는 촌스런 이름에 키들키들 웃음이 나왔다.

지극히 아날로그적 풍경이 정겹다. 역전다방뿐이 아니다. 좁은 1차선 도로의 옆구리를 끼고 있는 풍경 전체가 그렇다. 마치 타임슬립을 하여 과거로 들어선 기분이다.

「장수사진관」

반 블록 떨어진 위치의 점포에 달린 낡아빠진 현판이 눈에 띄었다. 전문가 솜씨 못지않은 근사한 활자조각 현판이었다. 그 밑으로 알루미늄 샤시문 상단에도 소형 나무판이 붙어 있었다.

지희는 문구를 읽으려 나무판에 코를 들이밀었다. 매직펜으로 쓴 필체가 또박또박 정성 어리다.

「운영시간
평일 오후 6시 / 주말은 쉼

60세 이상 사진 무료」

왜 60세 이상만 무료인 걸까? 60세란 황혼기에 접어든 나이므로, 당신들의 사진 대부분은 영정사진으로 쓰일 것이다. 또한 영정사진을 미리 찍어두면 장수한다는 속설이 있다. 장수사진을 찍어주기에 사진관 이름이 장수사진관일까. 어쩌면 떠날 날이 머지않은 이들을 위한 따뜻한 봉사인지도.

지희는 빙그레 웃었다.

"오. 아빠 얼굴이 훌륭하네."

사진 안쪽 장식대에 진열된 액자들을 구경하며, 지희는 혼잣말로 감탄했다. 예닐곱 살쯤 된 여자아이와 너덧 살배기 사내아이를 각각 무릎에 앉힌 젊은 가족은 화기애애한 비주얼을 담당했고, 흰 정복을 갖춰 입은 해군 장교 사진은 듬직했으며, 흰머리 할머니의 독사진은 단아했다.

"사진 찍을 텨?"

불쑥 질문이 날아왔다. 톤이 제법 세고 목청이 높은.

진열창에 코 박고 있던 지희는 화들짝 등마루를 세웠다. 목소리 주인은 자글자글한 주름이 인자한 노인이었다. 문가에서 빼꼼 나온 머리통이 방아깨비처럼 까닥거렸다.

"돈 안 받을 테니 들어와서 한 장 찍어."

"네?"

저는 왜 무료예요?

갸웃하며 의아해하는데, 노인이 손날을 휘휘 젓고서 안쪽으로 사라졌다. 들어와, 들어와.

사진이라. 그것도 공짜 사진.

사진관에 들러서 사진을 찍었던 적이 언제였나. 마지막 기억이 벌써 햇수로 4년 전이다.

입사지원서에 붙일 증명사진이 필요하여 곱게 단장하고 들른 사진관. 그 사진관에서 찍은 증명사진을 붙인 입사지원서로 물류회사 영업지원팀에 대번 합격했고, 4년을 회사에 올인했다. 허튼 데 정신 팔지 않고 일만 매진했다. 파란만장한―할 뻔했을지도 모를―20대 청춘을 과감히 받친 거나 마찬가지다.

완벽주의자는 아니다. 워커홀릭(workaholic)은 더더욱 아니다. 단순히 월급과 성과급이 필요했고, 야근수당이 절실한 지극히 현실적인 문제였을 뿐이다. 그 덕분에 월급 이상의 적정 금액을 수령하며 학자금 대출을 갚았고, 고생하는 부모에게 조금이나마 보탬이 될 수 있었다.

그 회사를 3개월 전 그만두었다. 경영 악화로 인한 인원 감축으로 어쩔 수 없이.

"후딱 들어 오랑께!"

상념을 깨우는 성미 급한 외침이 문턱을 넘어왔다. 사진 찍기로 정한 것도, 사진 찍어 달라 조른 것도 아니건만, 노인의 채근은 오히려 당당했다.

그래, 어차피 증명사진이 필요하니까.

지희는 짐짓 씩씩한 걸음으로 사진관에 입성했다.

노인이 자신의 연세만큼이나 노쇠한 수동카메라 곁에서

기다리고 있었다. 먼저 스튜디오 벽면을 채운 짙은 계열의 커튼과 함께 시선을 잡아끄는 물체가 있었다.

우드 바닥 중앙을 차지한 의자. 세기말 유럽의 대저택에 사는 백작부인이 앉을 법한 고풍스러운 의자였다. 저절로 입이 벌어졌다. 저 골동품 의자는 대체 어느 나라에서 구해오신 거예요?

"뭘 꾸무럭대? 싸게 가서 앉어!"

"저기서 찍어요?"

지희가 머뭇거리자, 노인이 고약하게 성내었다. 백작부인 의자와 자신의 일상복 차림새가 물과 기름처럼 어우러지지 않을 듯해 이제 와 내키지 않았다.

"그럼? 바닥에 쪼그려 앉아 찍을 텨? 똥 싸는 거 맨치?"

아. 하필 빗대어도.

"아니요."

성미가 괴팍스러운 노인에게 잘못 걸려든 기분을 곱빼기로 들이켜며, 지희는 가방을 바닥에 아무렇게나 놓았다. 옷매무새도 대충 만지고 의자에 착석했다. 그러곤 고상하게 양손을 모아 무릎에 놓았다. 짐짓 백작부인처럼.

"거울 안 봐도 되남?"

"……봐야 할까요?"

몰골이 영 아닌가 하고 걱정하는데,

"아녀. 쓸만혀."

노인이 인심을 썼다.

영 아닌 건 아닌 모양이라고 안도는 되는데, 석연치 않은 찌꺼기가 머리끄덩이를 잡아당겼다. 거울을 볼까, 살짝 봐야 하지 않을까? 쓸 만하다라 했으니 그나마 써먹을 만한 건가.

"표정이 왜 그려? 어디서 쥐어 터져온 사람 맨치. 싸게 웃어봐."

"증명사진이 필요한데요?"

"증명사진이라고 뭐 다른감. 그리 죽을상을 하고 있으면 못 써. 뭐든 첫인상이 중요한 건디. 어디 첫인상뿐인가. 항시 생글생글 웃어봐. 웃는 상相에는 없던 복도 엉겨 붙기 마련이여."

"아."

요 근래 생글생글 웃지 않아서 복이 엉겨 붙지 않는 건가. 아니, 나 잘 웃는 편인데? 혹시 나 울상인가?

스스로에 대한 평가가 객관적이지 않아, 꼬리에 꼬는 무는 상념이 이어갔다. 이러다간 끝도 없을 것 같아, 지희는 속히 털어냈다. 그러고 나서 입꼬리를 광대 가까이 당겼다. 억지로 찌익—

"아이고, 못 쓰겠네."

일순 몹쓸 걸 본 양 노인이 진절머리를 쳤다.

너무나도 솔직한 언사에, 지희의 눈동자가 게슴츠레 졸아들었다. 죄지은 심정으로 고개를 깊숙이 조아렸다. 이렇게밖에 웃지 못하여 매우 죄송합니다.

"거 마땅한 게 없나?"

갑자기 노인이 카메라에서 떨어져 사방을 들쑤시고 다녔다. 지희는 터무니없이 분주한 노인의 움직임만 심드렁히 지켜봤다. 장바구니에 담아놓은 농^非거리라도 찾으시는 겐지요.

"어이! 자네!"

기다리느라 무료하여 나른해지던 찰나, 노인이 버럭 소리쳤다. 노인의 손가락이 가리키는 곳을 좇으니, 사진관 입구에서 어슬렁거리는 그림자가 포착되었다.

볕이 그슬린 자리라 그림자의 형체는 까맸다. 어렴풋이 샤시문보다 한 뼘은 더 큰 키와 넓은 어깨만 포착될 뿐이었다.

"저 말입니까?"

묵직한 중저음. 어투가 건조했으나 서늘하지는 않다.

"거서 얼쩡거리지 말고 당장 들어와!"

노인이 거침없이 호령했다. 참으로 밑도 끝도 없는 노인네다.

남자가 어르신의 명령을 순순히 따랐다. 기다란 몸을 구기고 들어서는 그의 정수리가 닿을 듯 아슬아슬하게 문을 넘겼다.

이윽고 백색 형광등 아래, 남자의 형체가 드러났다. 가벼운 야상점퍼 차림새에 커다란 가방을 들쳐 멘 행색으로 보아 그도 여행객이었다. 지희처럼 사진관을 구경하다 노인에게 발목 잡힌.

형광등 빛이 남자 얼굴을 비췄다.

누구에게나
사랑의 순간은 온다,

그의 이목구비를 보자마자, 지희는 저도 모르게 숨죽였다.

단순히 미남이나 준수하다고 표현하기엔 뭔가 부족한, 절대 흔하지 않은 인물. 전체 선이 날카롭지 않음에도 강렬하고, 강렬하면서도 부드럽다. 이중적인 매력을 가진 드물게 고상한 외모. 더불어 별다른 몸짓을 하지 않았는데 고갯짓, 어깻짓에서도 기품이 뚝뚝 떨어진다. 야상점퍼를 입었는데도.

백작부인 의자에는 그쪽이 앉으셔야겠어요.

이상한 건, 어딘지 낯익었다. 분명 본 적 없는데 본 것 같은.

TV 등의 미디어에서 본 사람인가. 요즘은 굳이 연예인이 아니라도 SNS 스타들이 넘쳐나는 세상이라 인터넷 서핑 중에 스치듯 본 사람일 가능성도 있다. 그가 그런 유를 즐길 사람으로는 보이지 않지만.

시선을 느꼈는지, 남자의 초점이 옮겨왔다. 눈이 마주치자마자, 지희는 멋쩍음에 턱을 당기며 살며시 눈짓했다. 저도 포로랍니다.

그는 냉정하게도 아무런 반응도 하지 않았다. 사람 민망하게 무뚝뚝한 표정으로 뚫어지게 바라볼 뿐이었다.

지희는 공연히 울컥했다. 보질 말던가. 보려면 웃어주는 성의라도 보이던가. 본래 무뚝뚝한 사람인 건지. 관심 없는 여자라 조금의 성의도 성가신지. 피.

"자네, 여기 서게."

노인이 스스럼없이 남자의 허리춤을 잡아 자신 곁에 두었다. 주춤하면서도, 남자가 반항 없이 손길에 따랐다. 알아서 제 몸의 힘도 빼고 고분고분 응해주었다.

"아이고, 아이고."

노인의 손이 남자의 허리를 주물럭거렸다. 감탄사를 연발하며 굵고 단단한 허리라인을 손바닥으로 쓸고, 꼿꼿한 등마루를 쓰다듬기 시작했다. 지켜보는 지희의 동공이 퀭해질 지경으로. 할아버지, 그거 성희롱 아닌가요?

"좋다, 아주 단단혀. 인물도 훤하고 키도 훤칠하고. 내 손주 삼고 싶구먼. 올해 몇이여?"

"서른둘입니다."

여름수박 고르듯 제 몸을 더듬거리는 손길에도, 남자는 자세를 흐트러뜨리지 않았다. 대답도 정중했다. 성품 자체가 예의 바른 사람 같다. 억양도 의젓하고 발음도 또박또박 바르고.

"그려, 좋을 때네. 처자는 몇?"

난데없이 지희에게 질문이 토스됐다.

"스물여덟이요."

얼결에 대답하자,

"서른둘과 스물여덟이면……."

노인이 하나, 둘, 서이, 너이, 하고 손가락을 꼽았다. 그러더니 딱! 손바닥 박수를 쳤다.

누구에게나
사랑의 순간은 온다.

"네 살 차이네. 사주궁합도 안 본다는 네 살. 그려, 그려. 딱 좋네, 좋아. 이왕 이렇게 된 거, 둘이 결혼혀."

"네?"

"자네, 애인 있는가?"

황당하여 또르르 눈알을 굴리는 지희를 무시하고, 노인이 남자에게 질문을 불쑥 던졌다.

"없습니다."

예의 기름을 전신에 바른 남자가 즉시 응답했다. 지희도 만만치 않았다. 저도 모르게 머릿속으로 '이런 남자도 애인이 없구나.' 하고 딴생각하다가,

"처자는? 애인 있어?"

"아니요."

기습적으로 날아온 질문에 무심코 답했다. 두 사람 모두 약빠른 노인에게 휘둘리고 있었다.

"좋구먼. 거치적거리는 것도 없고. 딱 결혼하면 되겠네. 그지?"

저희 모르는 사이인데요.

해맑게 자신을 보는 노인을 지희는 게슴츠레하게 보았다. 서로 거치적거리는 애인도 없다는 이유로 생전 처음 본 남녀의 중신 서는 할아버지가 기막혔다.

"어차피 옛날에는 신랑 얼굴도 모르고 시집들 갔어. 근데 지금은 시대가 얼마나 좋아. 만나고 싶을 때 만나고 결혼하고 싶을 때 결혼하고."

그건 옛날이고 지금은 2016년이잖아요.

"어차피 할 때 하는 겨. 그러니 이참에 결혼혀."

연이어 무언의 눈빛으로 읍소하는 지희의 속내를 읽은 양 노인이 넉살스레 방긋거렸다. 희한한 건 노인 양반이 그러는 동안에도 남자는 묵묵히 제 자리를 지키고 있다는 거였다.

대체 남자는 어떤 반응을 할까, 궁금하여 지희는 슬그머니 남자의 눈치를 살폈다. 그 순간 남자와 눈이 마주쳤다. 마치 그녀를 보고 있었던 것처럼.

심장이 움찔했다. 그의 눈동자가 심장 언저리를 건드린 것처럼.

한데 눈이 마주친 것을 인식하자마자, 남자가 회피하듯 눈길을 허공으로 돌려버렸다. 단 1초 만에.

일순 기분이 상했다. 지금, 거부하시는 겁니까? 저도 그쪽 한테 관심 없거든요. 전혀!

"아이고, 농담인디? 내가 결혼하란다고 진짜로 할 것도 아니면서 뭘 그리 부끄러워하는 감? 어쭈, 서로 눈도 못 마주치네?"

"왜 그러세요, 할아버지."

"목소리도 그세 바뀌었네? 아까는 망둥이처럼 통통거리더니, 웬 앙탈이여? 어데 잘 보일 사람이라도 생겼는감?"

볼멘소리를 내는 지희에게 그가 잔망스레 키들거리며 입술을 음흉하게 찌그러뜨렸다.

"저 사진 안 찍을래요!"

누구에게나
사랑의 순간은 온다,

"알았어. 알았어. 안 그럴게. 성질머리는."

엉덩이를 떼는 지희에게 노인이 서둘러 손사래 쳤다. 그러면서도 기어이 한 소리 보태었다. 그를 샐그러지게 흘기며 지희는 붕 떴던 엉덩이를 도로 내렸다.

'함 해봐.'

지희에게 노인이 눈짓하며 입을 벙긋거렸다. 능청스런 눈동자가 가자미처럼 남자 쪽을 가리켰다.

'뭘요? 저보고 저치한데 작업이라도 걸라고요?'

'그지. 그거지.'

어째 죽이 척척 맞는 노인과 지희다. 입 모양 대화가 쏙쏙 이어갔다.

흥. 지희는 벙긋거리던 입술을 삐죽 다물었다. 더는 노인의 장단에 놀아나지 않으려, 짐짓 냉담히 외면했다.

"얌체 같은 표정은 왜 짓고 그려? 내가 뭘 어쨌다고?"

노인이 이죽거렸다. 하나 지희는 절대 동요하지 않고 꼿꼿한 자세를 유지했다. 지희의 속내를 파악한 노인의 입술도 삐죽, 얌체처럼 새침해졌다.

"자네."

불똥이 남자에게로 날아갔다.

"장승처럼 그러고 있지만 말고 뭐라도 혀."

묵묵히 있던 남자가 뭘를, 하는 눈빛을 내렸다.

"내가 괜히 가던 사람을 부여잡았겠는감? 자고로 사람은 할 일이 있는 법이여. 얼른 저 아가씨를 웃겨봐. 사진을 찍어야 하는디 저 아가씨가 웃는 게 영 시원찮구먼. 자네가 뭐라도 해서 웃게 만들어."

"……제가, 왜?"

드디어 남자의 표정이 바뀌었다. 당혹감이 서린 남자의 낯빛이 자못 인간적이었다.

"아이고! 그럼 이 노인네가 하리?"

되레 노인이 크게 나무랐다.

노인의 적반하장이 기막혀, 지희는 속으로 혀를 내둘렀다. 잘못 걸려도 단단히 잘못 걸렸다. 백작부인 의자에서 대기 중인 자신은 그렇다 쳐도, 애먼 여자를 웃기는 광대 노릇까지 해야 하는 저 남자는 특히 더.

지희는 문득 남자에게 동정심이 느껴졌다. 파이팅! 힘내세요! 열심히 눈을 깜박이며 응원의 신호를 보내었다.

남자는 특이했다. 보통 저런 식으로 억지 부리는 노인에게 성질을 내거나 휑하니 무시할 법도 한데, 전혀 그러지 않았다. 바른 자세로 노인의 모든 언사를 정중히 듣고, 정중히 대했다. 심지어 진지하게 눈꺼풀을 내리깔고 무언가를 곰곰이 생각하고 있었다.

설마, 어떻게 웃겨줄지 고민하는 거야? 무뚝뚝한 포스를 물씬 풍기는 남자에게서 의도치 않은 허술한 면모를 발견하는 듯해, 지희는 재미있어졌다.

드디어 그의 큼직한 목울대가 실룩했다.

지희는 기대했다. 그가 어떤 행동을 할지 도통 가늠할 수 없었기에, 흥미가 더해졌다.

"웃어요."

불쑥 남자가 던졌다. 짧고, 뚝뚝한 강요를.

골똘히 고민하시더니 고작 결론이 그거예요? 웃으란다고 웃을 사람이 어디 있나요. 하긴 웃겨보란다고 웃길 수 있는 사람도 없겠지만.

황당해서일까.

"쿡."

잇새에서 콧소리 섞인 웃음이 새어나왔다. 쏟아진 웃음을 숨기지 않으며 지희는 설핏 남자에게 눈짓했다. 당신의 노력이―과연 노력이 있었을까―가상하여 웃어준 거니 괜한 오해 말아요.

"그렇지! 그리 웃어야 인상이 살지. 복도 넝쿨째 들어올 인상이구먼."

반색한 노인이 거한 칭찬을 이어갔다. 노인의 눈에도 지희 미소는 어여쁜 모양이다. 남자의 동공도 미소 띤 지희 얼굴에 긴 시간 머물렀다. 꿰뚫어보듯 깊은 눈길이라, 지희는 괜스레 부끄러웠다. 그래도 싫은 느낌은 아니다.

"그대로 고개 들고."

노인이 카메라 렌즈를 들여다봤다.

지희는 명령에 따라 그대로 고개를 들었다. 웃음의 영향인지 날갯죽지까지 번져 있던 긴장이 스르륵 사라졌다. 몸의 움직임도 둔하지 않았다. 자신감이 상승하여 뽐내듯 턱을 세우고 야들야들한 미소를 함박만큼 지었다.

찰각. 찰각.

디지털카메라와 사뭇 다른 옹글진 셔터 음이 들렸다. 동시에 불꽃 같은 플래시가 팡팡 터졌다. 거대한 안개 숲에 진입한 것처럼 망막이 허옇게 부서졌다.

— *16. 8. 29.*

"의식 불명 환자입니다!"

119대원들이 응급침대 2개를 밀고 들어왔다. 인정병원 응급실 센터는 아수라장이나 다름없었다. 병원 인근에서 발생한 열차 탈선사고로 인해서였다.

사망이나 중태 이상의 사상자는 많지 않으나 경상자가 많았다. 너도나도 아프다고 병원을 찾은 승객들이 넘쳐나는 바람에 장날 도떼기시장처럼 소란스러웠다.

"3번 객차 지붕 아래 깔려 있었습니다."

의사들이 달려왔다. 북적거리는 인파를 헤치고 응급센터 안쪽까지 응급침대를 밀고 간 구조대원이 긴급하게 덧붙였다.

"어느 쪽이요?"

응급의는 서둘러 1개의 침대를 살폈다.

오른쪽 침대에는 관자놀이 부위가 깨져 피로 홍건한 남자가 실려 있었고, 왼쪽 침대에는 혈흔의 흔적은 없으나 창백한 여자가 누워 있었다. 여자의 모습은 외양이 깨끗할 정도로 멀끔하여 마치 깊이 잠든 것 같았다.

"둘 다요."

"이런."

그렇지 않아도 손이 모자란 의사들이었다. 한데 의식 불명 환자가 둘이나 한꺼번에 왔다. 그런데다 둘 다 상태가 심각해 보였다.

"두 사람은 그나마 좌석의자 사이에 끼어 있어 신체에 큰 상처는 입지 않았으나, 지붕이 내려앉으면서 의자 등받이가 남자 머리를 눌렀습니다. 그로 인해 두개골이 파괴되어 피가 많이 난 듯합니다. 그리고 여자는 구조 당시부터 호흡이 불안정했습니다."

119대원의 설명을 들으며 응급의가 동공을 확인했다.

남자는 현재 의식 불명이긴 하였으나 다행스럽게도 두개골 상처는 깊지 않았다. 뇌신경도 약하게 반응했고, 호흡도 규칙적인 편이었다. 문제는 여자였다. 호흡이 제대로 이뤄지지 않아 산소호흡기에 의지하고 있는데다 동공반사도 없었다. 아무래도 사고 당시 경부 압박이나 흉부 압박 등의 사유로 산소 부족에 장시간 노출된 듯하다.

"김샘! 김샘은 남자를 1번 베드로 옮기고. 유는 이쪽으로."

응급의가 짤막한 남자에게 지시하고 부리나케 여자에게 바짝 붙었다. 그가 인턴과 함께 조심스럽게 여자를 응급침대에서 베드로 옮겼다. 여자를 베드에 놓던 인턴의 한 팔이 삐걱거렸다.

"조심해!"

바락 언성을 높이는 응급의 음색이 날카로웠다. 자칫하면 뇌사로 빠질 위험이 있었기에 신경이 극도로 예민해진 탓이었다.

"죄송합니다."

시퍼런 낯빛이 된 인턴이 식은땀을 흘렸다. 여자를 베드로 옮기자마자 응급의가 분주하게 여자 상의를 열고 심장 모니터 선을 달았다. 인턴이 심박과 혈압을 급히 확인했다.

"세츄레이션은 70, 혈압 47입니다!"

"인투베이션하고, 아트로핀 줘."

응급의의 지시가 떨어지자마자 간호사가 기관 삽관튜브를 준비했다. 그때, 띠— 심장 모니터에서 귓바퀴를 찌르는 듯한 전자파가 울렸다. 일순 여자의 낯빛이 꺼멓게 죽었다.

"제세동 준비해!"

재빠른 손길이 차지버튼을 눌렀다. 윙— 소리를 내며 제세동이 작동했고, 인턴에게 젤 바른 패들을 넘겼다.

"300줄! 물러서!"

응급의가 여자 가슴에 패들을 댔다. 전기충격을 받은 여자의 가슴이 맥없는 지푸라기처럼 공중으로 붕 떴다 가라앉았다. 야속하게도 모니터 선은 변함없었다.

"300줄!"

심호흡하며 응급의가 연신 패들을 여자의 가슴에 대었다.

그제야 띠— 하던 울음이 뚝 끊기며 모니터의 세동파가 사라졌다.

"제가 하겠습니다!"

평탄파로 돌아온 모니터를 확인하자마자, 인턴이 제 실수를 만회하기 위해 재빨리 심폐소생술에 돌입했다.

"하나, 둘, 셋……."

흉부 압박을 가하는 인턴의 이마에 구슬땀이 송골송골 맺혔다. 숨죽인 채 광경을 지켜보는 사람들은 하나같이 염원했다. 제발 돌아와라, 돌아와.

"……스물일곱, 스물여덟, 스물아홉……."

삐, 삐.

심전도 파형이 꿈틀거렸다. 돌아왔다! 또렷이 지켜보던 다른 인턴이 탄성을 내질렀다.

"수고했어. 인공호흡기 연결하고 CT부터 예약해."

심장 마사지에 열중하였던 인턴이 안도의 한숨을 쉬며 제 이마의 땀을 훔쳤다. 냉랭한 분위기를 조성하던 응급의가 인턴의 어깨를 다독였다.

인공호흡기가 달리니 마침내 심전도가 안정권에 들었다. 비로소 그녀의 심장이 제대로 뛰기 시작한 것이다.

정상임을 확인한 응급의는 1번 베드로 옮긴 남자 쪽으로 이동했다. 뛰듯이 걸어가며 그가 자신의 손목시계를 확인했다. 시곗바늘이 11:32를 가리켰다.

— *8. 29.*

"잘했어! 아주 훌륭혀."

노인이 카메라 셔터 누르기를 끝냈다. 굵은 엄지를 들며 흡족해하는 그의 칭찬에 지희의 뒤꿈치가 들썩였다.

"잘하는구먼. 진작 그리하지 그랬어?"

과한 칭찬이 다소 민망하였으나 한편으로는 큰일을 해치운 양 어깨가 으쓱거렸다. 어린아이처럼 해맑게 즐거워하는 노인의 미소가 기분을 한껏 상승시켰다.

저 어땠어요?

들떠서인지 남자의 반응도 알고 싶었다. 무시당할 각오를 하고서, 넌지시 남자를 올려다보았다.

일순 남자의 엄지가 들렸다.

예상외의 행동이라, 지희는 깜짝 놀랐다. 거짓말처럼 일자로 곧추세워졌던 엄지는 곧장 사라졌다. 심히 안타까운 점은 엄지에 온통 시선을 뺏겨, 남자의 표정을 미처 보지 못한 거였다.

어떤 표정을 지었지? 칭찬의 미소를 지어준 건가.

표정을 살폈으나 이미 때를 놓쳤다. 멋쩍어서인지 휙, 돌려버린 옆얼굴의 표정이 제대로 보이지 않았다. 깎아놓은 듯한 콧대와 겹쳐서 11시 34분을 가리키는 벽시계만이 어렴풋이 어른거렸다. 아쉽다.

카메라 렌즈를 맞춘 노인이 두 사람을 번갈아 보았다.

"이제 둘이 같이 함 찍을 텐가?"

누구에게나
사랑의 순간은 온다.

"아니요!"

"괜찮습니다."

지레 놀란 지희와 남자가 이구동성처럼 동시에 답했다.

거 노인네, 잠시도 딴생각 못하도록 만드는 스펙터클이 있다. 지희는 괴팍한 마귀의 소굴 같은 이곳을 어서 떠야겠다는 생각으로 서둘러 백작부인 의자에서 일어났다.

"할아버지 사진 감사해요. 사진 값은 얼마예요?"

"떽! 노인네가 한 입 가지고 두말하는 줄 아는 감? 내가 안 받는다고 했잖어."

"저 진짜 돈 안 내도 돼요?"

"그려. 웃음 값으로 해주는 써비스."

진짜 공짜 사진이라니. 사실 매상을 올리기 위한 낚시수법이라고 단정하고 넌지시 넘어가주려 했었다. '써비스'를 강조하며 씩 웃어주는 노인이 귀여워, 지희는 방긋 웃었다.

"사진은 언제 나와요?"

"내일."

뭐든 즉시인 세상인데. 즉시인화 또한 얼마나 많은데. 한 두 시간도 아니고 내일 나온다니. 이 할아버지 같이 사진 찍으라는 제안을 거부해서 심술부리는 거 아냐?

"할아버지, 저 다음 기차 타고 가야 돼요. 조금 더 빨리 안 될까요? 네? 빨리 좀 해주세요."

지희는 목소리를 가늘게 늘려 아양을 떨었다.

사진 받으려고 별짓을 다 한다. 반강요로 찍은 사진이나

이왕 찍은 거 기필코 챙겨야 되었다. 심지어 제 얼굴이 떡하니 박힌 사진이다. 그런 사진을 이 몹쓸 사진관에 버려두는 건 몹시, 곱빼기로, 꺼림칙하다. 저 불판의 자갈 같은 노인네가 제멋대로 진열이라도 하면 어쩌란 말인가. 저도 초상권 있는 여자라고요.

"사진은 찍는 것보다 나오는 게 더 중요한 거여. 생김새 그대로 내놓는 건디 도장 찍듯 막 찍어내서야 되겠는감? 내 정성 들여 잘 뽑아놓을 텐게, 내일 찾으러 와."

노인이 매정하게 도리질했다.

고집을 꺾을 재간은 없다. 여하튼 전문가는 그고, 모름지기 전문가의 철학은 건드릴 수 없으므로. 그저 이 괴상한 사진관에 발 들인 것부터 실수라면 실수.

"알겠어요. 내일 올게요. 대신 잘 뽑아놓는다는 말씀 지키셔야 해요. 약속."

즉각 단념한 지희는 노인과 새끼손가락까지 걸었다.

"별걸 다 시키는구면."

구시렁거리면서도 노인이 싫은 기색 없이 굳게(?) 약조했다. 어느새 정든 지희와 노인은 마주보며 키득키득 웃었다. 그리고 노인과 인사한 후에 남자의 곁을 지나쳐 입구로 향했다.

"자네도 가봐."

노인이 이용 가치가 없어진 남자를 가차 없이 버렸다. 감사합니다. 진심에서 우러나오는 인사를 남자가 했다.

무엇이 감사하다는 건지.

끝까지 예의 바른 남자의 인사가 우스워 웃음소리가 나오려 했다. 그러나 등 뒤를 따르는 기척이 감지되어, 지희는 입술을 꾹 앙다물었다.

사진관에서 나왔다.

지희와 그는 미리 정해진 것처럼 미닫이문 앞에 나란히 섰다. 지희도, 남자도 먼저 움직이지 않았다.

지희는 곁의 남자를 힐끗 곁눈질했다. 텔레파시가 통한 듯 남자도 지희를 내려다보았다. 눈이 마주치자, 동병상련의 동지애가 광복절 태극기처럼 펄럭거렸다. 우리, 드디어 해방되었어요.

"풉."

새소리 같은 코웃음이 흘렀다. 남자의 입술도 피식, 짧은 미소를 그렸다. 서로의 미소가 입가에 오래 머물렀다. 떠나길 아쉬워하는 것처럼 입술 끝자락을 오래도록 잡아끌었다.

발도 마찬가지였다. 미묘한 기류가 발목을 휘감았다. 목적지 잃은 사람처럼 그 자리에 멈춘 발이 길에서 떼어지지 않았다.

무언가 걸린 듯 목구멍도 덜그럭거린다.

할 말이 있는데. 무언가 할 게 있는 것 같은데 떠오르지 않는.

"음⋯⋯."

남자의 잇새에서 나직한 숨소리가 나왔다. 온 신경이 그에게 집중된 탓인지, 작은 소리임에도 귀가 쫑긋 섰다. 말을 걸려는 건가?

기대하려는 찰나.

"딱히 잘 곳 없으면 우리 집에서 자든가? 빈방 많은디."

느닷없이 노인의 고개가 둘 사이에 나타났다. 지희는 자지러지게 질겁했다.

"앗, 깜짝이야!"

"아이고, 깜짝이야."

돌림노래처럼 노인도 화들짝했다.

"죄지었어! 왜 소리를 지르고 그려!"

"기척 좀 하고 다니세요!"

버럭 윽박지르는 노인에게 지희도 바락 성냈다.

"아이고, 승질머리하고는! 그래서? 뭐 어쩔 겨? 우리 집에서 잘 겨, 안 잘 겨? 어데 갈 데 없어 여적 안 가고 이러고 있는 거 아녀?"

"안 자요! 가요, 갈 거예요."

산통 다 깨고서는.

"그려, 가! 가버려!"

지희의 대응에 노인이 심통 난 표정으로 손날을 휘휘 저었다.

간다 했는데 미적거릴 수 없는 노릇이다. 지희는 하는 수 없이 억지로 발길을 틀었다. 설핏 남자에게 묵례하자, 어정쩡하니 있던 남자도 눈꺼풀을 깜박이며 목례했다.

"자네는?"

"저도, 이만."

남자들의 대화를 뒷등이 엿들었다.

어깨 너머로 슬그머니 훔쳐보니, 남자는 반대 방향으로 등 돌린 후였다.

쫓아와주길 바라는 마음이 있었던가. 냉정히—제 갈 길 가는 것이겠지만—등 돌린 그가 하염없이 야속했다.

울퉁불퉁한 보도블록을 디딜 때마다 이유 모를 서운함이 튀어나왔다. 꾹꾹 발끝으로 내리누르며 걸었다.

다시는 못 만날 사람.

조금은 황당하였으나 나쁘지 않은 시간이었다.

훗날 여행의 일화 중 하나로 추억될 것이고, 그 추억 안에는 그가 존재할 것이다. 우연히 만난 멋진 남자쯤으로.

그리고 끝, 이겠지.

여자와 남자는 각자의 길을 갔다. 점차 간격이 벌어졌고, 점차 거리가 멀어졌다.

"같이 찍었으면 좋았을 텐디."

뒷짐 지고서 두 사람을 멀거니 지켜보는 노인의 잇새에서 못내 아쉬운 한숨이 새어나왔다. 반쯤 열린 미닫이문을 스르륵 닫는 그의 눈자위로 쎄한 바람이 불어와 서풋 내려앉았다.

사진관에서 500미터가량 떨어진 지점에는 백반식당이 있었다. 역 이름에서 가져온 듯 이름이 「인정식당」이었다.

마치
마법처럼 ³³

백반. 김치찌개. 순두부찌개. 샤시 유리문에 세로로 붙여진 메뉴를 일별하며, 지희는 문을 열고 들어섰다. 테이블이 여섯 개뿐이 안 되는 작은 식당에는 손님이 제법 있었다. 대부분 식사를 마친 상태인지 손님들이 수선스레 계산을 치르고 있었다.

"순두부찌개 주세요."

지희는 깨끗한 자리에 앉았다. 인심 후한 인상이 팍팍 풍기는 식당 아주머니가 물통과 컵을 들고 다가왔다.

"맵게, 안 맵게?"

"적당히요."

명랑하게 대답하자, 아주머니가 주방에다 '순두부찌개! 적당히 맵게!' 라고 외치고 부리나케 지저분한 테이블을 치웠다.

지희는 컵에 물을 따라 마셨다. 살얼음 섞인 보리차가 혼탁한 폐를 시원하게 씻겨주었다. 청량한 물맛에 기분 좋은 발끝이 바닥을 탁탁 두어 번 두들겼다. 휘둘러보다 정오를 가리키는 벽시계를 발견했다.

이제 12시인데 뭐 하고 놀지? 이곳에 구경할 만한 거라도 있으려나. 아! 오늘 밤 잠은 어디서 자?

오만 걱정거리가 꼬리에 꼬리를 물었다. 당일치기 여행을 계획한 건 아니었으나 이토록 시골적인 시골마을에서 하룻밤을 묵게 될 거라고는 생각지 못했다. 하물며 정상적인 숙박업소를 찾을 수나 있을는지.

문득 노인의 제안이 떠올랐다.

'딱히 잘 곳 없으면 우리 집에서 자든가? 빈방 많은디.'

오. 대체 뭘 생각하는 거야. 길바닥에서 노숙할지언정 거기긴 절대 가지 말자. 그 노인장에게 시달리다 백년을 늙을 거다.

지희는 속히 머릿속에 맴도는 칼칼한 목소리를 털어냈다. 물통을 집어 빈 컵에 물을 채울 때였다.

"어서 오세요. 이짝은 치워야 하니까 저짝에 앉으쇼."

아주머니 목소리가 들렸다. 막 식당에 들어선 손님이 아주머니의 말을 따라 테이블을 빙그르 돌아 지희와 대각선을 이루는 옆자리에 앉았다.

무심코 일별했다.

"어?"

그였다. 그 남자.

사진관에서 인사하고 멀어진 남자와 십 리도 못 가서 다시 만났다. 발병이 난 것처럼.

지희의 짤막한 탄성에 남자가 고개를 틀었다. 그가 동그란 동공을 끔벅이는 지희를 발견했다. 두 초점이 부딪쳤고, 두 초점이 머물렀다.

여기서 또 뵙네요. 반대편으로 갔으면서.

지희는 아까처럼 까닥, 턱을 숙였다.

배가 고파서요.

남자도 아까처럼 끔벅, 눈인사를 했다.

"뜨거워요."

아주머니가 보글보글 끓어오르는 뚝배기를 지희 테이블에 놓았다.

맛있게 드세요. 지희의 인사에 남자의 안광도 비슷한 인사를 건넸다. 남자에게 머문 초점을 거두어 순두부찌개로 옮기며 수저를 들었다. 수저로 찌개를 뜨는 지희의 입술이 실룩 움직였다.

실바람 닮은 미소가 입술 끝자락에 걸린다.

또 만났다.

그를.

2화. 이름이 뭡니까

— 16. 8. 29. AM 09:30

징—

리듬 타는 기차 진동과 협주하듯 휴대폰이 어깻죽지를 들썩였다. 발신자를 확인한 우진은 프로젝트 ppt를 들여다보던 눈길을 떼고 태블릿 PC를 한편으로 치웠다.

"네, 접니다."

―어디니? 별장에 간다며. 도착했니?

온화하지만 시들시들한 음색이 수화구멍을 넘어왔다.

어머니는 아버지를 잃은 이후 부쩍 쇠약해졌다. 우진은 행여 어머니마저 쓰러질까, 노심초사하여 한동안 본가에서 지냈었다. 지난주 제 오피스텔로 돌아왔지만.

"곧 다음 역에서 내려요."

―역이라니? 차 놓고 갔니?

"기차 탔어요."

—힘들게 왜 기차를 타. 역에서 내려 어찌 가려고.

　"택시가 지천에 널렸는걸요."

　—그렇지도 않아. 시골이라 택시 잡기 수월치 않을 거다. 하긴 나도 가본지 한참이라 요즘은 어떨는지 모르겠다.

　"구경 삼아 슬슬 걸어가도 돼요. 저 다리 튼튼해요, 어머니."

　공연히 근심거리를 늘려준 것 같아, 우진은 농담조로 덧붙였다. 그래도 탐탁지 않은 당신의 한숨이 깊게 흘러들어왔다.

　—유품도 챙겨 와야 하지 않니.

　"이번 길은 답사처럼 다녀오는 거예요. 어머니 말씀대로 처분할지, 그대로 둘지, 보려고요."

　—정리하자니까.

　"할아버지가 지으신 곳이잖아요. 가족의 흔적이 남아 있는 별장을 급히 처분하기 아쉬워서 그래요. 제가 보고 결정할게요."

　—주인 떠난 그곳 내버려두면 뭐해. 폐가나 다름없지. 난 거기 싫다. 생각만 해도 넌더리 나.

　어머니 말투가 예민하다. 우진은 그 심정을 십분 이해했다.

　별장은 원래 조부의 별장이었고, 조부가 돌아가신 후로는 아버지가 작업실 용도로 사용했었다. 베스트셀러 작가였던 아버지는 대부분의 생활을 별장에서 보내셨는데, 특히

누구에게나
사랑의 순간은 온다.

새 작품 작업이 시작되면 탈고할 때까지는 아예 그곳에서 은거하셨다. 그럴 때면 세간과의 소식은커녕 가족과의 연緣도 일절 끊었다.

그 아버지가 두 달 전 돌아가셨다.

사인은 급성간경화였다. 아버지는 당신 몸에 썩은 물이 고이는 동안 내내 방치했다. 증후가 있었음에도 가족에게 알리지 않았다. 그 지독한 무심함은 어머니에게 배신감 이상의 상처를 남겼다. 남편을 잃은 상실감에 비할 수 없을 만큼.

─그나저나 괜히 걸어 다니지 마라. 초행길이지 않니.

"네."

우진의 기억 속에는 별장이 없었다.

조부 생전에도 들른 적 없었고, 조부가 돌아가신─우진이 일곱 살 되던 해─후에도 갈 수 없었다. 별장을 본인 작업실로 개조한 아버지는 그곳에 가족들도 얼씬 못하도록 하셨다. 어머니 또한 미련 없다는 듯 제주도에 본인 별장을 별개로 지으시고 그곳은 언급조차 하지 않았다.

그러므로 우진에게는 이 길이 초행길이었다. 그래서인지 여행을 떠나는 기분마저 들었다.

─별장에서 며칠 지낼 거니?

"그럴 생각이에요."

─휴가라면서. 휴가를 그리 보내서 어쩌니? 그렇지 않아도 바쁜 사람이.

"이게 휴가죠. 여행 삼아 다녀오는 거니까 걱정 마세요.

다녀와서 연락드릴게요. 식사 제때 하시고 어머니 기력이나 찾으세요."

—알았다. 조심히 다녀와. 다녀오자마자 전화하고. 아, 그리고.

네 오피스텔에 도우미 아주머니를 보내야겠다, 냉장고 정리도 하마, 끼니 거르지 마라, 역에서 내리면 밥부터 사 먹어라, 내 기억이 맞는다면 인정역과 가깝다, 등의 당부가 길어졌다.

본가에서 독립한 우진을 하염없이 걱정하는 어머니였다. 그래서 어머니의 간절한 소망은 우진의 결혼이었다.

우진은 어머니 말씀을 끝까지 경청하고 통화를 종료했다. 액정 꺼진 태블릿 PC를 집으려는데 사위가 거무레해졌다. 터널에 진입한 것이다.

망막에 어둠이 차자 피로가 급속도로 밀려왔다.

검토해야 할 결재가 한두 건이 아님에도 대표이사가 방임한 여러 문제를 해결하느라 숨 돌릴 틈 없었다. 그 와중에 중국 투자사와 MOU도 체결했다. 바쁜 일주일이었고, 그중 꼬박 3일을 새다시피 했다.

우진은 좌석 등받이 깊숙이 척추라인을 기대며 묵직한 눈꺼풀을 닫았다.

삐삑—

눈치 없는 휴대폰이 울어댔다. 문자메시지의 주인은 대표이사면서, 외삼촌이기도 한 동석이었다.

누구에게나
사랑의 순간은 온다.

[나 내일 체결식 때문에 중국 간다. 갔다 와서는 너 봤으면 좋겠다. 우진아, 3일 정도만 쉬고 돌아올 거지? 우리 의리로 딱 3일로 하자, 우진아.]

징징 문자가 이어졌다.

[나 너 없으면 안 되는 거 알지? 너 나 버리면 안 돼. 그럼 나 귀국 비행기에서 서해 바다로 뛰어들 거다. 삼촌 상어 밥 되는 꼴 보고 싶지 않으면 필히 3일 후에 보자. 사랑한다, 조카야.]

삼촌. 서해 바다에는 상어 없어.

우진의 눈꺼풀이 무감각하게 끔벅거렸다. 잇따라 엄지가 냉담히 휴대폰 전원 버튼을 힘껏 눌렀다. 띠리— 휴대폰 전원이 꺼졌다.

그리고 우리, 당분간 서로를 잊자.

동석은 자유로운 영혼의 소유자였다. 태생적으로 예술을 사랑했고, 세계 방방곡곡 유람을 즐겼다. 외할머니의 말을 빌리면 '역마살 낀 놈'이었다. 그런 동석에게 기업 경영은 끔찍한 굴레였다. 기업 창업주인 외할아버지로부터 기업 승계를 받은 이후 항시 도피할 궁리만 했다.

그의 구원자는 성인이 된 우진이었다.

대학 졸업한 우진을 경영기획이사 자리에다 앉혀놓고 경영을 대놓고 떠넘겼다. 덕분에 우진의 시계는 1분, 1초도 낭비 없이 돌았다.

그렇게 6년을 살았다.

세간에서는 워커홀릭 로봇이다, 삼촌을 밀어내고 최고경영자를 노리는 거다 등으로 쑥덕공론을 펼쳤지만, 아니었다. 두 사람 몫을 하기 위해 본인 스스로를 희생한 것뿐. 가족이므로 묵묵히.

한데 아버지의 49제가 지낸 후.

느닷없이 공허한 바람이 자의식을 건드렸다.

가도 가도 끝없는 사막을 걷는 기분이었다. 거칠고 탁한 모래알이 쌓인 폐로 깐닥깐닥 호흡하고, 묵직하고 둔한 다리를 질질 끌고 가는. 오아시스는 신기루에 불과한.

쉼이 필요했다.

맑은 숨을 쉬고 싶었다.

· ❀ ·

"며칠이나 쉴 건데? 그리 오래 쉬지는 않을 거지?"

갑작스런 휴가 결정에 당황한 이는 당연히 동석이었다. 잔뜩 울상이 되어 우진의 휴가계를 들고 부들거렸다. 갈기갈기 찢고 싶은 욕구가 여실히 드러났다. 소심하고, 조카의 성미가 무서워 함부로 시도 못 하지만.

"대표님, 제 밀린 휴가가 자그마치 6년 치입니다. 최대한 양보해서 이틀씩만 잡아도 며칠입니까?"

"그래서 뭐? 양심 없이 그걸 다 쉬겠다고? 나는 어떡하라고!"

누구에게나
사랑의 순간은 온다,

대체 누구한테 양심 운운하는 건지.

"조카한테 보채지 마십시오, 대표님. 그럼 다녀오겠습니다."

냉담히 통보하고 돌아서니,

"야! 이우진! 네가 그냥 대표 해! 네가 대표하면 되잖아! 아니, 아예 삼촌 해. 조카 하지 말고 그냥 네가 삼촌 해!"

동석이 처절히 빽빽거렸다.

우진은 동요 없이, 가차 없이, 그대로 대표이사실을 나왔다. 마흔다섯, 철딱서니에겐 독단이 약이다.

· ☼ ·

부앙— 공기를 깎는 기차 기적소리가 울린다.

우진은 감았던 눈을 떴다. 어렴풋이 통로 옆자리에서 일어나 뒤쪽으로 걸어가는 이의 기척이 스쳤다. 흰빛이 망막으로 비쳐들었다. 기차는 터널이 아닌 낡고 작은 역에 정차해 있었다. 잠깐 사이 잠이 들었던 모양이다.

[현재 우리 열차가 정차한 역은 인정역입니다. 운행 문제로 정차가 길어지는 점 죄송합니다. 빠른 시간 내 복구할 예정이니 부디 양해 부탁드립니다.]

안내방송이 나왔다.

인정역이라.

'별장은 인정역과 가깝다.'

불과 몇 분 전 들었던 어머니 말이 떠올랐다.

원래의 계획은 다음 역에서 내려 택시를 타고 이동하는 거였다. 빠른 길 찾기에서 안내한 코스였다.

우진은 태블릿 PC를 켰다. 배터리가 방전되었는지 PC의 전원이 들어오지 않았다. 보조배터리를 꺼내려고 가방을 집으려는데, 앞좌석 등받이 그물주머니에 꽂아진 철도 지도책이 포착되었다.

지도책을 펼쳐 기차 동선을 체크했다.

어머니 말씀이 맞았다. **인정**人停**역**이 속한 지명과 별장 주소의 지명이 동일했다. 인정역에서 별장까지 도보로도 충분한 거리일 듯했다. 어째서 이 간이역을 몰랐던 거지.

[다시 한 번 안내해드리겠습니다. 현재 우리 열차가 정차한 역은 인정역입니다. 운행 문제로…….]

안내방송이 반복되었다.

우진은 즉시 가방을 챙겨 기차에서 내렸다. 어차피 기차의 정차가 길어지는 시점이라, 갈등으로 시간을 소비할 이유는 없었다.

작은 플랫폼에는 청반바지에 바둑판무늬 셔츠를 입은 마른 체형의 여자 한 명만이 저만치 앞서 갈 뿐 다른 승객은 일절 없었다. 우진은 그녀가 통로 옆자리 승객이었음을 짐작했다.

"오!"

잘 가던 그녀가 별안간 탄성을 내지르며 걸음을 멈추었다. 그러더니 손가락으로 네모박스를 만들어 하늘로 올렸다. 카메라로 사진 찍는 시늉을 하는 거였다. 하늘도 찰칵, 나무도 찰칵, 꽃도 찰칵.

"오, 오. 좋은데."

연신 혼잣말로 중얼거리며 키득거리는 그녀.

그녀는 뒤의 우진을 전혀 인식하지 못했다. 계속 손가락 카메라를 들고 다니느라 걸음도 갈지자로 지그재그 걸었다. 자칫했다가는 플랫폼 아래로 떨어질 듯 아슬아슬했다.

사고라도 나면 어쩌려고.

저도 모르게 우진은 걱정했다.

나풀나풀 걷는 그녀가 그의 시선을 온통 잡아끌었다.

안 보려 해도 간간이 '아, 오, 어' 등의 추임새 같은 탄성을 질러대는 통에 안 볼 수 없게 만드는 그녀였다. 그러는 동안에도 위태롭게 플랫폼을 따라가고 있어 지켜보는 사람의 심리를 심히 불안하게 만들었다.

한편으로는 천진난만한 소녀 같은 그녀의 행동을 지켜보는 일이 즐겁긴 했다. 제 안의 쓸쓸함이 잠재워지듯.

뭐가 그리 재미있습니까?

내가 속한 세상은 온통 무채색인데, 당신이 보는 세상은 다른 모양입니다.

우진은 저도 모르게 그녀의 눈길이 훑고 지나간 자리를

좇았다.

우뚝. 발을 멈추었다.

이런 풍경이었나. 지금까지 보지 못하였던, 볼 수 있었음에도 보지 않았던 배경이 망막을 채웠다. 새삼 다채롭게 다가오는 색채였다.

푸르른 융단이 깔린 하늘. 부채꼴 모양으로 그려진 녹음의 산등성이. 여인네 속치마 자락처럼 수줍게 사부작거리는 새하얀 들꽃 무리. 꽃잎의 틈바구니에 숨어 있다 힘찬 날갯짓하며 무리에서 이탈하는 고추잠자리.

심장으로 따스한 바람이 불어온다.

오아시스를 만난 것처럼 죽어 있던 제 안의 색들도 꿈틀거린다. 제 색을 찾으려는 욕구로 몸부림친다.

뒤늦게 고개를 돌렸을 때는, 그녀의 모습은 플랫폼에서 사라지고 없었다. 마치 신기루처럼.

일순 원인 모를 갈증이 났다. 그녀의 자취를 좇는 것처럼 우진은 걸음을 빨리 했다. 낡은 역사에도 그녀는 없었다. 행동이 굼뜬 중년 역무원이 있을 뿐.

"서울에서 왔네요?"

"네."

조바심 나는 의중을 간파 못한 채 역무원이 느긋하게 발길을 잡았다. 느릿느릿 표를 받아 느릿느릿 표를 전해주었으며 느릿느릿 바리케이드 칸막이 걸쇠를 열었다.

"신분증 좀 보여줘요."

급히 칸막이를 통과하여 역무원을 지나치는데, 그가 난데 없이 어깨를 잡았다. 의아한 우진의 미간이 좁혀졌다.

"그건, 왜?"

"우리 동네에 생전 낯선 남자가 와야 말이지. 누가 이런 시골구석에 오나, 뭐 볼 것 있다고. 숨을 곳이 필요한 사람이 아닌 다음에야."

"제가 수배자 같습니까?"

"아니! 누가 그치가 그런대? 원칙상 남자 승객이 오면 확인하게 되어서 그렇지요."

역무원이 난색하며 손사래 쳤다.

가는 길 바쁘니 가타부타 길게 끌지 않고 신분증을 건넸다. 의례적인 게 맞는지 역무원이 대충 확인하고 넘겼다.

"그냥 예방 차원에서 겸사겸사 그러는 거니 괜히 언짢아하지 마쇼. 뭐, 어차피 누이 좋고, 매부 좋은 일 아닌가."

어물쩍 넘기려는 듯 역무원이 헤벌쭉거리며, '누이' 할 때는 제 가슴팍을 '매부' 할 때는 우진의 가슴팍을 가리켰다. 이쪽 매부의 기분은 썩 좋지 않은데.

"가도 됩니까?"

우진은 구구한 언쟁을 벌이고 싶지 않았다. 그러기엔 마음이 급했다. 정중하나 자못 냉정한 태도에 역무원이 어물쩍 끄덕였다.

서둘러 역사 밖으로 나왔으나 그녀를 찾을 리 만무했다. 여행길에서 낯선 여자의 뒤꽁무니나 쫓는 제 자신이 우습

기도 했다.

사람이 고팠는가.

무엇이 고파 이리 허기진단 말인가.

쓴웃음을 머금고 몇 발짝 내디뎠을 때였다.

그녀가 있었다. 낡은 사진관 앞에서 알짱거리는 그녀가.

우진은 사진관 안으로 사라진 그녀를 쫓아 그 앞으로 갔다. 자석에게 당겨지듯 그녀에게로 휩쓸려갔다.

자연스레 갔다.

마치 운명의 끈이 당기듯.

마치 신이 그녀에게 가, 하듯.

— *16. 8. 29.*

뚜뚜—

규칙적인 간격으로 울리는 심전도의 소음이 갈비뼈 마디마디를 끊어뜨린다. 숨통도 끊어질 듯 아리다. 차라리 이 몸을 부서뜨린다면 이 슬픔에서 벗어날 수 있을까. 차라리 이 숨통을 끊어낸다면 이 고통에서 빗겨갈 수 있을까.

현옥은 지끈거리는 가슴팍을 움켜쥐었다. 산소마스크에 의지한 채 가늘게 호흡하는 딸을 지켜보는 것이 죽음보다 더한 고통을 안겼다.

끝내 나사가 풀린 양 무릎이 무기력하게 풀렸다.

"여보."

넋 나가 있던 승경이 주저앉는 아내를 황급히 붙잡았다.

누구에게나
사랑의 순간은 온다.

남편의 팔뚝에 의지하며, 현옥은 숨조차 제대로 쉬지 못하고 낚시질에 걸린 붕어처럼 입술을 뻥긋거렸다.

"……아……아……."

청천벽력 같은 소식을 들은 건 오후 1시 무렵이었다.

오전 뉴스로 기차 탈선사고를 접하긴 했으나 자신과 무관한 일이라 생각했다. 어젯밤 통보하다시피 여행을 다녀오겠다고 말하고 새벽같이 집을 나선 딸이긴 했으나 '설마' 했다.

설마 기차를 탔을라고.

한데 경찰로부터 연락이 왔다. 지문으로 신원 확인을 한 결과 댁네 따님 지문과 일치한다고 전하며, 현재 중태이니, 직접 와서 확인을 해달라는 말이었다.

믿기지 않았다.

믿고 싶지도 않았다.

남편이 운영하는 작은 문방구로 부랴부랴 달려가, 남편 승경과 함께 경찰이 알려준 병원으로 향하며, 현옥은 절실히 빌고 기도했다. 딸의 전화는 불길하게도 계속 불통이었으나 간절히 부정했다.

아닐 거라고. 지문인식 데이터가 잘못된 거라고.

누구라도 말해주길 바랐다.

죄송합니다, 착오가 있었습니다, 라고 말해주길.

그까짓 착오 아무것도 아니니까. 혼이 나갈 정도로 150km 이상의 거리를 이동하고 있지만, 이까짓 거 단순 해프닝으로 넘길 수 있으니까.

바람은 바람일 뿐이었다.

그렇게 빌고 빌었건만.

딸은 그곳에 있었다. 중환자실에서 혼수상태로.

딸은 탈선 기차의 3번 객차에 타고 있었다고 했다. 구조 당시부터 상태가 위급했단다. 응급처치로 간신히 뇌사 위기에 모면했으나 안타깝게도 혼수상태라고, 원인은 불명확하다고, 산소 부족으로 인한 뇌손상으로 인한 혼수상태일 거라 짐작한다고, 담당의가 전했다.

멀쩡해 보이는데.

마치 좋은 꿈을 꾸는 것처럼 평온하게 잠든 모습인데.

"지희야……."

아무리 불러도 딸은 미동하지 않았다. 언제나 '지희야' 하고 부르면 윤기 좋은 머리카락 찰랑거리며 '엄마!' 하고 달려오던 해맑은 딸이었는데.

"지희야…… 눈 좀 떠 봐. 엄마 왔어. 엄마 왔잖아……."

아무리 불러도 눈꺼풀조차 반응하지 않았다. 딸이 꿈에서 깨지 않는다.

"엄마 목소리 안 들려? 들리면서 모른 척하는 거면 너 엄마한테 혼나. 그러니까 어서 일어나!"

"여보……."

끝내 못된 소리까지 보태는 아내를 승경이 안타깝게 잡았다. 현옥은 망망대해에서 허우적거리다가 떠다는 부표를 잡는 양 남편의 팔뚝을 우악스레 당겼다.

누구에게나
사랑의 순간은 온다.

"지희 아빠. 얘, 그냥 자는 거 같아. 얘 표정을 좀 봐봐. 편히 자는 표정이잖아. 혼수상태 그런 거 아니고 그냥 자는 거잖아. 그치? 그렇지?"

억지스러운 대답을 원하듯 현옥이 거듭 같은 말을 반복했다.

"일어나라고…… 일어나라고 해봐, 당신이……."

"그만 나가자……."

"당신이 한번 불러봐."

승경이 현옥의 어깨를 감아쥐었다. 힘으로 버티며 현옥은 도리질했다. 딸만 두고는 절대 못 나간다고 세차게 머리를 가로저었다.

"당신이 부르면 일어날지도 몰라. 나보다 당신이 더 친하잖아, 우리 지희랑. 지희가 당신을 더 좋아했잖아. 그러니까 당신이 불러. 불러봐."

"지희야 엄마야."

"좀 불러봐! 빨리 일어나라고 부르란 말이야!"

격앙된 목소리가 중환자실에 울려 퍼졌다.

옆 침대에도 동일한 사고로 혼수상태인 환자가 있었다. 떨어진 위치에 있던 간호사가 빠끔히 내다보아, 승경은 죄송하다는 조아림을 했다.

"현옥아, 이현옥! 여기서 이러면 안 된다고 했잖아. 진정해. 진정하자, 우리."

승경은 흥분한 아내를 가까스로 밖으로 이끌었다.

중환자실에서 나오다 말고 현옥이 시리도록 선명한 초록의 면회복 자락을 움켜쥐고 오열했다. 그 자리에 주저앉아 제 허벅지에다 얼굴을 묻고 끅끅거렸다.

　　하나뿐인 내 딸.

　　세 번의 유산을 겪은 후 서른셋에 어렵게 얻은 내 딸.

　　고생한 엄마의 고충을 알았는지 커가면서 말썽 한번 안 부리고 곱게 자라준 내 딸.

　　커서는 팍팍한 세상에서 살아남으려 홀로 애쓰던 내 딸. 힘들면서도 힘들다 투정, 피곤하면서도 피곤하다는 짜증 한 번 안 하던 내 착한 딸.

　　못난 부모가 해줄 게 없어 단란한 정밖에 주지 못한 불쌍한 내 딸.

　　한창 꽃피울 시기인데.

　　발갛게 맺힌 꽃봉오리를 활짝 펼칠 시기인데.

　　딸아, 딸아.

　　제발 눈을 떠라.

　　이 어미의 구슬픈 마음을 헤아려 어서 눈을 뜨고 일어나라.

　　제발.

— 8. 29.

신기한 일입니다.

제가 누군가에게 이토록 관심을 갖는다는 사실이.

괴팍한 사진관 노인 때문에 잔뜩 골난 표정을 지으면서도 의자를 박차고 일어나지 않는 여자를 보며, 우진은 생각했다.

한편으론 '너 잘했다'고 자화자찬을 했다.

그녀를 쫓아 이 괴이한 사진관에 들어온 것이 제 삶의 모든 선택 중 가장 잘한 선택 같았다. 그로 인해 그녀를 바로 볼 수 있고, 그녀를 세심히 관찰할 수 있어서. 약간 스토커 아닌 스토커가 된 기분을 맛보긴 했으나.

그녀는 딱 한 마디로 정의할 수 있을 정도로 단순한 인상이었다.

맑음.

단순히 투명할 정도로 맑은 피부로, 오목조목 깨끗한 인상으로, 청청한 눈동자로 인해 그런 정의가 떠오른 건 아니다.

그녀에게서 풍기는 분위기 자체가 맑았다.

구김살이라고는 전혀 없는 표정과 몸짓, 말소리. 노인과 투덕거리면서 싫은 기색을 잔뜩 표내고, 불끈거리는 제 성질을 숨김없이 뿜어내고는 있었으나 모나지 않았다.

왜인지 진짜 오아시스를 만난 듯하다. 제 속의 염증을 해소해주고, 제 메마른 심장을 촉촉이 적셔주는.

"스물여덟이요."

그래서일까요.

스물여덟 살 당신이, 노인의 말마따나 서른두 살인 나하고는 궁합도 안 본다는 네 살 차이인 당신이.

내 눈을 잡아끕니다.

"저 처자를 웃겨봐."

그래서 이 노인장의 억지도 받아들이고 싶어집니다. 이곳
에 있을 만한 그럴 듯한 핑계거리는 이것뿐이라.

우진은 붙박이처럼 선 채 고심했다.

그녀를 어떻게 웃겨줘야 하나, 메뚜기 춤을 추는 개그맨처
럼 메뚜기 흉내라도 내야 하는 건지. 물론 그렇다고 메뚜기 춤
같은 흉측한 춤을 출 수는—출 줄도 모를뿐더러—없으므로.

"웃어요."

나름 부탁했다. 부탁이었다.

"쿡."

그녀가 그의 속내를 읽은 양 기꺼이 웃었다.

우진은 웃어준 그녀가 고마웠다. 자신도 제법 사람을 웃
길 줄 아는 사람이었다는, 오만한 자신감도 붙었다.

더불어 웃는 그녀는 더할 나위 없이 사랑스러웠다.

반달처럼 휘는 눈매. 설핏 보이는 동공에 어리는 갈색 윤
기. 동그스름하게 부푸는 광대. 새하얀 치아. 살짝 드러나는
선홍의 잇몸.

해안사구에서 피어나는 해당화보다 더하게 향기로운 미
소였다. 저 미소를 취하고 싶다, 는 욕심이 일었다.

"이제 둘이 같이 함 찍을 텐가?"

"괜찮습니다."

일단 거부하고서 미련이 들 만큼.

그 미련은 사진관 앞을 쉬이 떠나지 못하도록 만들었다. 어떤 연유인지 그녀 또한 묶인 듯 사진관 앞을 떠나지 않았다.

'혹시 식당이 어디 있는지 아십니까?'

그래서 적당한 질문을 던지려 했다. 알든 모르든 무조건 그녀와 대화를 이어갈 심산이었다. 때마침 나타난 노인의 방해로 무산되었지만.

우매하게도 등 돌리고 걸어가는 그녀를 붙잡지도 못했다. 노인이 지켜보는 와중이라 쫓아갈 엄두가 나지 않았다.

무엇보다 여행지에서 우연히 만난 낯선 여자를 낯설고도 낯선 남자인 자신이 쫓아갈 마땅한 구실이 없었다. 행여 잘못 접근하였다가 위험인물로 오해받기 십상이므로.

하는 수 없이 반대 길을 선택했다. 그녀에게서 멀어지며, 우진은 지금도 늦지 않다고, 쫓아가라고 유혹하는 제 마음을 부여잡았다.

어차피 스쳐 지나가는 인연.

한 곳에 머물지 않은 바람 같은 인연.

그저 그뿐이겠지, 그것뿐일 거다, 라고 부정하며.

그렇게 골목을 한 바퀴 돌아 삼거리에 진입했다. 삼거리 초입에 인정식당, 이라는 명칭의 백반식당이 있었다. 체내에 감도는 헛헛한 기운을 보충하기 위해 그는 그곳에 들어갔다.

그리고 그녀를 만났다.

회오리바람이 휘돌아 제자리를 찾듯이.

그녀를 보자마자 제 부정에 채질하듯이 심장이 뛰었다.

두근두근, 기분 좋게.

우진은 뛰는 심장을 간직한 채 먼저 밥을 먹기 시작하는 그녀를 훔쳐보았다. 그녀가 먹는—같은—음식을 주문하며 지긋한 눈길을 테이블 언저리로 내렸다.

아랫입술이 달싹거렸다.

이름.

이름이 뭡니까?

밥 먹는 모습도 세련되었다.

딱 먹기 좋을 만큼 밥을 푸고, 딱 보기 좋을 만큼 입술을 오물거린다. 젓가락질의 동선마저도 고상하다. 저런 걸 천품天稟이라 하나보다. 저 남자는 만약 중세시대에 태어났으면 백작이었을 거다. 어쩌면 고귀한 왕족이었을 수도.

남자를 훔쳐보느라 밥 먹는 속도가 더딘 지희였다.

그와 함께 밥을 먹고 있어—물론 각자의 테이블에서였지만—괜히 들떴다. 밥맛도 그리 좋을 수가 없었다.

"입맛에는 맞았어? 안 매웠지?"

"매웠어요. 그래도 맛있었어요."

시간 차가 있긴 했으나 그와 거의 동시에 식사를 끝냈다.

지희는 계산을 치르면서도, 식당 아주머니와 두런거리면서도, 그를 의식했다. 더듬이가 오롯이 그에게 뻗어 있었다.

이건 한심한 거다. 전혀 상관없는, 전혀 모르는 타인에게 혼자 들떠서 뭐하자는 건지.

그래서 얼른 둥둥 떠다니는 감정을 잡아채어 옆구리에 묶어두고, 짐짓 빠른 걸음으로 식당 입구를 나섰다.

좌측으로 꺾어지려던 참이었다. 돌연 어떤 손이 지희의 바지에다 손을 대었다.

"헉!"

기겁하며 내려다보니 예닐곱 살쯤 된 사내아이가 있었다. 사슴 같은 커다란 눈망울을 끔벅이며. 눈동자는 푹 젖어 있었고 눈물범벅인 얼굴은 꼬질꼬질했다. 그러나 행색은 꼬까옷을 입은 양 새 옷 차림이었다.

"……우리 엄마…… 봤어요?"

아이가 간절히 웅얼거리다가 말 끝나기 무섭게 울먹였다. 미아? 지희는 재빨리 무릎을 꿇고 앉아 아이와 눈높이를 맞추었다.

"엄마 잃어버렸어? 어디서?"

"생각이…… 잘 안 나."

서러운 감정이 치미는지 아이의 상체가 가냘프게 떨렸다. 황급히 떠는 아이의 등줄기를 따뜻이 보듬는데 남자가 식당에서 나왔다. 지희는 도움을 청하려 고개를 들었다.

"잘생겼네."

근데 남자가 앞서 움직였다. 반사적으로 긴 상체를 구부리고서 아이의 눈동자를 들여다봤다. 과일 젤리처럼 말랑말랑한 눈빛으로.

"유치원 다녀?"

아이에게 던지는 어투도 사근사근했다. 깃털처럼 유려하게 휘어진 눈매와 입꼬리는 더할 나위 없이 다정했다.

일순 인상이 확 바뀌었다. 높디높은 성채에 사는 백작처럼 고고한 포스를 풍기던 인상이, 서글서글한 삼촌을 보듯 온화하고 부드러웠다.

"……응."

아이가 억지로 입술을 벙긋거렸다. 경직된 아이의 표정이 풀리지 않았다.

"몇 살인데?"

"일곱…… 살."

"형아반이구나. 일곱 살이니까 아주 씩씩한 형아겠네?"

"응."

아이는 훌쩍거리면서도 곧잘 대답했다. 그의 다정한 미소는 가파르게 뛰는 아이의 심장을 서서히 가라앉혔다.

"이름은 뭔데?"

"김다인."

"이름도 멋지네. 엄마가 지어줬어?"

"할아버지가."

"할아버지가 멋진 이름을 줬구나."

차츰차츰 풀리던 아이의 경계가 완전히 풀렸다. 잦아들던 울음소리도 말끔히 가시고, 목소리에 힘이 실렸다.

"다인이는 원래 씩씩하고 똑똑한 아이인데, 놀라서 잠깐 생각이 안 나는 거지? 아저씨가 사주는 아이스크림 먹고 나면 생각 안 나던 게 금방 생각날 것 같은데. 아저씨랑 같이 아이스크림 사러 갈까?"

"응."

다인의 눈망울이 또랑또랑해졌다. 남자가 스스럼없이 아이 손을 그러쥐고 상체를 들었다. 그사이 신임이 생겼는지 다인이 그의 바짓가랑이를 붙들었다

담백한 눈길이 다인에게서 지희로 옮겨왔다. 다인에게 보내었던 다정한 미소가 아니라서, 또다시 서운한 감정이 깃들었다.

"아이스크림 사주고 경찰서로 갈까 합니다. 같이 가시겠습니까?"

"네, 같이 가요."

당연한 도리라 생각하기에, 지희는 순순히 끄덕였다. 긍정의 대답을 듣자마자, 그의 입술이 설핏 늘어났다.

일순 심장이 쿵, 했다. 단지 스치는 미소에 불과한데.

제 이상스러운 반응이 당혹스러워 현기증처럼 눈앞이 아득해지는데, 다행스럽게도 그의 눈길이 아이에게 돌아갔다. 지희는 남몰래 깐닥거리는 제 가슴팍을 손바닥으로 쓸었다. 진정하라, 고 주문하며.

"뭔 아이랴?"

아이 울음소리는 들었으나 손님 때문에 내다보지 못하던 인정식당 아주머니가 나왔다. 그녀가 아이와 손잡고 있는

남자와 지희를 번갈아 보더니,

"원래 둘이 아이가 있었는감? 싸워서 각자 먹은 겨?"

엉뚱한 오해를 했다.

"아, 아니요!"

기겁한 지희는 얼른 손사래 쳤다.

뜬금없이 결혼하라고 뚱딴짓소리를 하는 노인이나 아이 둔 부부로 보는 아주머니나. 이 동네 사람들은 하나같이 왜 이러는지.

억울하여 콧잔등을 실룩거리는 지희와 달리 남자가 침착하게 자초지종을 설명했다. 그제야 이해한 아주머니가 다인의 이목구비를 찬찬히 살폈다.

"이 동네 아이는 분명 아니구먼. 오다가다도 본 기억이 아예 없어."

확신 있게 도리질한 아주머니가 꾸부정하게 허리를 숙였다.

"아가, 니 밥은 먹은 겨? 아줌마가 밥 줄까?"

"싫어. 아이스크림 먹을래."

다인이 남자 손을 굳게 쥐고서 후다닥 뒤에 숨었다. 어느 틈에 유일하게 의지할 사람이 되었나보다.

"경찰서로 갈겨?"

"네. 아이스크림 사주고 가려고요."

그가 정중히 대답했다.

"가게는 저짝에 있어. 경찰서는 이짝에 있고. 경찰서에게

아 배고프다고 하면 내한테 와. 아 주먹밥이라도 만들어줄 테니께."

그녀가 좌측 한 번 가리키고, 우측 한 번 가리키더니 사람 좋게 말했다. 듣고 있는 지희의 입술이 방긋 열렸다.

"감사합니다."

이구동성으로 지희와 남자가 인사했다. 겹쳐진 서로의 목소리를 들은 두 사람의 초점이 살며시 부딪쳤다. 누구라 할 것 없이 입술 끝자락에 희미한 미소가 걸린다.

식당 입구에서 멀어지며, 남자가 다인의 손을 놓았다. 그러더니 작은 몸을 번쩍 안아 들어 목마를 태웠다.

생동적인 동작으로 그의 부드러운 머리카락이 찰랑거리며 들썩였다. 슬쩍 드러난 관자놀이 부근에 그어진 붉은 선이 보였다. 찢겼다 꿰맨 상처 같았는데 아물지 않은 채였다. 다친 지 얼마 안 된 모양이다.

"까르르."

안정적으로 남자 목에 목마를 탄 다인의 잇새에서 청정한 웃음소리가 굴러 나왔다.

"출발!"

"출발."

신난 다인이 검지를 높게 들었다. 남자가 장단을 맞춰주며 거뜬한 걸음걸이로 길을 내디뎠다.

지희는 조용히 뒤를 따르며 넓고 다부진 등마루를 또렷이 응시했다. 이 남자, 아이 다루는 솜씨가 제법이다. 목마 태우는 자세도 능수능란한 것이 한두 번 해본 솜씨가 아니다.

아! 유부남인가?

맞다. 총각처럼 보이는 유부남이 어디 한둘인가. 하긴 웬만큼 괜찮은 남자는 웬만한 여자들이 진즉 채가고 없더라.

저도 모르게 실망의 한숨이 나왔다. 가슴 언저리도 따끔했다.

지희는 잇속에서 맴도는 한숨을 꿀떡 넘기며 눈꺼풀을 내리깔았다. 시멘트 바닥을 치고 올라온 앙증맞은 들꽃이 시야에 들어왔다. 질기게 자라난 들꽃을 응원하지는 못할망정 속으로 이죽거렸다.

다 부질없다.

부질없는 세상이야.

경찰서에 도착한 지 얼마 안 되었을 때 식당 아주머니가 주먹밥을 만들어왔다. 엄마 찾아다니느라 배곯았을 아이가 못내 신경 쓰였던 모양이었다. 인정식당 이름만큼이나—뜻이 같을지는 모르겠으나—인정 많은 아주머니의 배려에 지희는 제 일처럼 행복해 했다.

다인은 아이스크림으로—것도 두 개나 흡입—어느 정도 허기가 가신 상태라 주먹밥을 선뜻 내켜 하지는 않았으나 기꺼이 먹어주었다. 아주머니가 감복할 만큼 싹싹.

"김다인이요!"

그러곤 뱃구레가 차자 기운이 펄펄 살아났다.

경찰의 질문에도 똘똘하게 대답했다. 기차를 타고 있었다, 자고 일어나니 엄마가 없었다, 엄마 이름은 윤성이다, 아빠 이름은 김호성이다, 하늘유치원에 다닌다, 하늘반이다, 등등.

지희는 경찰서 대기의자에서 지켜봤다. 또랑또랑한 아이 목소리에 뿌듯해 하며.

"집 주소는 기억 안 나? 어느 동에 살았어?"

젊은 경찰의 질문에 다인이 동공을 또르르 굴렸다. 아는 건데 기억이 안 나니 당혹스러운 모양이다.

"모를 수 있어. 괜찮아. 아저씨도 학교 들어갈 때까지는 우리 집 주소 몰랐어."

경찰이 독려하듯 다독였다. 「이휘철 경장」라는 이름이 새겨진 명패가 그의 책상에서 위상을 떨치고 있었다. 이 경장은 착실하고 좋은 경찰 같다.

"백육동 백이십육호에 살았어요!"

"백이십육호?"

이 경장의 위로로 다인의 기운이 되살아났다. 외치듯 씩씩하게 대답했다. 얼른 메모하던 이 경장이 헷갈리는지 갸웃했다. 아파트 같은데 호수가 이상하네. 126호라니, 라는 속내가 얼핏 담겨 있었다.

귀동냥하던 지희는 쿡 웃었다. 다인은 아파트에 사는 모양이다. 백육동(106동) 백이십육호(1206호)에.

아이 눈으로 순수하게 읽으면 간단한 문제인데 복잡한

어른 눈으로는 어려운 문제인 경우가 있다. 여러 상념들로 가득 찬 뇌 회로가 엉킬 대로 엉켜서 그런 듯하다.

이따 이 경장에게 말해줘야겠다고 생각하며 연이어 키득거리는데,

"조카가 있습니다."

옆자리에서 나직한 울림이 들렸다. 지희와 마찬가지로 다인을 지키는 남자였다.

"네?"

제대로 듣지 못한 지희는 눈썹을 치떴다. 그러자 남자가 진중한 눈빛을 돌리며 어김없이 진지하게 입을 텄다.

"일곱 살 조카가 있습니다. 다인이 만한 사내아이. 제가 놀이터 미끄럼틀보다 더 만만한 외삼촌이죠."

그래서 아이를 잘 다룬다는 뜻이다. 고로 유부남은 아니다, 라는 부연도 넌지시 끼어서.

"아……."

오해할까 봐 일부러 설명해주는 건가.

주책없는 입꼬리가 배시시 떨려, 지희는 입술 자락에 힘을 줘야 했다. 하나 갈비뼈 안쪽에서 하느작거리는 설레발은 막을 수 없었다.

"가셔야 되는 거 아니에요?"

간질간질 떨리는 속내를 들키고 싶지 않아, 지희는 화제를 돌렸다. 은근슬쩍 그의 동선을 체크하려는 치밀한 목적도 있었다.

"아닙니다. 시간 있습니다. 충분히."

"네."

충분히. 충분히. 그가 덧붙인 단어에 어떤 의미가 생긴다.

"그쪽이야말로 괜찮습니까?"

"저도 시간 많아요. 충분히요."

지희는 저도 모르게 '충분히'를 덧붙였다. 속으로 앗! 하고 후회하는데,

"다행이네요."

그가 말했다.

'충분히' 다음에는 '다행'이다. 대뇌가 '함께 있을 시간이 충분히 있어 다행이다'라는 의미로 언어를 해석했다.

"그러게요."

자꾸 웃음이 나려 한다. 짝사랑에 빠진 소녀처럼 헤벌쭉 해지는 자신이 이상할 지경이다. 이토록 금방 남자에게 호감을 느낀 적은 없었는데. 맹세코.

남자가 고개를 돌렸다. 그가 지희 입술에 묻어난 미소를 지그시 응시했다. 싫지 않다. 그의 시선을 받는 것이.

조금씩, 조금씩 심장박동이 빨라진다.

"이름을 물어도 되겠습니까?"

남자가 물었다.

"저는 이우진입니다."

그리고 제 이름을 밝혔다. 또박또박한 발음이라 더더욱 명확히 들렸다. 이우진. 이름이 의젓하다. 그에게 아주 잘

어울리는 이름이다.

지희는 앞의 데스크를 일별했다.

시골 마을 경찰서는 한갓졌다. 할 일 없는 중년 경찰과 어린 순경은 커피를 마시며 담소를 나누느라 이쪽에는 일절 관심이 없었고, 이 경장은 어린 다인을 상대하느라 진땀을 빼고 있었다.

그러므로 그들의 대화는 지극히 안전했다.

"신지희요."

행여나 들릴까 싶어, 지희는 최대한 목소리를 낮추었다. 우리 비밀 이야기를 속삭여요, 하듯이.

"그렇군요."

그녀의 의중을 간파한 그도 속삭거렸다. 그러더니,

"신지희 씨."

읊조리듯, 되새기듯, 지희 이름을 반복했다. 너무나도 듣기 좋은 목소리로.

쿡. 지희는 웃었다. 후다닥 제 입을 손바닥으로 막았으나 그도 들었다. 그도 기분 좋은 듯 희미한 미소를 입가에 걸었다.

드디어 그와 통성명을 나눴다.

하필이면 군데군데 가죽이 들뜨고 해진 경찰서 의자에서.

첫 만남도 괴팍한 할아버지 사진관에서였다. 그 우스운 인연이 끊어지지 않고 이어가고 있다. 이어지고 있다.

하루 전만 해도—3시간 전만 해도—전혀 모르는 남자였는데.

누구에게나
사랑의 순간은 온다.

지금은 두 가지나 알았다.

서른둘. 이름은 이우진.

지희의 내리깐 초점이 그의 발에 머물렀다. 적당한 간격을 둔 발이 크다. 발도 크다.

— 16. 8. 29.

"지희야."

현옥은 어기적어기적 중환자실에 나오자마자 무기력하게 보조의자에 털썩 앉았다. 그 상태로 전신의 기력이 바닥나도록 제 딸 이름을 애타게 불렀다.

"지희야. 지희야."

한참 동안 울고, 울었다.

그런 아내를 지켜보던 승경도 고개를 조아린 채 굵은 눈물을 흘렸다. 적요한 중환자실 복도의 침묵은 부모의 찢겨진 울음소리가 깨트렸다.

한 시간 남짓, 시간이 흘렀다.

짠 눈물이 말라버린 눈가를 씻지도 않고, 현옥과 승경은 중환자실 대기의자에서 넋 놓았다. 마을 어귀를 지키는 장승처럼 그곳에서 딸아이를 지켰다.

딱히 할 일이 없었다.

할 일이 많았던 것 같은데 도무지 기억나지 않았다.

실은 중요치 않아 내버려둘 뿐이었다. 세탁기에는 세탁이 끝난 빨래가 있을 것이고, 식탁에는 늦은 승경의 점심상이 차려진 채 그대로 있을 것이다.

그러고 보니.

"당신, 밥 먹어야지."

현옥은 그제야 종일 빈속이었을 남편을 인지했다. 아침식사도 입맛 없다고 걸렀던 남편이었다.

"당신도 안 먹었잖아. 밥 먹으러 갈래?"

"아니, 난 생각 없어."

현옥은 맥없이 거부했다. 그러다 다시 퀭한 동공을 번뜩 떴다.

"우리 지희는? 우리 지희는 배 안 고플까? 배고프면 어쩌지?"

"저 링거에 영양제 이런 것도 들어 있어서 영양 보충이 된다며. 아까 간호사가 설명해줬잖아. 지희 생각 말고 당신이나 챙겨 먹자."

"그러면, 나는 됐네."

손목을 잡는 승경의 손을 뿌리치고 현옥은 무기력한 고개를 벽에 기대었다. 어지럽게 분산되는 초점을 멍하니 허공에다 두었다가, 도저히 버틸 수 없어 눈꺼풀을 닫았다.

그때였다.

"우진아!"

대리석 바닥을 두들기는 긴박한 발소리가 들렸다. 하나가 아닌 여러 개의 발소리였다.

도로 눈을 뜬 현옥은 소리의 방향을 확인했다. 여리한

누구에게나
사랑의 순간은 온다.

몸을 휘청거리며 중년 여자가 달려왔다. 그녀가 중환자실에 도달하자마자 정신 나간 것처럼 불투명한 유리문을 두들겼다.

"우진아, 우진아!"

"누나!"

40대 초반가량 되었을 남자가 뒤늦게 쫓아왔다. 남자가 다급히 그녀의 손목을 부여잡고 만류했다. 소란스러운 소음을 들은 간호사가 중환자실에서 나왔다.

"무슨 일이죠? 여긴 중증환자들이 있는 중환자실입니다. 정숙하셔야 해요."

"죄송합니다."

혈색이 벌겋게 상기된 남자가 마른침을 꿀떡 삼키며 쉰 목소리를 가다듬었다. 그가 숨을 끅끅거리는 누나를 붙잡은 채 불안정하게 말을 이었다.

"저기…… 이우진, 이라는 환자…… 여기 있는 거 맞습니까? 기차 탈선사고로 혼수상태라는 연락을 받고 왔습니다."

"잠시만요."

간호사가 들고 있던 바인더를 펼쳐 꼼꼼히 훑었다. 그러다 중간 부분을 검지로 짚으며 내밀었다.

"신원 확인되신 분 중 한 분이시네요. 성함과 주민번호 확인해보시겠어요?"

남자가 평정심을 잃지 않으려 헛기침을 한 차례 하고서 바인더 서류를 내려다봤다. 하나 노안이 온 것처럼 바로 보이지 않는지 연신 눈꺼풀을 끔벅였다. 바람 든 것처럼 초점이 마구 잡이로 흔들렸다.

일반 병실/김철수

중환자실/신지희

중환자실/이…….

"동석아, 맞니? 우리 우진이 맞아?"

누나가 동석이라 불린 남자의 팔뚝에 매달리시다시피 했다. 두려운 나머지 직접 확인은 못 하고 동생에게 의지하는 그녀였다.

물끄러미 그들의 상황을 응시하던 현옥의 눈가도 도로 젖었다.

중년 여자의 모습이 십분 이해되었다. 불과 2시간 전의 제 모습이었기에. 제 아이를 찾아 달려왔으면서 제 아이는 아니길 바라는 절박한 심정.

"……누나."

가까스로 침착하게 명단 확인을 끝낸 동석의 입술이 바르르 울었다. 흰자위도 붉은 핏빛으로 물들어 갔다.

"맞아. 우리 우진이. 이우진 맞네…… 빌어먹을."

3화. 애인이 최고입니다

기차를 탔던 아이는 어쩌다 시골 동네를 헤매게 된 걸까. 엄마가 자리 비운 사이 기차에서 내린 걸까. 그렇게 엄마를 잃어버린 걸까.

해가 지도록 다인의 부모 소식은 없었다. 백방으로 수소문하고 있으나 근방에서 들어온 실종신고는 없다고 경찰이 설명했다. 더불어 부모의 신고가 없는 한 자신들도 어쩔 도리가 없다고 부연했다.

지희는 어린 다인을 경찰서에 홀로 둘 수 없어 보호자를 자처하고 나섰다. 우진도 마찬가지였다. 덕분에 두 사람은 몇 시간 동안 경찰서에 발이 묶였다. 그런 불편쯤이야 그다지 상관없는 두 사람이었다.

충분히, 시간이 있으니.

다인은 아이답게 적응력이 뛰어났다. 경찰서 분위기가 익숙해지자 대번 쾌활해졌다. 제 놀이터인 양 경찰서 일체를 접수했고, 제 짝꿍으로 점찍은 우진을 마음껏 부렸다. 조카와 놀아본 경력자 우진은 에너지 넘치는 다인에게 꽤 좋은 놀이 상대였다. 갈수록 눈 밑에 까만 서클이 둘러졌지만.

"아직도 소식이 없나요?"

"없네요."

지희의 질문에 이 경장이 도리질했다. 기다리는 와중에 시시때때로 확인하고는 있으나 희망적인 답은 오지 않았다.

"제가 다인이랑 이 근처 민박집에라도 있다가 내일 아침에 오면 안 될까요? 아이를 내내 경찰서에 두는 게 그래서요."

"그건 좀……."

이 경장이 난감한 기색으로 말끝을 맺지 못했다.

"밤늦게라도 아이 부모님의 소식이 오면 제게 연락 주시면 되잖아요."

"원칙상 직계가족이 아닌 분께 미아를 인계할 수 없어요. 부모가 올 때까지 저희가 보호해야 됩니다."

"만약 보호자가 나타나지 않으면요?"

"금일 지나도록 보호자와 연락이 닿지 않으면 군에서 운영하는 미아보호소로 보내야죠. 안타깝지만 여건상 저희가 장시간 보호할 수 없어서요."

미아보호소라니.

지희는 중앙 소파에서 방방거리는 다인을 일별했다.

다인은 중년 경찰이 넘겨준 바둑판을 이용하여 한창 알까기

중이었다. 상대는 만만한 우진이었고, 구경꾼은 중년 경찰과 어린 순경이었다.

우진은 여러 차례 실수하는 척 제 알을 장외로 튕겨냈고, 그럴 때마다 다인이 턱을 의기양양 세웠다. 구경꾼들의 불평등한 응원까지 더한 터라, 다인은 한껏 거만해진 상태였다. 그런 모습이 한없이 귀여웠다.

"연고도 없으신 분들인데 그만 가셔도 됩니다. 아이는 저희가 책임지고 보호할 테니 걱정 마세요."

"아니요. 있을게요."

벽시계가 저녁 7시를 넘기고 있었다. 다인을 만난 시점은 오후 1시쯤이었다. 그러니 다인은 적어도 7시간가량 미아로 있었다.

어째서 부모의 신고가 없을까. 보통 이런 경우 경찰에 신고부터 하지 않을까. 유괴일까 걱정되어 못하는 건가. 그것도 아니면…… 설마 버린 건…….

"아싸! 내가 이겼다!"

최종 스코어 3대0이라는 엄청난 기록으로 다인이 우진을 이겼다. 승자 다인은 깡충깡충 뛰며 환호성을 내질렀다. 그러더니 패배자 우진의 면전에다 대고 엉덩이를 실룩거렸다. 구경꾼들이 우진에게 대놓고 야유를 보냈다.

저렇게 밝고 귀여운데.

지희는 제 사념을 후다닥 떨쳐내고 단란한 그들에게 다가가려 데스크에서 물러났다.

"이거 놓으라고! 안 놔! 죽어볼래?"

우락부락한 남자 둘이 경찰서 유리문을 거칠게 열어젖혔다. 옷차림새가 영락없이 동네 양아치로 보였다.

"죽여봐, 이 새끼야! 술을 처먹으려면 곱게 처먹지. 감히 누굴 건드려! 내가 오늘 기필코 네놈 콩밥 먹일 거다."

덩치 큰 남자가 왜소한 남자의 멱살을 잡은 채 질질 끌고 왔다. 왜소한 남자가 붉으락푸르락한 얼굴로 씩씩거렸다.

하필 그 앞에 서 있던 지희가 두 남자와 딱 맞닥뜨렸다. 엉거주춤한 채로 피하려 했으나 성큼성큼 내딛는 남자들의 발걸음 속도가 빨랐다. 동시에 우진이 소파에서 일어나 뛰듯이 움직였다.

"저리 비켜!"

잔뜩 성난 남자가 두툼한 팔을 휘저었다. 돌팔매질하듯 휘두른 주먹이 지희의 얼굴로 날아왔다.

지희는 본능적으로 움츠러들었다.

가까이 다가온 우진이 순식간에 지희의 팔목을 잡아채었다. 휘청하는 지희를 보호하듯 제 품으로 당겼다.

퍽. 휘둘러진 남자의 주먹이 둔탁한 소리를 내며 우진의 팔뚝을 가격했다. 그런 와중에도 우진은 지희의 몸을 그러쥐듯 감쌌다. 더욱 강하게, 더욱 안전히.

"뭐하는 겁니까?"

냉랭한 음성이 정수리 위에서 들렸다.

지희는 웅크린 채 힐끗 눈동자를 올렸다. 충격을 받은

팔뚝이 시야에 들어왔다. 야상점퍼를 걸치고 있었으나 무척 튼실한 이두박근이 또렷이 나타났다.

"그러게 왜 거치적거려!"

안하무인인 남자가 제 덩치만 믿고 상스러운 욕설을 내뱉었다.

우진이 제 품의 지희를 한편으로 밀어내고서 성큼 남자에게 갔다. 체격은 살집이 많은 남자가 컸으나 키는 우진이 머리통 하나 이상 컸다.

"저 사람이, 다칠 뻔했습니다. 사과하십시오."

이우진입니다, 할 때의 달콤한 부드러움은 일절 없었다. 어투는 소름끼치도록 찬기가 흘렀고, 냉랭한 눈빛은 심히 위압적이었다.

극히 살벌한 포스가 내려앉자, 덩치가 동요했다. 저도 모르게 위축된 눈알이 허공을 훑었다.

"그, 그러게 누가 앞길을 가로막으래? 얼쩡거린 사람 잘못이지."

"아이고! 경찰서가 너희들 안방이야! 왜 소란을 피워!"

다인을 순경에게 맡긴 중년 경찰이 부러 허리춤에 찬 진압봉을 내보이며 걸어왔다. 팔자걸음으로 슬렁슬렁 오다말고,

"아가씨, 안 다쳤어요?"

지희에게 물었다.

"네."

대답하자마자,

"맞은 데는 괜찮아요?"

우진에게도 물었다. 우진은 대답 대신 머리를 까닥였다.

"용문이 이 자식, 너는 기껏 경찰서까지 와서 왜 시민을 해코지해? 어? 어디서 몹쓸 짓을 배워 와서 몹쓸 짓만 하냐. 네 어머니가 너 때문에 얼마나 고달픈지 아냐."

그가 덩치와 대립하는 우진 앞을 가로막았다. 그러더니 스스럼없이 진압봉 앞머리로 덩치의 이마를 툭툭 건드렸다. 작은 시골 마을인 터라 동네 주민의 사정을 속속들이 아는 그였다.

"내가 뭘 어쨌다고 그래요! 나는 술 곱게 먹고 있었는데, 이 새끼가 소주병으로 내 머리통을 갈겼다고요."

"돌머리라 멀쩡한 거냐? 티 하나 없이 멀쩡하구면."

"돌아버릴 지경이라니까!"

자신의 머리통을 휘휘 살피며 이죽거리는 중년 경찰에게 용문이 버럭 성질냈다.

"돌아버리는 건 네 사정이고. 왜 엉뚱한 데에 화풀이야? 저분들이 무슨 죄라고. 특히 저분은 네 무식한 주먹에 맞았잖아! 폭행죄로 현장 체포해줄까?"

"실수예요, 실수. 내가 눈에 뵈는 게 없어서 그랬다니까요."

강경한 중년 경찰의 힐책에 용문이 머리카락을 긁적거리며 무성의하게 둘러댔다. 그들을 덤덤한 눈초리로 묵묵히 직시하던 우진이 입술을 뗐다.

"저는 이만, 진단서 떼러 병원에 다녀오겠습니다."

어쩜. 협박 같은 농담을 저토록 정중히 하는 건지.

이 남자 의외로 엉뚱하다. 사진관 노인 못지않게. 사진관 노인의 억지스러움에서 혀를 내둘렀는데, 기교 넘치는 우진의 대처 능력에서는 곱절로 내두르고 싶어졌다. 솔직히 상당히 매력적이기도 했다.

"미안합니다. 내가 술을 코로 마셔서 제정신이 아니었습니다."

그제야 용문이 깨깽했다.

예의바른 사과를 우진이 시원하게 고갯짓하며 받아들였다. 그러곤 자신이 보호자인 양 지희의 어깨에 슬며시 손대며 중앙 소파로 이끌었다. 지희는 자연스레 그의 손길을 받아들였다.

중년 경찰이 용문과 왜소한 사내를 이 경장에게 떠넘겼다. 용문이 친구 관계인 왜소한 사내에게 고소하겠다고 으름장을 놓으며 장황하게 지난 상황을 설명했다. 왜소한 사내는 아랑곳하지 않고 술기운으로 꾸벅꾸벅 졸았다.

"역시 애인이 최고네요."

"네?"

중앙 소파로 가자, 다인 곁에 있던 순경이 엄지를 보이며 지희에게 말했다.

"두 분 여행 오신 것 같은데 이런 곳에서 시간을 허비해서 어떡해요? 오붓한 시간을 보내기도 아까우실 텐데."

"뭘 꼬치꼬치 캐묻고 그러냐. 둘이 알아서 오죽 잘할까."

"제가 애인이 없으니까 부러워서 그러죠."

중년 경찰의 타박에 순경이 구시렁거렸다. 잇따라 둘이서 이상야릇한 눈길을 주고받으며 오묘하게 해죽거렸다.

으슥한 밤, 물레방앗간으로 향하는 홀아비들의 표정과 흡사했다. 하도 음흉하여, 지희는 반박하기도 싫었다.

"험."

우진이 근엄한 헛기침을 했다. 짐짓 경고 서린 눈초리라 중년 경찰이 속히 엉큼한 눈초리를 거뒀다. 순경도 공연히 중앙 테이블의 바둑판을 치웠다.

애인 사이로 보이나.

터무니없는 오해이나 기분 나쁘지 않다. 오히려 설레는 감정이 새싹 돋듯 갈비뼈 틈새로 자라난다.

지희는 무심코 우진을 보았다. 텔레파시가 통하듯 우진도 지희를 보았다. 옷깃 같은 눈길이 사분히 스쳤다. 희미한 미소도 사분히 맺혔다.

— *16. 8. 29.*

평화로운 밤하늘이다. 육지의 사생에는 일절 관여하고 싶지 않은 듯.

어수선한 속을 삭이려 병원 산책로를 서성이던 동석은 하늘에서 눈을 뗐다. 제 세상은 속절없이 들쑤셔놓고서 자신은 평화로운 하늘이 원망스러운 날이기에.

하. 경직한 한숨이 무겁게 깔렸다.

"대표님."

산책로 입구에서 여자가 다가왔다. 구둣발이었으나 힐 소리가 나지 않을 만큼 조용한 걸음걸이였다.

우진의 개인 비서 혜선이었다.

그녀 직속상관인 우진은 업무에 관해서는 완벽주의자였다. 소소한 문제 하나 허투루 넘기는 법이 없었고, 인간적인 실수는 관대하나 업무적인 실수는 결코 용납하지 않았다. 그로 인해 우진의 개인 비서는 3년 동안 세 차례나 바뀌었다. 하나같이 1년을 채 버티지 못하고 나가떨어졌다.

혜선은 3년 전 입사한 우진의 네 번째 비서였다.

대단한 것은 그녀가 들어온 이래 우진의 비서는 바뀐 적 없다. 그녀는 우진을 따라 야근을 밥 먹듯 했고, 주말 근무가 일상처럼 잦아도 군소리하지 않았다. 지각 결근은커녕 일거리 한 번 밀린 적 없는, 그야말로 성실 근면 자체였다.

은근슬쩍 흘러들어오는 탕비실 소문에 의하면 상사 뒷담화 한 번 한 적 없단다.

이쯤 되면 비서 오브 더 비서인 거다.

동석은 혜선과 뜨문뜨문 공적으로 대면했을 뿐 개인적인 교류는 한 적 없었다. 부러 거리를 둔 것도 있다. 굳이 그런 감정을 느낄 필요도 없는 관계인데도 왜인지 그녀가 불편했다. 혜선이 제 앞에 나타나면 공연히 신경 쓰였다.

그는 그 이유를 그녀가 자신과 맞지 않은 FM 스타일이라 그런 거라고 단정 지었었다. 일 괴물들의 보스 같은 우진도 징글징글한데, 보스 몬스터와 죽이 잘 맞는 그녀도 징글징글했다.

인간이 대체 어떻게 살면 실수를 안 한다는 말인가. 심지어 3년 동안.

"여태 대기했어? 올라가라니까."

동석은 성가시다는 투로 나무랐다.

이곳까지 동석과 누나인 영주를 수행한 건 혜선이었다. 우진의 사고 소식을 접하고 우왕좌왕하는 동석이 운전대를 잡지 못하도록 그녀가 나서서 움직였다.

동석은 그것도 꺼림칙했다.

제 상관이 사고로 의식 불명이라는데 어쩜 저리도 의연할까. 하물며 눈물이라도 찔끔 짜줘야 정상 아닌가? 일밖에 모르는 기계적인 여자인 거다.

"두 분 식사하시는 것만 보고 가겠습니다."

"밥 먹는 게 뭐 대수라고. 누님도 나도 생각 없어."

동석은 등 돌린 자세인 채로 못마땅하게 일축했다. '너는 밥 먹었지?'라고 캐묻고 싶었으나 치졸한 인간으로 보일 듯해 그만두었다.

"누님은 내가 잘 보필할 테니, 권 비서는 개의치 말고 서울로 올라가. 공석이 두 개나 생겼잖아."

안 그래도 우진의 공석으로 정신없던 하루였다.

꼬리의 꼬리를 물고 밀어닥치는 결재의 파도에 삼켜지기 일보직전이었다. 회의는 왜 그렇게 많은 건지. 협력사들은 또 언제 그렇게 는 건지.

우진의 빈자리를 절감한 동석이었다. 우진이 그동안 어떤 몫을 해냈는지, 자신이 얼마나 안일했는지 새삼 깨달았다. 우진이 냉철해질 수밖에 없는 이유 또한.

우진은 원래 다정한 녀석이었다. 대학 졸업 전까지는 편히 잘 웃던, 웃음이 많은 녀석이었다.

외탁을 한 탓에—굳이 강조하자면—외모도, 성품도 밝았다. 다소 엉뚱한 점도 있는데, 그 점은 영락없이 자신과 닮았다.

그랬던 녀석이 최근 들어—인지 못하였을 뿐 훨씬 전부터—웃질 않았었다. 가면을 쓴 양 늘 무표정했고, 매사 냉철한 태도를 유지했다. 제 직무에서 오는 막중한 책임감으로 인해서였다.

한때는 왜 저리 꼿꼿하게 굴까, 하고 서운해 하기도 했다.

동석은 우진의 빈자리를 체감하고서야 비로소 그 이유가 자신임을 인지했다. 미안한 마음이 들어 오전에 문자를 보냈었다. 3일 후에 보자는 억지스런 생떼를 피우긴 했으나 보고 싶은 마음이 커서였다.

그건 어디까지나 애교였는데.

이런 식으로 바로 보고 싶지는 않았는데.

"임원회의 가결로 인해 당분간 윤 전무님께서 대표 대행으로 계실 예정입니다. 최 실장님께서 보좌하실 거고요."

"그래."

우진의 사고로 동석의 회로는 일시 정지되었다.

가동을 멈춘 대표이사의 업무는 비서실장인 최 실장과 윤 전무가 나서 임원들에게 분담 처리하고 있다. 최 실장과 윤 전무는 아버지 때부터 계셨던 분들이라 그 누구보다 믿을 만 하다.

"내일로 예정된 중국 MOU 체결식도 윤 전무님이 참석하 실 겁니다. 긴급한 사항은 모두 조치 취해놨으니 대표님은 염 려치 마시라는 전언이 있으셨습니다."

"제대로 하는 일 없이 손만 빌리고……. 엉망이군."

동석은 자책했다. 제 자신이 한심하기 그지없다.

"대표님."

"응."

"병원과 가장 가까운 거리에 위치한 S호텔 스위트룸을 대 표님 성함으로 체크인 해놨습니다. 그러니 지치실 때까지 계 시지 마시고……."

"알았어. 피곤하면 가서 쉴게."

"두 분 갈아입으실 옷도 룸에 두었으니……."

"옷이라니?"

연이은 혜선의 부언을 가로막으며, 동석은 그제야 돌아봤 다.

이곳으로 내려올 당시만 해도 사고 소식으로 경황이 없었

누구에게나
사랑의 순간은 온다.

기에 옷 등의 개인 소지품은 일절 챙기지 못했었다. 그러므로 갈아입은 옷이 있을 리 만무했다.

"샀어?"

"아니요."

"그럼? 설마…… 가져왔어?"

"아무래도…… 새 옷보다는 편하실 듯하여."

눈치 보듯 눈동자를 올리던 혜선이 머뭇머뭇 이실직고했다.

오가는 거리를 합하면 족히 300KM가 넘는다. 그 거리를 단순히 제 상관의 옷 때문에 이동하였다는 말인가. 하면 여태 기다린 게 아니라 여태 고속도로를 타고 다녔다는 소리다.

와. 질린다.

"그래. 입던 옷이라 무진장 편하겠다. 내 속옷도 챙겨왔겠네?"

"네. 가사도우미 아주머니께 부탁하여."

"그래. 꼼꼼하다. 소름 끼치게 꼼꼼해."

대놓고 이죽거리자, 혜선의 눈썹이 꿈틀했다. 그러나 어김없이 똑바른 자세를 유지하는 혜선이었다. 뚫어지게 관찰하는 동석의 입술 자락이 모나게 비뚤어졌다.

"더 전할 말은?"

"사모님 약은."

"그건 내가 알고. 더 없지?"

"없습니다."

"그럼, 가."

동석은 귀찮은 기색으로 슬슬 손날을 휘날리고 되돌았다. 혜선이 습관처럼 동석의 뒷등에다 꾸벅 묵례하며 몇 발짝 움직였다. 그러다,

"대표님."

주춤주춤 멈추었다.

"왜?"

상대하고 싶지 않아 저절로 짜증이 밴 음색이 나왔다.

"이사님께서는……."

말이 목구멍에 걸린 듯 혜선의 목소리가 덜그럭거렸다.

사경을 헤매는 제 직속상관의 존재를 완전히 잊은 것처럼 한 차례도 우진을 언급하지 않던 혜선이었다. 동석의 고개가 반사적으로 돌아갔다.

"음."

'이사님'이라는 단어가 어려운 단어는 아니건만, 혜선이 마른침을 삼키거나 심호흡을 하는 등 뜸을 들였다. 동석은 잠자코 기다렸다.

"……이사님께서는 반드시 깨어나실 겁니다. 의지가 강하신 분입니다."

드디어 나온 또박또박한 말은 한 마디 한 마디에 온 힘이 실려 있었다. 꼭 이루어질 것이라는 염원이 담겨 있었다. 또한 깊은 염원이 있어 감히 입에 올리지 못하였다는 뜻도 담겨 있었다.

누구에게나
사랑의 순간은 온다,

동석은 울컥했다. 뜨거운 전류에 감싸인 심장으로 인해 눈시울도 뜨거웠다. 시시하게 뭐 저까짓 말에 감동하고 그래.

"그래. 그럴 거야."

볼품없이 찔찔 짤 수는 없는 노릇이라, 동석은 후딱 등 돌렸다. 그러곤 사뭇 뚝뚝한 투로 응수하며 뒤로 손가락을 까닥거렸다. 어서 가라고.

"내일 다시 오겠습니다."

혜선이 물러났다.

"오지 마."

퉁명스레 대꾸하며 힐끗 뒤를 봤을 때는 혜선이 이미 사라지고 난 뒤였다. 왔을 때처럼 기척 없이 간 거였다.

발도 빠르네. 발소리도 나지 않았는데. 인간계에 숨어 사는 귀신일지도 모른다.

그래도…….

속이 깊은 여자인지도. 기계적인 인간이 아니라.

— 8. 29.

저녁 10시 무렵.

다인은 우진이 인정식당에서 배달시킨 저녁밥을 배불리 먹은 후 이른 잠에 곯아떨어졌다. 엄마를 찾아 헤매며 많이 울었고, 한바탕 열성적으로 놀았으니 지칠 만도 했다. 우진은 그런 다인을 위해 선뜻 제 허벅지를 베개로 내어주었다.

"불편하지 않으세요? 제게로 옮겨도 되는데."

"괜찮습니다."

다인이 자신의 무릎을 베고 잠든 바람에 한 시간가량 정자세를 유지하는 우진이었다. 행여 움직이는 기척이라도 느끼면 다인이 깰까 싶어 그 자세로 꼼짝하지 않았다.

"다인이 상대하느라 피곤하시죠?"

"거뜬합니다."

"아이랑 놀아주는 게 얼마나 힘든데. 세상에서 제일 힘들걸요?"

어느 정도는 그녀 말이 맞았다. 눈가에서 무지근한 피로가 지분거렸다. 하나 그녀 입가에서 나풀거리는 말간 미소는 고단한 피로감을 말끔히 해소시켜주었다.

"조카가 있다고 하셨죠?"

"네."

"조카는 좋겠어요. 이런 좋은 삼촌이 있어서."

"칭찬입니까?"

"그럼요."

"고맙습니다."

점수를 딴 모양이다. 좋은 삼촌 노릇 하느라 허리가 뻐근할 지경이었으나 기막힌 보답이 있었다. 투자 대비 최고 효과.

"아까 맞은 팔은요? 아프지 않으세요? 멍든 거 아닐까요?"

잠깐 욱신거렸던 통증은 금세 사라지고 없었다.

누구에게나
사랑의 순간은 온다.

매일 아침마다 꾸준히 운동을 해왔던 터라, 뛰어나게 발달한 이두박근이 튼실한 방패 역할을 했다. 불시의 가격이었으나 대수롭지 않은 자극에 불과했다.

하나 불현듯 엄살을 피우고 싶은 충동이 일었다. 생전 해본 적 없던—해볼 생각도 못 했던—엄살이었으나 터무니없게도 그녀에게는 해보고 싶었다. 엄살 전문가인 서 모 씨의 행태를 숱하게 경험해왔던 바 그다지 까다로운 과제는 아니었다.

"조금 아립니다."

"정말요?"

계획했던 대로, 예상했던 대로, 일이 착착 진행되었다.

그녀가 심각한 눈길로 우진의 팔뚝을 더듬었다. 우진은 어깻죽지를 세워 자신의 팔뚝이 더더욱 도드라지게 만들었다. 짐짓 진지한 표정으로.

"약 바르셔야 하는 거 아니에요? 약국에서 파스라도 사올까요?"

"그 정도는 아닙니다."

"제가 주물러 드릴까요?"

빙고. 일이 잘 풀리는 순간 이런 식의 탄성을 하는 이유를, 우진은 이제야 이해했다. 내면의 자아가 씩— 엄지를 들어보였다.

우진은 내심 웃음이 나려 했다. 자신도 몰랐던 제 속의 능청이 마냥 신기했다.

"아까 맞은 데가 여기죠?"

작은 손이 조심스레 팔뚝으로 왔다.

닿지도 않았음에도 심장이 먼저 반응했다. 두근두근 뛰었고 심장 언저리도 간질간질했다.

"괜히 나 때문에."

"그 사람이 잘못한 거죠."

작은 손이 팔뚝을 가만가만 주물렀다.

감각이 예민하게 곤두섰다. 아쉽게도 손의 촉감은 야상점퍼의 옷감으로 인해 느낄 수 없었으나 그녀의 세심한 마음은 고스란히 전해왔다.

"멍드는 건 아니겠죠?"

"괜찮을 겁니다."

우진은 제 아래 그녀를 지그시 보았다. 내리깔린 풍성한 속눈썹을 지그시 바라보았다.

자신의 팔뚝을 성심성의껏 주무르느라 온 신경을 쏟고 있는 터라, 그녀는 그의 눈길을 인식하지 못하고 있었다.

이런 기분이구나.

여자를 본다는 것은.

제 마음에 차는 여자를 바라본다는 것은.

이런 기분을 설렌다고 하나보다. 이렇게 갈비뼈 안쪽이 부르르 떠는 느낌을 설렌다, 표현하나보다.

"좀 나아요?"

그의 속내는 까맣게 모르는 해맑은 목소리가 들렸다. 저도 모르게 우진의 입매가 빙그르르 늘어났다.

"거……."

솔직하게 거짓말임을 밝히려는 참이었다.

"다인아!"

드디어 다인이 엄마를 찾았다.

혼비백산하여 사방을 헤매던 엄마가 도달한 지점은 다행히 인정식당이었다. 식당 아주머니로부터 다인의 소재를 파악한 후 허둥지둥 경찰서로 달려온 엄마의 낯빛은 시퍼렇다 못해 창백했다.

"엄마! 엄마!"

우진의 무릎에서 곤한 잠을 자던 다인은 제 엄마의 목소리에 곧바로 반응했다. 알 깨고 나온 새끼 새처럼 파닥파닥 달려가 그리웠던 품에서 목 놓아 울었다. 엄마 어디 갔었어. 엄마가 없어서 얼마나 무서웠는지 알아? 엄마 이제 어디 안 갈 거지? 가지 마, 엄마. 엄마. 엄마.

아이의 울음보에는 수많은 하소연이 담겨 있었다.

엄마도 마찬가지였다. 제 아이를 굳세게 그러안고 안도의 눈물을 삼키었다. 아이를 잃어버린 자초지종은 중요치 않았다. 아이는 엄마를 찾았고, 엄마는 아이를 찾았다. 그 무엇과도 바꿀 수 없는 모자母子가 모자母子에게만 줄 수 있는 안정을 되찾았다는 것이 가장 중요했다.

다인이 엄마를 찾은 기쁨에 젖어, 지희는 촉촉해진 눈가를 닦아내기도 했다. 그런 지희를 내려다보는 우진의 입술이 설핏 휘었다. 그리고 인계 절차가 남은 그들을 두고 경찰서를 나섰다.

"삼촌!"

엄마 품에 매달려 있던 다인이 후다닥 쫓아 나왔다. 달려오는 아이를 우진이 번쩍 안아 높이 들었다. 그러곤 제 품으로 부드럽게 당겼다. 헤어지기 아쉬운 듯 다인이 우진의 목을 꽉 끌어안았다. 짧은 시간이었으나 정이 담뿍 든 모양이었다.

"다음에 봐, 삼촌! 누나!"

아쉬운 작별인사를 끝낸 다인이 엄마에게 돌아갔다. 연신 손 날개를 펄럭거리는 다인의 손을 엄마가 다시는 놓지 않겠다는 듯 움켜쥐었다. 그리고 그들에게 감사의 인사 대신 고개를 깊숙이 조아렸다.

"왜 나는 형이 아닌 삼촌이고, 지희 씨는 누나인 거죠?"

"아무래도 연배가 있으니까."

무뚝뚝한 어투에 서운함이 배어 있어, 지희는 일부러 심드렁히 말했다. 다인이 우진에게만 안기고 간 터라 질투 어린 복수(?)나 다름없었다.

"친밀감의 표현 아닐까요?"

우진이 철석같이 알아듣고 맞대응했다. 샐쭉하게 흘기듯 보니 그의 광대가 실룩 움직였다. 지희는 삐죽거리며 빙그르 발끝을 틀었다.

"다인이가 엄마를 찾아서 다행이에요. 미아보호소라도 가게 되면 어쩌나 걱정했거든요."

"착한 누나를 만난 덕분이죠."

이 남자 아부할 줄 안다. 정작 고생한 건 누구인데. 멋쩍은 지희는 어깻죽지를 으쓱거리며 능청을 떨었다.

"이왕이면 예쁜 누나라고 해주세요."

"정정하죠. 착하고, 예쁜, 누나."

받아쳐주는 솜씨도 센스 있다. 부끄럼 모르는 요구자는 마냥 좋아 배시시 웃었다. 한껏 기분이 좋았다. 제 농담을 찰떡처럼 받아주는 그가 있어. 특히 '예쁜' 자에다 힘을 주며 강조해주어서.

"신지희 씨."

경찰서 입구를 나서는데, 그가 불렀다.

얕은 바다를 타는 파도처럼 잔잔한 울림이라, 지희는 무심코 긴장했다. 잇따라 곧은 눈길이 내려앉았다. 왜요? 말씀하세요. 뭐든. 초롱초롱 올려다보는 동공이 묘한 기대감으로 반짝거렸다.

"배고프지 않아요? 난 배고픈데."

"아, 밥이요."

밥. 실망스럽게도 밥. 대체 뭘 기대한 걸까.

"네. 그 밥이요. 아직도 생각 없어요?"

어렴풋이 불만이 서린 음색.

우진은 저녁 7시쯤 지희에게 저녁 식사를 위해 인정식당에 다녀온다면서 메뉴를 물었었다. 지희는 생각 없다, 고 답했다. 그리고 인정식당에서 배달 온 음식은 다인의 식사 불고기 정식

1인분뿐이었다.

"생각 없어도 먹죠?"

아무래도 아까 밥 안 먹은—못 먹은—것이 못마땅했나보다.

"나하고 같이."

이어진 부언에 지희의 눈썹이 꿈틀했다. 같이.

"네, 먹어요. 같이."

지희는 선뜻 받아들였다.

점심은 그와 모르는 사람으로 각자 자리에서 먹었는데 저녁은 그와 같이 먹는다. 이런 식으로 시간이 가면 그에 대해서 하나씩, 하나씩 알게 될까?

우진이 기다란 다리를 시원스레 뻗어 나아갔다. 한 발짝 간격을 둔 채 움직이기 시작했으나 어느 시점부터는 나란히 걸었다. 무의식중 우진이 지희의 짧은 보폭에 맞추어 주고 있었다.

첫 길을 걷는다. 나란히 걷는 첫 걸음이나 마찬가지였다.

이렇게 그와의 시간이 이어진다. 끊어지지 않고 이어지는 이 시간을 고대하여 본다.

"인정식당으로 가야겠죠?"

잔잔한 침묵을 깨고 지희는 발랄하게 대화를 이었다. 자연스레 말이 걸리는 걸 보면 그와의 사이에서 느껴지는 이질감이 전혀 없다는 거다.

"그러죠."

"열 시가 넘었는데 식당이 열었을까요? 아주머니가 문을 안 닫았으면 좋겠다."

두 사람은 똑같은 속도를 유지하며 나란히 인정식당으로 갔다. 예상했던 대로 식당은 영업이 끝나 있었다. 샤시문에 붙은 「영업시간 오전 10:00－오후 22:00」라는 문구가 야속할 지경이었다. 이 아주머니 너무 칼퇴근하신다.

"걸을까요?"

"네."

식당이야 넘쳐나는 세상이다. 24시간 식당도 허다하다. 하물며 24시간 편의점도 흔하지 않은가. 두 사람은 별걱정 없이 인정식당에서 멀어졌다. 한데 갈수록 길은 빛을 잃어갔다.

삼거리의 몇 안 되는 점포는 시간 개념 없는 신데렐라가 다녀간 듯 죄다 닫혀 있었고, 주택가 쪽도 빛 없이 컴컴했다. 점차 거무스름한 암흑으로 거리가 물들어갔다. 마치 길고 긴 터널로 진입한 듯.

"사실 무진장 배고팠어요."

지희는 주절거리듯 입을 열었다.

"얼마나 배고픈지 하마터면 다인이의 불고기를 넘볼 뻔했다니까요. 그나마 이성이 온전해서 인내할 수 있었어요."

"먹지 그랬어요?"

"경찰들이 보고 있으니까, 그 앞에서 밥 먹는 게 좀 창피해서요. 이우진 씨야말로 왜 다인이하고 같이 안 드셨어요?"

"신지희 씨가 안 드시니까."

무던히 넘기는 투로 그가 응수했다.

무심하다면 무심한 배려인데. 세밀히 따지고 보면 별 특별한 말은 아니었는데. 그 말이 특별하게 들렸다. 그가 해서 특별하게 들린 건지. 무조건 그래서 특별하게 느껴지는 건지.

타다닥. 공연히 쑥스러워 배시시 눈길을 내리까는데, 인적 없는 맞은편 길에서 시커먼 그림자 하나가 달려왔다.

단발머리 여고생이었다. 캄캄한 길이라 그늘진 여고생의 이목구비는 정확히 보이지 않았다. 앞머리에다 꽂아놓은 분홍 머리핀이 초점을 사로잡을 뿐이었다.

갈 길 바쁜지 여고생이 급히 오다 지희와 아슬아슬 부딪칠 뻔했다. 후딱 피하자마자, 여고생이 쌩하니 가버렸다.

"불! 불이야!"

돌연 뒤편에서 비명 같은 외침이 들렸다.

경악한 지희와 우진의 초점이 충돌했다. 서둘러 소리의 방향을 살피니 단층 점포들이 나열된 길 쪽에서 굵직한 흑연이 피어오르고 있었다. 검은 하늘로 모락모락 피는 흑연의 기운이 드세었다.

"불났나 봐요."

"가 봐요."

우진이 기민하게 움직였다. 신속하게 왔던 길을 돌아가는 그의 뒤를 지희는 다급히 쫓았다.

"앗!"

누구에게나
사랑의 순간은 온다.

바닥과 비뚤게 마찰한 발끝이 꺾였다. 짧은 탄성에 돌아본 우진이 고꾸라지듯 엎어진 지희에게 재빨리 되돌아왔다.

"다쳤어요? 어디 봐요."

저 멀리에서 '불이야!' 소리가 연거푸 들렸다. 그러나 우진은 지희의 다리가 더 중요하다는 듯 무릎을 구부리고 앉았다. 세밀히 살펴보는 그에게 지희는 가뿐히 도리질했다.

"안 다쳤어요. 멀쩡해요."

"뛸 수 있겠어요?"

"응."

끄덕이며 바닥을 짚은 손바닥을 떼는데, 큰 손이 덥석 작은 손을 말아 쥐었다. 서로의 체온이 잇닿았다. 서로의 살갗이 잇닿았다. 잇따라 따스한 체온이 흠씬 서로의 손바닥을 타고 서로에게 전해졌다.

"가요."

당황할 새도 없이 그가 직진했다.

접촉에 대한 민감한 반응은 잠시 미뤄두고, 지희는 그가 이끄는 대로 뛰었다. 그는 지희를 배려해서인지 속력을 내지는 않았다.

"아이고! 어떡해! 어떡하면 좋을까!"

불이 난 지점은 사진관이었다. 동네 주민 서넛이 사진관 앞 도로에서 어쩔 바를 모르고 발을 동동 구르고 있었다. 대부분 연세 지긋한 어르신들이었다.

"어째, 저리 불이 커서 어째!"

가까이에서 체감하는 불은 훨씬 무섭고 컸다. 사진관의 알루미늄 샤시문 너머에서 붉고 푸른 불꽃이 매섭게 일렁이고 있었다. 샤시문은 굳게 닫혀 있었다. 그런데다 목조 지붕을 뚫고 솟구친 흑연이 지독하고 매캐한 냄새를 뿜어내고 있어 섣불리 진입할 수 없는 상태였다.

"신고하셨습니까?"

"방금."

우진이 침착하게 노인들 사이에 끼어 있는 중년 아저씨에게 물었다. 낯이 익었다. 얼떨결에 대답하던 중년 아저씨가 우진을 보기 위해 고개를 세웠다. 그러다 그도 우진을 알아보았다.

"아, 자네."

중년 아저씨는 인정역의 역무원이었다. 우진은 의례적인 묵례를 하고 사진관의 불을 차근히 관찰했다.

"소방차는 언제 도착한다고 합니까?"

"여서 소방서가 한참 거리여. 한참 걸릴 겨."

"불이 제법 큰데."

"이 시각에 누가 이 길로 다녀야 말이지. 이제야 불난 걸 보고 신고했다오. 다른 데에 출동도 나갔다고 하던데, 언제 올는지…… 촌이라 소방차도 몇 대 없을 텐데."

역무원이 아득하다는 듯 손가락으로 눈덩이를 쓸었다.

"사진관 할아버지는요?"

지희는 다급히 물었다. 몇 시간 전만 해도 괴팍한 성미를 신명나게 표출하던 노인이었다. 웬만한 장정보다도 기백이 넘치는 노인이었다. 무엇보다 그의 안위가 걱정되었다.

"모르겠어. 안에 있으신 건지, 없으신 건지."

"안에 계실 수도 있단 말씀이세요?"

"정확치 않아."

"어르신은 평소 몇 시까지 사진관에 계십니까?"

소스라치게 경악하며 흔들리는 지희 어깨를 다독이듯 그러쥐며, 우진이 역무원에게 침착하게 되물었다.

"나야 모르지. 내가 그 노인 양반 오고 가는 걸 어찌 아나."

역무원이 난색을 표하며 시선을 회피했다. 행여 자신에게 불이익이라도 끼칠까 싶은지, 그가 스멀스멀 뒤편의 노인들 틈으로 갔다.

"걱정 마요. 늦은 시각이잖아요."

우진은 잔뜩 걱정하는 지희의 어깨를 더 강하게 쥐었다.

사진관을 집어삼키는 화마 앞에서 한낱 인간에 불과한 자신들이 할 수 있는 게 없어 절망스러웠다. 그저 인사 사고만이라도 없길 간절히 바랄 뿐이었다.

그때.

"아이고! 그러고들만 있음 어째요! 사람 죽어나가는 꼴 보려고 구경만 혀요! 어서들 집에서 물이라도 퍼다 날라요! 노인 양반 안에 있을 텐디!"

우렁찬 고함소리가 들렸다. 골목 끝에서 통통한 체구의 여자가 뒤뚱뒤뚱 뛰어오고 있었다.

인정식당 아주머니였다. 그녀는 물이 가득 담긴 커다란

대야를 낑낑거리며 들고 있었다. 뛸 때마다 물방울이 요동쳐서 사방으로 튀어 그녀의 옷을 적시고 있었는데, 그녀는 아랑곳하지 않았다. 오직 불을 끄겠다는 일념으로 죽자 살자 달려오는 거였다. 우진이 가방을 던지듯 바닥에 놓고 쏜살같이 달려가 대야를 받았다.

"안에 계신 거 확실합니까?"

"확, 확실혀."

그녀가 '나 죽겠다' 하며 바닥에 털푸덕 널브러졌다.

"내가 저녁 배달한 지 얼, 얼마 안 되었어. 십, 십오 분쯤 되었을까나? 어쩔까, 그 양반. 그리 정정하던 양반이……. 이 무슨 날벼락이여."

일순 우진은 주저하지 않았다. 아주머니가 들고 온 대야를 높이 들어 차가운 물을 제 몸에 들이부었다. 순식간에 그가 차디찬 물에 흠뻑 젖었다.

"이것 좀."

그가 아주머니가 목에 두른 수건을 빼앗듯 가져갔다. 그러곤 거침없이 왼손으로 수건을 오른손에다 돌돌 말았다.

설마. 두어 걸음 뒤에서 그를 응시하던 지희의 등마루에 오소소한 소름이 돋았다. 그의 돌발적인 행동이 무엇을 의미하는지 굳이 말하지 않아도 알 수 있었다.

우진이 즉시 사진관으로 달려갔다.

"이우진 씨!"

지희는 저도 모르게 그를 불렀다.

마음이 그를 붙잡으라고 외쳤다. 저 불 속으로 들어가면 안 된다고 비명을 질렀다. 그러나 입술만 벙긋거릴 뿐 말이 되어 나오지 않았다. 할아버지가 안에 계신다고 하셨기에.

그래도…….

그래도…….

지희의 부름을 못 들은 건지, 우진은 갈등하지 않았다. 뛰듯이 샤시문으로 다가간 그는 수건으로 감싼 오른손으로 거침없이 샤시문을 열었다. 확확한 열기가 폭발하듯 뿜어졌다.

"아이고!"

지켜보던 사람들의 잇새에서 신음 같은 비명이 나왔다. 까마득하니 무서운 현장이었다. 그러나 우진은 돌진했다. 뜨겁게 달궈진 바닥을 디디는 순간 불꽃이 파르르 일어 그의 다리를 건드렸다. 곧 그가 붉은 혓바닥을 날름거리는 화마 속으로 사라졌다.

"아."

지희는 숨이 막혔다.

전신이 바들바들 떨리고 뼈마디가 저릿했다. 파동이 심한 초점으로 바닥을 훑다 무기력하게 너부러진 우진의 가방을 포착했다. 주섬주섬 주워 들었다. 유일한 버팀목처럼 제 품으로 당겨 안은 지희의 손끝이 파르르 울었다.

제발.

제발 무사히 돌아와요.

이우진 씨.

— *16. 8. 29.*

밤이 중환자실을 노크한다.

현옥은 면회도 되지 않은 시간임에도 병원을 떠나지 않았다. 승경에게 이끌려 병원 식당에서 꾸역꾸역 저녁을 해결한 후 회항하는 나룻배처럼 그곳으로 돌아갔다. 같은 처지의 한 사람도 그 자리에 움트고 있었다.

"안녕하세요. 이것 좀 드시겠어요?"

현옥은 승경이 사다준 음료수 캔을 들고 다가갔다. 벽에다 뒤통수를 무기력하게 기대고 있던 그녀가 마른 낙엽처럼 바삭거리며 상체를 일으켰다.

"고마워요."

"앉아도 될까요?"

"그럼요. 남편분은 어디 가셨나 봐요."

"잠시 쉬겠다고 차에. 동생분은요? 동생분 맞으시죠?"

"네, 동생 맞아요. 동생은 직원을 부리는 사람이라 일 때문에."

"그렇군요."

현옥은 맥없이 미소로 답례하는 그녀에게 사근사근 응수하며 차분히 옆자리에 앉았다.

딱— 적막한 복도라 음료수 캔 뚜껑이 따지는 소리가 메아리 타듯 울렸다.

"제 딸이 저기 있어요."

"네, 알아요. 제 아들이 그 옆 침대예요."

"네, 그렇죠."

어쩌다 이런 사고가 난 걸까요. 아침만 해도 멀쩡하던 아이들이었는데…… 감기 한번 걸리지 않는 건강한 아이들이었는데…….

왜 하필 우리 아이들에게 이런 일이 생긴 걸까요. 그저 우리 아이들이 제 몫의 삶을 충실히 살다가길 바라는 것도 과한 욕심일까요. 우리가 무슨 죄를 지은 걸까요. 이 어미가 무엇을 잘못했을까요…….

가라앉은 침묵 속에서 무언의 비탄이 오고 갔다.

"저녁 식사는 안 하세요?"

현옥은 나란히 대기의자에 앉아 있는 영주를 보았다. 얼핏 듣기로는 몇 달 전 남편의 장례를 치렀다고 했다. 남편의 장례를 치른 지 얼마 되지 않아 아들의 사고를 겪고 있는 그녀가 하염없이 안쓰러웠다.

"영 생각이 없네요."

"그래도 드셔야 해요."

현옥은 허연빛이 투과되는 중환자실의 불투명 유리문을 초점 없이 응시했다.

"우리가 버텨야 저 안의 아이들도 버티죠."

닫힌 문이 영원히 열리지 않을까, 두려웠다. 갈비뼈 안쪽을 두들기는 아릿한 통증을 간신히 내리누르며 참아냈다.

"저는 먹기로 했어요. 잠도 잘 거예요. 제가 씩씩하게 이겨내야 우리 아이한테도 힘을 줄 것 같아서."

"그럴까요?"

"그럼요. 어미가 이겨내야 자식도 이겨내요."

"아."

영주의 턱이 들썩였다. 또 젖으려는 눈덩이를 끔벅이며, 그녀가 이마 위로 흐트러진 머리카락을 힘없이 넘겼다.

"식사 가셨을 때요. 우리 아들 옆자리에 있던 애 엄마가 깨어났어요."

"그래요?"

현옥의 미간에 희망의 그림자가 싹텄다. 남의 소식이었지만 마냥 남의 소식이지 않았다. 이보다 더 기쁘고 감사한 소식은 근래에 없었다.

"상태는요?"

"의식이 완전히 돌아왔다더군요."

영주가 고개를 주억거리며 덧붙였다.

"골절이 있지만 별다른 후유증은 없다네요. 그래서 좀 전에 일반 병실로 옮겨갔어요."

우진의 옆자리 환자도 이번 기차 탈선사고 피해자였다. 7살 난 어린 아들을 둔 올해 37살인 엄마로 아들과 함께 고향 내려가던 길에 사고를 당한 거였다. 엄마는 사고 당시 자신의 몸으로 아이를 안아 보호했다. 혼신을 다한 엄마 덕분에 아이는 가벼운 찰과상을 입었을 뿐 무사히 구조되었다. 구조 후 엄마는 쇼크로 인해 의식 불명이 왔고, 아이는 엄마를 찾다가 혼절하여 한동안 깊은 잠에 빠졌었다.

"아이도 엄마가 깨어나자마자 깨어났대요. 아무리 흔들어도 깨지 않았던 아이가."

"천만다행이네요. 감사한 일이에요."

"네, 하늘이 도왔죠."

현옥의 눈시울이 붉어졌다. 아무리 참으려 애쓰고 애써도 시린 액체가 맺혔다. 소식을 전한 영주의 눈가에도 물기가 서렸다.

"우리…… 아이들도……."

"그럼요. 무사히 깨어날 거예요."

결국 주르륵 방울진 눈물을 흘리는 현옥이었다. 맥없이 있던 영주가 이번에는 현옥에게 힘을 실어주었다.

"강한 아이니까 꼭 깨어날 거예요. 우리 아이는 강해요. 강한 아이예요."

영주가 거듭 강하게 반복했다.

"맞아요. 우리 아이도 강해요."

비로소 현옥도 희망을 얻었다. 옆자리 엄마가 깨어난 건 희망이었다. 눈물을 흘리며 슬퍼하고만 있으면 안 된다.

"꼭 일어날 거예요."

함께 버텨 봐요. 우리 희망을 잃지 말아요.

"저는 우진 엄마예요. 우리 아들 이름이 우진이에요. 이우진."

"저는 지희 엄마요. 우리 딸 이름은 신지희예요. 올해 스물여덟 되었어요."

"우리 아들은 서른둘인데."

자식들의 이름과 나이를 밝히는 엄마들의 입술에 말간 미소가 배어 나왔다. 영주가 파들파들 경련하는 현옥의 손을 보듬듯 잡았다. 힘내자는 주억거림이 끊이지 않고 이어졌다. 맞잡은 네 개의 손에 곧은 의지가 깃들었다.

그때였다.

[코드블루 3층 중환자실! 코드블루 3층 중환자실!]

복도 스피커에서 사이렌 비슷한 소리와 함께 안내방송이 나온 것이.

4화. 못된 욕심은 아니다

화염이 아귀의 입처럼 커진다. 금방이라도 세상 모든 사물을 집어삼킬 것 같다. 끝내 우측 끝 샤시문의 유리창이 불의 화증을 견디지 못하고 무참히 깨진다.

쨍그랑— 첨예한 소리가 잔인했다.

지희는 촘촘해지는 가슴의 압박을 주먹으로 짓눌렀다. 거센 불길을 바라보는 것만으로도 갈비뼈가 조였다. 그러나 눈길을 피하지 않았다. 이 두려움 따위 한낱 어리광에 불과하다. 사람을 구하기 위해 저 공포의 화염 속으로 뛰어든 남자가 있지 않은가.

"아이고, 못 들어가게 말렸어야 했는디. 젊은 총각도 봉변당하면 어째……."

"안 당해요."

자글거리는 식당 아주머니의 말을 지희는 단박에 막았다.

"그럴 리 없어요."

일말의 의심도 해서는 안 된다. 그는 할아버지를 구해 이 자리로 돌아올 것이다. 멀쩡히 나올 것이다.

"어디서 물을 받죠?"

아랫입술을 질끈 악다문 지희는 땅바닥에서 대야를 집어 들었다. 맥없이 구경만 할 수 없다. 조금이라도 그에게 힘을 보태야 한다.

"저기 우리 역 화장실……."

역무원이 근거리인 인정역을 가리켰다.

지희는 대야를 불끈 쥐고 빠른 속도로 인정역 화장실로 달려갔다. 쾅. 강하게 화장실 문을 열고 수돗물을 대야 가득 받았다. 그리고 인정식당 아주머니가 그랬던 것처럼 물을 가득 담은 대야를 들고 뛰었다. 찬기 서린 물이 제 옷을 적셔도 속력을 늦추지 않았다.

사진관에 다다르자마자, 구경꾼이던 역무원이 그제야 이리 달라며 대야를 가져갔다. 그가 경중경중 뛰듯이 사진관으로 다가가 팔을 거하게 휘둘렀다.

철썩, 치지직. 물 뿌려지는 소리에 이어 물과 불이 마찰되어 나오는 소리가 들렸다. 사진관 입구에 새하얀 연기가 잠시 피어오르며 너울거리던 불꽃이 일시적으로 잦아들었다. 그러나 거대한 불의 성을 무너뜨리기에는 물의 양은 턱없이 부족했다.

지희는 다시 빈 대야를 들고 돌아섰다.

"아!"

누구에게나
사랑의 순간은 온다.

어느 주민의 입에서 격한 탄성이 터졌다. 휙 돌아보니 사진관 입구에서 시커먼 물체가 어른거렸다. 곧 붉고 까만 공기를 가른 기다란 그림자가 불 밖으로 튀어나왔다.

혼절한 노인을 양팔로 안아든 우진이었다.

일순 왈칵했다. 망막이 뿌옇게 물들었다.

우진이 기진맥진한 상태로 뜨거운 화염을 뿌리는 사진관에서 몇 발짝 떨어졌다. 그리고 안전한 지점에 도달해서야 노인을 제 품에서 내려놓았다. 그러자마자 그의 무릎이 휘청했다.

"이우진 씨!"

지희는 바닥으로 쓰러지려는 그에게 달려갔다. 쓰러지는 우진의 고개가 지희의 품 안으로 떨어졌다.

까무룩, 꺼져가는 눈꺼풀을 가까스로 뜨며 우진이 제 위의 지희를 보았다. 제 머리통을 곱게 감싸는 지희를 보았다. 우진의 잇새에서 희미한 숨이 흘러나왔다. 입술 자락도 희미하게 움찔거렸다. 그러나 이내 그의 눈이 스르륵 감겼다.

안절부절못하고 발을 동동 구르던 주민들이 우르르 달려왔다. 저 멀리 공기를 타고 길게 퍼지는 사이렌 소리가 들려왔다.

— *16. 8. 29.*

[코드블루 3층 중환자실! 코드블루 3층 중환자실!]

끊이지 않고 사이렌 소리와 안내방송이 반복되었다.

몇몇의 의사들과 간호사들이 숨 가쁘게 복도를 달려왔다. 그들 중 일면식 있는 의사가 두려움 젖은 현옥과 영주에게 꾸벅 인사하고 곧장 중환자실로 들어갔다. 영주가 맨 뒤를 따르는 간호사의 팔목을 무기력하게 붙잡았다.

"무, 무슨 일이죠?"

"환자 중 심정지가 온 건데, 기다리세요."

간절한 어미의 손을 하는 수 없이 뿌리치고, 간호사도 중환자실로 사라졌다.

"누나!"

산책로에서 돌아오던 길에 안내방송을 들은 동석이 황급히 영주에게로 왔다. 금방이라도 쓰러질 정도로 바스락거리던 영주가 동생을 부여잡았다.

"코드블루라니? 누가? 설마 우리 우진이가?"

"모르겠다. 말을 안 한다."

영주의 망막에 그렁그렁한 액체가 차올랐다.

"허."

현옥도 갑갑한 가슴을 주먹으로 움켜쥐었다. 무중력 상태에 있는 양 숨이 쉬어지지 않았다.

"현옥아!"

동석과 마찬가지로 뒤늦게 안내방송을 듣고 달려오는 승경의 낯빛이 창백했다. 승경을 보자마자 현옥은 왈칵 눈물을 쏟았다.

"지희 아빠……."

가족들은 앞길이 전혀 보이지 않은 안개 숲에 갇힌 기분이었다. 어떤 상황이 닥쳤는지 당장 확인할 수 없어 그저 암담하였다.

몇 분 후.

귀청을 떨어뜨릴 것처럼 스피커를 통해 울리던 안내방송이 뚝, 끊겼다. 그러나 그들은 시끄럽게 왕왕거리던 기계음이 사라진 것도 인식하지 못하였다.

공포에 젖은 숨소리가 끝나자, 죽음과 같은 정적이 흘렀다. 그 누구도 섣불리 입술을 떼지 않았다. 목소리를 잃은 것처럼, 뇌 회로가 굳어버린 것처럼, 얼 빼고 그 자리에 머물렀다.

그렇게 네 사람은 서로의 가족에게 의지하며 고통스러운 몇 분을 견뎌야 했다.

징— 굳게 닫혀 있던 중환자실 자동문이 열렸다.

의사가 마스크 한쪽을 벗으며 중환자실 대기의자에 앉아 있는 네 사람을 둘러보았다.

"선생님."

기도하듯 양손을 붙이고 있던 영주가 흐느적거리듯 의사에게 다가갔다. 동석이 영주의 어깨를 제 팔로 감으며 부축했다. 영주도 엉거주춤 의자에서 엉덩이를 떼고 애타는 눈빛으로 의사를 주시했다.

"이우진 환자 보호자분."

이윽고 의사의 담담한 입술이 열렸다.

"후."

일순 저도 모르게 현옥은 막힌 숨을 가다듬었다. 그러다 영주에게 미안하여 얼른 제 입술을 굳게 다물었다. 실바람 같던 호흡마저 멈춘 영주가 붕어처럼 입술을 벙긋거리며 얼어붙었다.

"네. 제가 보호자입니다."

동석이 굳어버린 영주 앞을 가로막았다. 될 수 있는 한 평정심을 잃지 않으려 노력하고는 있으나 그의 입술은 새하얗게 일어나 있었다.

"이우진 환자의 뇌압이 상승하여 일시적 쇼크 상태가 되었었습니다. 그로 인해 심정지가 왔고요."

"……지, 지금은요?"

"이우진 환자가 다부집니다. 잘 버텨주었고, 현재는 심박동 호흡 모두 안정권으로 돌아왔습니다. 크게는 염려하지 않으셔도 됩니다."

"아…… 감사합니다. 감사합니다, 선생님."

비로소 영주의 가슴팍이 들썩였다. 크게 날숨을 내쉬며, 그녀가 멎어 있던 호흡을 깐닥거렸다.

"안으로 들어가서 우진이 상태를 확인해도 됩니까?"

"가능합니다. 환복하시고 대기해주세요."

동석의 물음에 의사가 친절히 대답하고 돌아섰다. 그의 발길을 승경이 막고 섰다.

"신지희 환자는 괜찮습니까?"

"신지희 환자는 오전과 마찬가지로 이상 증후가 발견되지 않았습니다. 의식만 없을 뿐이지 바이탈이 정상인처럼 상당히 안정적입니다."

"그런데 왜 깨어나지 않는 걸까요?"

"그건 현재 저희로서도……."

난감한 질문이라 의사가 말끝을 흐리고 꾸벅 묵례했다. 중환자실로 사라지는 의사를 승경은 잡지 못하였다. 부모의 입장으로는 하염없이 질척거리고 싶었으나 엄연히 다른 환자도 있으므로.

"다녀오세요."

동석의 부축을 받으며 중환자실로 가려다 말고, 영주가 현옥을 돌아보았다. 현옥은 기운을 실어주려는 뜻으로 힘껏 말했다. 그 사려 깊은 마음을 아는 영주가 고갯짓하고 중환자실로 사라졌다.

"하아."

현옥은 거듭 큰숨을 내쉬며 대기의자로 가서 쓰러지듯 앉았다. 그러곤 뻣뻣한 뒤통수를 벽에 기대었다.

"못된 심보인가 봐. 못된 욕심인지도 모르고. 내 자식 아니라는 소리에 어찌나 안도가 되는지……."

"누구나 부모라면 그러지. 못된 욕심은 아닐 거야."

승경이 제 아내의 손등을 토닥였다.

남편의 위로가 있었으나 무지근한 체증은 가시지 않았다. 현옥은 죄짓는 심정으로 불투명한 유리문을 물끄러미

보았다.

못된 욕심이라 누가 욕해도 괜찮으니, 내 자식은 멀쩡히 깨어나게 해주세요.

이 욕심으로 인한 화살은 모두 내가 받을 테니, 내 자식 생명줄은 끊지 말아주세요.

바라고 바라면 이루어질까.

기도하고 기도하면 들어주실까.

— 8. 30.

아침빛이 비쳐든다.

눈을 뜬 우진은 천장 빛을 물끄러미 응시했다. 병원 로고가 나열된 푸른 커튼이 어렴풋이 망막 끝자락에 잡혔다. 상체를 일으키니 손목과 연결된 투명한 줄이 거미줄처럼 따라 올라왔다. 공중에 매달린 링거 유리병이 그가 움직일 때마다 미약하게 흔들렸다.

병원인가.

자신이 있는 곳을 인식하자마자, 관자놀이에 미세한 통증이 올라왔다. 지끈거리는 관자놀이를 엄지로 빙빙 누르며, 그는 주위를 둘러보았다. 옆자리 침상에는 사진관 노인이 잠들어 있었다. 혈기 도는 안색이 상당히 안온하고 숨소리도 잔잔하니 규칙적이었다.

낯익은 뒤통수가 노인의 침상에 엎드린 채 있었다.

지희.

그녀였다. 그녀가 노인의 곁을 지키며 불편한 잠에 들어 있었다. 우진은 그녀의 뒤통수를 지그시 바라보았다.

지난 밤 일이 끊긴 필름처럼 띄엄띄엄 되살아났다.

화중의 사진관에 진입하자마자, 그는 노인부터 찾았다. 스튜디오 중심은 커튼을 타고 천장까지 번진 불이 불기둥처럼 위협적으로 솟구치고 있었고, 어지러이 쓰러진 카메라들에서 위험스러운 불꽃을 일었다.

콧속으로 침투하는 매캐한 연기를 수건으로 막으며 불 속을 수색하다, 컴컴한 암실 안의 문 가까이 쓰러진 노인을 발견했다. 노인은 의식이 없었다.

우진은 축축하게 젖어 있는 자신의 야상점퍼를 벗었다. 점퍼로 노인의 얼굴부터 상체를 두른 후 들어올렸다.

마른 체형이었으나 키는 큰 편인 노인이었다. 혼절한 노인의 체중은 생각 이상으로 무거웠고, 탁한 공기로 숨을 제대로 쉴 수 없는 상태라 평소보다 몸에 힘이 들어가지 않았다.

안아서 들자마자 무릎이 휘청하며 꺾였다. 그러나 우진은 버텼다. 정신력으로 몸의 중심을 잡은 채 끈끈이가 붙은 것처럼 찐득거리는 발바닥을 떼었다. 한 발 한 발 암실에서 나왔다.

그사이 스튜디오의 불길은 부쩍 커져 있었다. 마치 악랄한 해일 같았다.

그는 불꽃더미를 과감히 뚫었다. 무거운 노인의 몸이 종잇장이라도 된 양 성큼성큼 나아갔다.

활활 불타던 장식장이 심술부리듯 와르르 무너지며 앞길을 가로막았다. 부서지는 화염의 장식장을 본능적으로 피하다 하마터면 노인을 놓칠 뻔했다. 가까스로 비틀리는 허벅지에 힘을 줘 노인을 올렸다.

인대에 이상이 왔는지 발목이 시큰했다. 바짝 마른 목구멍도 따끔거렸고, 눈망울 또한 아리다 못해 뽑힐 것 같았다.

불의 위력은 거대했다. 맹렬한 화기는 살갗을 익힐 정도였고, 타닥타닥 분소되는 소리는 뒷골을 선득하게 만들었다. 점차 초점이 비틀거렸다. 폐도 헐떡거렸다.

이대로 끝인가.

우진은 절망했다.

'이우진 씨!'

그때, 그녀 목소리가 살아났다. 자신을 부르던 그녀의 목소리가 생생하게. 꼭 돌아오세요. 그런 비슷한 염원이 담긴, 기운이 가득 실린 목소리였다.

그래.

당신에게 돌아가야지.

의지가 강렬해졌다. 기필코 그녀에게 가야 한다는 의지. 위기의 순간 되살아난 그녀의 에너지.

우진은 일어섰다. 충전이 된 것처럼 팔뚝과 다리에 곱절 이상으로 힘이 들어갔다. 보다 안정적으로 노인을 세게 안아

들고 굳건히 무릎을 세웠다.

잔뜩 골난 화마가 덤볐다. 보란 듯이 움직였다. 한쪽 발목에서 올라오는 통증으로 절뚝거리기는 하였으나 거침없이 나아갔다. 통쾌하게 이겨냈다.

드디어 입구에 도달했다.

드디어 그녀가 기다리는 곳으로 나왔다. 그리고 그녀가 보였다. 눈시울을 붉힌 그녀가 보였다.

제게로 달려오는 그녀가, 그녀 눈이, 그녀 코가, 그녀 입술이 탁한 동공에 가득 메워졌다.

아, 살았다.

비로소 말간 산소가 나풀거렸다. 수축되는 폐를 어루만지는 맑은 공기를 느낀 순간, 지푸라기처럼 가느다랗게 자신을 잡고 있던 의지가 스르륵 소실되었다.

전신의 힘이 녹아내리듯 빠져나갔다. 그리고 주위 모든 것이 캄캄해졌다.

"깨셨네요?"

푸른 커튼을 젖히며 간호사가 나타났다.

우진은 반사적으로 제 입술에다 쉿, 손가락을 대며 옆 침대를 눈짓했다. 노인과 지희의—특히 지희를—곤한 잠을 방해하고 싶지 않았다.

"아."

눈치 빠른 간호사가 끄덕거렸다.

"어제 병원으로 이송되신 후에 채혈과 엑스레이 촬영은

하셨고요. 검사결과는 이따 오후에 나오실 거예요. 그리고 일산화탄소 중독증상이 약간 있어 항생제가 투여되고 있어요."

"제가 일산화탄소 중독으로 기절한 겁니까?"

"네. 일산화탄소를 많이 마셔서 일시적인 쇼크가 온 거예요. 산소 부족으로 뇌압이 올라간 거죠. 담당 선생님 말씀으로는 환자분이 워낙 튼튼하셔서 버틴 거라 하시던데요?"

간호사가 호감 가득한 미소를 지으며 설명했다.

"네."

"이따 담당 선생님 회진 오시면 설명해주시겠지만, 어쨌건 오늘은 경과를 봐야 하니 입원하셔야 된다고 하셨어요. 그러니 편히 계세요."

입원이라.

새삼 입원이라는 단어가 낯설게 느껴지는 우진이었다. 살아오면서 잔병치레 한 번 없었기에 제 몸에 대해 과신한 건 있었다.

"머리가 아프시거나 어지러운 증상이 있을 수 있어요. 이상 증후가 있으면 참지 마시고 호출해주세요."

"알겠습니다."

"발목은 어떠세요?"

링거를 확인한 간호사가 우진의 발목을 살폈다. 오른쪽 발목에는 압박붕대가 감겨져 있었다.

"어제 이송되었을 당시 발목이 부어 있으셨어요. 엑스레이로 확인 결과 뼈와 인대는 이상 없었고요. 임시방편으로 압박붕대를 감아드렸어요. 통증이 있으시죠?"

"네. 약간."

불 속에서 여러 차례 접질릴 뻔했다. 그로 인해 마지막 발길을 내디뎠을 때에는 찌르는 듯한 통증이 복사뼈를 타고 올라왔었다.

"가통은 조금 길게 가실 거예요. 발목을 무리하셔서 그러세요."

간호사의 입꼬리가 나긋나긋 길어졌다.

"어르신은 어떠십니까?"

"할아버지도 일산화탄소 중독 증세가 있으세요. 다행히 화상도 발견되지 않았고요. 근데 연세가 있으셔서 정밀검사를 해봐야 해요. 며칠 걸리실지 몰라요."

"네."

끄덕거리는 우진의 눈길이 침상에 엎드린 머리통으로 옮겨졌다.

"계속 저렇게 있었습니까?"

"주무신 지 몇 시간 안 되셨어요. 할아버지 숨소리 체크 좀 부탁드렸더니 밤새도록 곁을 지켰어요. 새벽 6시경 할아버지 호흡이 정상으로 돌아왔는데, 그때부터 주무셨을 거예요."

설명을 끝낸 간호사가 옆 침대로 옮겨갔다. 가만가만 노인의 링거를 체크한 후 그녀는 수액이 끝나면 호출하라고 덧붙이고 병실에서 나갔다.

상당히 긴 대화가 오고 가는 동안에도 지희는 깨지 않았다.

피곤한 하루를 보낸 그녀였다. 낮에는 미아가 된 다인의 보호자였고, 밤에는 화재사고를 당한 노인의 간병인이었다. 상당히 고될 것이다.

우진은 침대에서 내려왔다.

움직임이 편하도록 링거대를 옆으로 끌어다 놓고 소리 없이 지희에게로 갔다. 슬그머니 그녀의 등마루에 손을 대었으나, 마녀에게 주문이라도 걸린 양 그녀는 조금의 미동도 하지 않았다.

실없는 웃음이 나려 했다. 우진은 잇새에 맺힌 웃음을 삼키고, 조심히 그녀의 무릎에 팔뚝을 넣었다. 그리고 부드럽게 그녀의 어깨를 감싸 가뿐히 안아 올렸다.

지희는 마치 새근새근 숨 쉬는 인형 같았다.

제 몸이 공중 부양하며 이동된다는 사실을 인지 못한 채 심수 같은 잠에서 깨지 않았다. 얼마나 늘어지게 자는지 중심이 흐트러진 머리통이 우진의 팔뚝 너머로 까무룩 젖혀졌다. 가늘고 흰 목덜미가 고스란히 드러났고, 웨이브 진 긴 머리카락이 역류하는 물결처럼 허공에서 흐느적거렸다.

입술까지 헤―벌어졌다면 완벽히 추했을 그림이었다.― 물론 '제 눈의 안경' 필터를 낀 우진에게는 그 모습마저 사랑스럽게 보였을 테지만.

"음."

우진은 대롱거리는 지희 머리통을 바로 세우기 위해 무릎을 구부렸다. 짐짓 수중에서 넘실거리듯 허리춤을 부드럽게 반동했다. 섬세한 동작으로 거꾸로 있던 지희의 고개가 포물선을 그리며 바로 올라왔다. 곧 가슴팍에 안전히 안착했다.

"픽."

슬며시 보송보송한 뺨을 내려다보는 우진의 잇새에서 잔바람이 새어나왔다.

이 여자 큰일이다. 누가 주워가도 모르게 잔다. 이대로 주워가버릴까.

잇속에서 잔바람이 나부꼈다. 우스갯소리처럼 떠오른 말이었으나 제 욕심을 은근슬쩍 끼워놓은 건 맞다.

유리알 다루듯 정성스레 지희를 자신이 누워있는 침상에 눕혔다. 헝클어진 머리카락이 조막만 한 그녀의 얼굴 반을 가렸다. 이불을 포근히 덮어주고, 가만가만 손을 대 얼굴을 덮은 머리카락을 쓸어주었다.

투명하고 뽀얀 얼굴이 드러났다. 잠든 얼굴이 흡사 아기 같다.

고생했어요.

그윽이 바라보는 눈매가 빙그르르 휘었다. 질리지 않는다는 듯 지그시 바라보는 눈길이 한자리에 오래도록 머물렀다.

투명한 수액 줄에 붉은 피가 차올랐다.

우진은 걸터앉았던 보조침대에서 일어나 링거대를 잡았다. 지희의 단잠을 방해하지 않으려 간호사를 호출하지 않고 그대로 병실에서 나왔다.

"부르시지. 직접 나오셨어요?"

데스크를 빙 돌아 간호사실로 들어가는 그를 발견한 이영희 간호사가 벌떡 일어났다. 그녀가 우진을 친절히 의자에 앉히고 수액 바늘을 빼내었다.

"1차 항생제 투여는 끝나셨고요. 우선 링거는 빼 드릴게요. 이따 잠드시기 전에 2차 항생제 투여되실 거예요. 그동안에는 편히 계시면 돼요."

"알겠습니다."

소독 솜으로 우진의 팔뚝을 누르며, 이 간호사가 고개를 비스듬히 기울이면서 이상야릇한 미소를 지었다.

"멋있으세요."

"네?"

뜬금없는 돌발 고백에 우진은 당황했다. 그의 표정을 알아챈 그녀가 수줍게 히죽거리며 단발머리를 귀 뒤로 넘겼다.

"302호 할아버지를 불 속에서 구하셨다면서요? 소문이 자자하게 났어요. 멋진 사람이, 멋진 일을 했다고. 무섭지 않으셨어요? 불도 되게 크게 났다던데."

안광을 반짝거리며 그녀가 주절주절 주워섬겼다.

대단한 일도 아니건만 영웅담처럼 일화가 퍼진 모양이다. 당연한 일이었을 뿐이라 생각하기에, 우진은 그 일에 대해 왈가왈부하고 싶지 않았다.

"다 되었습니까?"

누구에게나
사랑의 순간은 온다,

우진은 무뚝뚝하게 물었다. 쓸데없는 시간이 길어지고 있어 서둘러 자리를 뜰 생각이었다.

"아프시거나 불편하신 곳은 없으세요? 제가 발목도 봐 드릴까요?"

그녀가 사근사근하게 굴며 물러날 기미 없이 달라붙었다. 기필코 그와의 대화를 이어가려는 속셈이 빤히 읽혔다.

"거기 계셨어요?"

그때 반가운 음색이 들렸다.

"일어났어요?"

무덤덤하던 우진의 목소리 톤이 달라졌다. 감정 없는 목석같던 입술이 반사적으로 설핏 길어졌다.

피. 무심한 태도를 일관하였던 우진이었던지라, 이 간호사가 서운한 티를 내면서 다른 데로 가버렸다.

우진은 반가운 주인공에게 곧장 갔다.

실신한 사람처럼 자던 지희의 흉한 몰골은 이미 단정히 정리되어 있었다. 거꾸로 찰랑거리던 긴 머리카락도 가지런히 묶어놓아 뽀얀 이목구비가 훤히 드러났다.

"언제 일어난 거예요? 괜찮은 거예요?"

"아까. 그리고 네."

걱정이 담긴 질문을 우진은 차근차근 대답했다. 질문의 순서대로 답해주자, 지희가 흡족한지 방긋 웃었다. 이 환한 미소를 제 눈에 담는 게 즐거웠다.

"걱정했어요?"

"당연하죠. 얼마나 놀랐게요. 의사 선생님은 정상이라고 했는데, 밤새 한 번도 안 깨고. 불안 불안했다고요."

"푹 자고 일어난 기분이에요."

"많이 피곤하셨군요?"

"그렇습니다."

볼멘 표정이었던 그녀가 미간에 주름을 잡으며 과장되게 물었다. 미간 주름도 귀여운 그녀라 생각하며, 우진도 과장되게 끄덕였다.

"어르신이 생각보다 무겁더라고요."

이어진 부언에 지희가 풍선 터지듯 빵, 소리웃음을 터트렸다. 명랑한 웃음소리를 받아치듯 우진의 입술도 자연스레 열렸다.

"걸어 다녀도 돼요?"

그녀가 이번에는 압박붕대 감긴 우진의 발목을 살폈다.

그녀의 무한한 관심은 그를 들뜨게 만들었다. 우진은 잘 보라는 듯 부러 붕대 감은 발을 슬그머니 내밀었다. 단연코 이런 유치한 행동은 한 적 없다. 엉뚱한 유치가 주특기인 서모 씨의 조카이기에 숨겨진 재능이 있었던 모양이다.

"걸을 만해요."

"아프진 않아요?"

"조금 아파요."

우진은 솔직히 말했다.

희한한 일이다. 다른 이의 '괜찮냐?'는 질문에는 무조건

'괜찮다' 라고 답했다. '아프냐?' 는 '아프지 않다' 였고, '힘드냐?' 의 '힘들지 않다' 였다. 심지어 아버지 장례도 복잡한 심경을 감추고 의연히 치렀다.

문득 새로운 사실 하나를 깨달았다.

자신이 누군가의 말에 이토록 집중한 적 없다는 것을. 누군가에게 이토록 솔직하게 군 적 없다는 것을. 또한 누군가의 말소리에 이토록 기분 좋게 가슴이 뛴 적 없다는 것을.

싫지 않다. 자신의 변화가.

"아픈데 왜 나오셨어요. 누워계시지."

"그 정도까지는 아니에요."

"참, 제가 이우진 씨 침대에서 자고 있더라고요. 깨서 깜짝 놀랐어요. 혹시…… 절 옮기셨어요?"

반짝반짝 깜박거리는 동공이 곧장 올라왔다. 하염없이 해맑은 눈동자라, 우진은 짓궂은 충동이 일었다.

"아니요."

일순 맑은 동공이 혼돈의 소용돌이에 갇혔다. 누가 옮긴 거지? 내가 왜 거기서 자고 있는 거지, 등의 혼란스러운 의문이 그녀 표정에 고스란히 드러났다.

하염없이 귀여워 웃음이 나려 했다. 우진은 인내심을 발휘해 웃음을 참아내며 태연히 모르쇠로 일관했다.

"저는 병실에서 나온 지 한참이라 못 봤는데, 제 침대에서 잤어요?"

"아, 그게. 분명 그렇게 안 잤거든요? 근데 일어나보니 그러고 자고 있더라고요? 이불도 덮고 있던데?"

"몽유병 있어요?"

"아뇨! 그럴 리가요!"

넌지시 반문하자, 지희가 화들짝 부정했다.

"몽유병은 원래 자신이 모르는 법입니다."

"말도 안 돼. 저 부모님하고 같이 살거든요."

"따님 상처 입을까 봐 배려하시는 건지도."

꼬박꼬박 한 대응이 재미있어, 우진은 연신 진지하게 조언했다. 좋은 정보도 얻어걸렸다.

"우리 부모님이 좋은 부모님이시긴 하지만 그 정도로 넘치지는 않으세요."

그의 짓궂은 속내도 모르고, 그녀가 발긋하게 홍조까지 띠고 속사포처럼 즉각 응수했다.

픽. 끝내 잇새에서 짤막한 웃음이 터졌다. 절로 지희의 눈매가 얄따래졌다. 자신이 당하고 있는 상황을 눈치챈 것이다.

"저 옮기셨죠?"

"아니요."

지금에 와서 이실직고할 수 없는 노릇이었다. 우진은 즉시 부정하며 위기를 벗어나기 위해 얼른 큰 걸음을 옮겼다.

"저 옮기신 거 맞죠?"

자못 예리한 눈초리가 종종 따라붙었다.

"아니라니까요."

"지금이라도 자백하면 용서해줄게요. 어서 자백하고 광명 찾으세요."

"제가 왜 용서를 받아야 합니까?"

지희가 짐짓 너그러운 투로 제안했다. 병실문 앞에서 걸음을 멈추며, 우진은 진중히 되물었다.

이미 깊은 확신이 생긴 그녀가 팔짱을 끼고서 비릿하게 입꼬리를 당겼다. 올려다보는 눈빛도 심히 도발적이었다.

"허락 없이 절 안으셨으니까."

안았다.

그녀를 옮길 당시만 해도 자세에 대해 그다지 깊은 의미를 두지 않았다. 한데 그녀의 입을 통해서 단어가 또렷이 나오자 그 의미에 숨이 붙었다. 우진은 자연스럽게 지난 상황을 되짚었다.

보는 시각에 따라 관점이 달라지듯, 드라마 장르가 로맨스 장르로 전환되듯, 불편하게 잠든 사람을 배려해준 것이 아닌 그녀를 안아준 것이 되었다.

"아. 제가 안았군요."

그제야 자각한 우진은 또렷하게 혼잣말을 중얼거렸다. 그녀를 안았다는 사실이 새삼 크게 뇌리에 자리 잡았다.

약 올라서 집요하게 추궁하던 지희가 역풍을 당한 것처럼 깜짝 놀랐다. 그녀도 비로소 자신이 뱉은 말에 담긴 의미를 깨달았다. 일순 촛불이 타오르듯 그녀 뺨에 화르르 열꽃이 피었다.

"힝."

말 울음소리 비슷한, 이상한 소리를 토해낸 그녀가 후다닥 병실로 도망쳤다. 혼자만 들어간 채 결계 치듯 서둘러 미닫이문까지 닫았다.

쾅.

신경질적으로 닫혔던 미닫이문이 반동으로 슬며시 미끄러졌다. 좁은 틈으로 귀여운 뒤통수가 보였다. 연신 까닥거리는 뒤통수.

쿡.

우진은 또 웃었다.

마치
마법처럼

5화. 당신 목소리 덕분입니다

"답답혀!"

사진관 노인은 깨자마자 온갖 심통과 짜증을 부렸다. 링거는 불편하고, 환자복은 갑갑하다는 이유였다. 잘 때는 순한 양 같더니 마치 그르렁거리는 사자 같았다.

"환자니까 환자복을 입고 계셔야죠."

지희는 울화통을 꾹꾹 누르며 억지 아양을 떨었다.

"불구덩이에서 꺼내었다고 다 환자인감? 이리 멀쩡한데 애먼 사람 환자 취급하는 겨? 시방 늙었다고 만만히 보는 겨?"

"정밀검사도 하셔야 된대요."

"일없어. 정밀검사는 무슨. 괜히 들쑤셔서 생사람 잡을라고? 당사자가 필요 없다는디 왜 니들 멋대로 정햐? 너 뭐여? 이 병원 브로커여?"

심기가 불편한 나머지 지희의 호칭은 어제의 처자에서

거친 너로 하등 되었다.

"브로커라니요. 할아버지 어젯밤 불 속에서 구출되셨으니 걱정되어서 그렇죠. 하마터면 큰일 날 뻔하셨잖아요."

"그까짓 불이 대수라고 큰일은 무슨. 노인네 장사 치르는 일이 큰일이지."

"말씀을 왜 그렇게 하세요. 저 할아버지 밤새 간호하느라 눈 밑이 퀭해진 거 보이세요? 눈알도 뻘겋죠? 이것 봐요."

지희는 아래 눈꺼풀을 까뒤집어 노인에게 들이밀었다. 쓱, 충혈된 눈동자를 들여다본 노인이 새침하게 삐죽했다.

"원래 동태 눈깔이었어."

"설마."

"퍼뜩 이거나 빼. 근질거리는 것이 영 신경 쓰여."

노인이 말귀를 돌리며 사뭇 퉁하게 손목의 링거를 가리켰다. 지희는 피식 웃으며 고분고분한 척 끄덕였다.

"저도 빼드리고야 싶죠. 근데 유독가스를 많이 마시셨잖아요. 할아버지 몸속에 잔류하는 독소를 빼야 한대요. 조금 더 참으세요."

"네가 의사여? 그리 잘 알면 의사하지 여태 의사 안 하고 뭐했남?"

끝내 목구멍에서 부글부글 기포가 올라왔다.

"시장하지 않으십니까?"

붉으락푸르락해지는 지희의 혈색을 눈치챈 우진이 적절한 타이밍에 끊어줬다. 자칫 이성의 끈을 놓고 울분의 포효를

할 뻔했는데.

"뱃가죽이 들러붙어서 창자가 꼬였어."

거 노인네, 말 한 마디를 곱게 안 한다. 어제는 괴팍하기만 했는데 오늘은 심술궂다. 불구덩이의 화력이 심술보를 업그레이드한 모양이다.

"간호사에게 식사해도 되는지 물어보겠습니다. 한숨 돌리면서 기다리세요."

차분히 부언한 우진이 지희에게 눈짓했다. 같이 나가요, 라는 뜻이 담겨 있었다. 안 그래도 머리통이 뜨끈해지던 참이라 지희는 순순히 따랐다.

"거, 서봐."

문으로 가는 그들을 노인이 불러 세웠다.

지희는 건성으로 시선을 던졌고, 우진은 어김없이 단정히 돌아섰다. 노인이 압박붕대가 감긴 우진의 발목을 좇았다. 이제야 절뚝거리는 걸음새를 알아챈 것이다.

"발목이 왜 그 모양이여?"

"까불다가 접질렸습니다."

"기여? 다 큰 사내놈이 부실허게."

우진이 에둘러대자, 노인이 혀를 끌끌 찼다. 어제는 실해서 손주 삼고 싶다더니, 오늘은 부실한 놈이라 하신다. 우진의 위치도 덧없이 강등되었다.

"하, 노인네 꼬장꼬장. 진짜 너무하신 거 아니에요? 이우진 씨가 구해준 사실도 모르는 눈치죠? 대충 봐도 알 수 있는데,

알 생각 자체가 없으신 거죠. 하긴 알면 뭐해? 되레 생색낸다고 한소리 하겠지."

병실과의 거리 차가 벌어지자마자, 지희는 참았던 분통을 터트렸다. 비딱하게 구시렁거리는 그녀를 우진이 빙그레 보았다.

"서운해요? 내가 칭찬 못 받아서?"

"……제가 서운할 거야 없죠."

의젓한 눈빛을 대한 후에야, 지희는 자신이 심통 난 어린아이 같음을 인지했다. 공연히 멋쩍어 얼버무렸다.

"음료수 마실래요?"

우진이 병원 정문 너머를 힐끗 가리켰다. 그쪽에는 시골 마을 병원답게 커다란 고목을 중심으로 한적한 마당 같은 산책로가 있었다.

"할아버지 식사 준비해야 되잖아요."

"간호사가 어르신은 오후에 정밀검사할 거니 금식하라고 했어요."

"어? 할아버지한테는 기다리라고……."

헷갈려 하는 지희에게 그가 태평한 미소로 대답을 대신했다.

그제야 깨달았다. 노인에게 들볶이는 자신을 구출하려 그럴 듯한 구실을 댄 것임을.

설레발치듯 입술이 배시시 벌어지려 했다. 아랫입술을 달싹거리며, 지희는 배배 꼬이려는 발끝을 쓸었다.

"저기서 기다려요. 금방 음료수 사올게요."

우진이 정문을 통과하면서 산책로 입구를 가리켰다. 아!
지희는 돌아서려는 그의 발길을 작은 탄성으로 붙잡았다.

"다리도 아프시면서. 제가 사올게요."

"기다려요."

자못 강경하게 그가 말했다. 그쯤이야 거뜬하다, 는 뜻과
어디 가지 말고 꼼짝 마라, 는 당부가 섞여 있었다.

듣기 좋다.

"네!"

지희는 쾌활하게 대답했다. 큰 소리가 마음에 드는지, 그
의 한쪽 입꼬리에 주름이 잡혔다.

약간 절뚝거리며 그가 갔다. 그 모습이 낯설지 않아 더더
욱 애틋한 감정이 깃들었다.

멀어지는 뒷등을 빤히 보다, 산책로 입구로 느긋이 갔다.
벤치는 산책로 안쪽 중앙 자리에 기둥처럼 자란 고목 아래에
둘러져 있었다. 이미 두런거리는 인파도 몇 있었고, 발목 불
편한 그를 저만치까지 걷게 하고 싶지 않았다.

지희는 입구 가장자리에 조성된 국화꽃 화단 둘레에 엉덩
이를 실었다. 적갈색 벽돌에서 묻어나오는 냉기로 엉덩이가
약간 시렸으나 마음에 들었다.

비록 짧은 제 다리는 바닥에 닿지 않아 공중에서 대롱거렸
지만, 다리 긴 그에게는 딱 안성맞춤일 것이다. 만족스럽다.

— 16. 8. 30.

인근 숙박시설에 가자는 승경의 말을 끝끝내 거부한 현옥은 병원 주차장에 주차된 차 안에서 불편한 쪽잠을 잤다. 행여 밤사이에 지희로부터 소식이 오면 곧장 달려올 수 있을 만큼 최소한의 거리였다.

"안녕하세요."

화장실에서 부스스한 머리카락을 대충 묶고, 세수를 하는데 인사 소리가 들렸다. 물기를 훑으며 힐끗 눈 끝을 올리니, 영주였다.

"안녕하세요. 잠은 좀 주무셨어요?"

"네. 동생이 하도 성화여서 근처 호텔에서."

"잘하셨어요."

정작 자신은 차 안에서 잤으면서, 현옥은 대견하다는 듯 맑게 웃었다.

"식사는 하셨어요?"

"조금."

"것도 잘하셨어요."

현옥은 야리야리한 체형에다 우아한 국화꽃을 닮은 영주가 더없이 걱정이었다. 자칫했다가는 그녀가 먼저 쓰러질 것 같았다.

자고로 가족이 병들면 남은 가족은 더 건강하고 씩씩한 마음가짐을 가져야 한다. 건강해야 지켜줄 수 있으므로. 씩씩해야 맞설 수 있으므로.

누구에게나
사랑의 순간은 온다.

"오전 면회는 하셨어요?"

"우리 아들은 어젯밤보다 혈색이 좋아졌어요. 어제 그리 걱정을 시키더니."

"정말 다행이네요. 저도 걱정했는데……. 우리 아이는 여전히 차도 없이 그대로예요. 보고 또 왔는데도 믿기지 않았어요."

"그렇죠."

"좋은 꿈을 꾸는 것처럼 표정이 너무나도 평온한 거 있죠? 사실 그런 딸한테 야속해요."

"저도 그래요."

까맣게 타들어가는 부모 속도 모르고 만사태평 긴 잠을 자는 자식들을 두 어머니가 험담했다. 서로의 말에 맞장구도 치다, 우스운 얘기를 한 양 빙그레 웃었다.

"점심은 저희하고 같이 하세요."

"그럴까요? 아, 우리 동생한테 얘기해서 이 근처 식당을 예약하라고……."

"식당 예약은 무슨. 구내식당 밥 먹을 만해요. 안 드셔보셨죠?"

"네."

"맛이 깔끔하니 괜찮아요."

살가운 현옥의 말에 영주는 웃었다.

영영 웃지 못할 줄 알았더니, 그래도 웃음이 지어진다. 허기도 잃어버린 줄 알았더니, 하루를 꼬박 굶어서 그런지 배도

고프다. 잠도 자지더라.

삼시 세 끼 챙겨 먹는 일이, 편한 잠자리에 드는 일이 죄짓는 심정 같아도, 살라는 뜻인 거다. 살아서 깨어나는 자식을 맞이하라는 뜻인 거다.

두 여자는 도란도란 이야기를 나누며 3층 중환자실로 갔다. 현옥은 지치지 말자고 연신 독려했고, 영주는 고맙다는 말을 거듭했다.

영주는 현옥의 씩씩한 미소에 위로 받는 기분이었다. 자신보다 열 살 가까이 어릴 현옥에게 동병상련 이상으로 의지가 되었다. 현옥도 마찬가지였다. 장성한 아들을 키워낸 영주를 믿었다. 나약해 보이는 외양과 달리 뿌리 깊은 강단이 있을 것이다. 그렇기에 그녀도 영주에게 의지하고 있었다.

"어머니!"

중환자실 앞에서 서성이던 남자가 현옥을 발견했다. 그가 핼쑥한 낯빛으로 빠른 속도로 달려왔다. 이제야 소식을 듣고 달려온 모양이었다.

"경호야. 왔니?"

현옥은 반색하며 가까이 온 경호의 손을 덥석 잡았다.

"지희가……."

"그래. 저 안에 있어."

말문이 막히는지 경호가 입술만 벙긋거렸다. 현옥은 머리를 주억거리며 의연해지려 애썼다.

경호의 낯이 완전히 핏기를 잃었다. 유일한 색채라곤 흰

자위를 덮은 시뻘건 실핏줄이었다. 경호가 따끔따끔한 눈꺼풀을 연신 끔벅거리며 제 귀로 들은 말을 거부하듯 도리질을 해댔다.

"지희가 사고로 혼수……상태라고요?"

"그렇긴 한데, 우리 지희 괜찮아. 심장도 잘 뛰고, 숨도 잘 쉬고, 혈색도 좋았어. 그냥 자는 것 같아. 너도 보면 그렇게 느낄 거야."

현옥은 되레 안심시켰다. 어미의 심장은 이럴 때일수록 더더욱 단단해지는 법이었다. 자식의 무너지지 않는 견고한 버팀목이 되어야 하기에.

"어쩌니. 이미 오전 면회 시간이 끝나서 다음 면회는 저녁이나 되어야 할 텐데. 면회가 하루에 두 번뿐이거든."

현옥은 오른손을 높이 들어 경호의 까칠해진 뺨을 보드라이 쓰다듬었다.

"네 얼굴 보면 우리 지희도 좋아할 텐데. 이렇게 든든한 남자친구가 얼마나 보고 싶을까."

위로하듯 덧붙인 말일 뿐이었다. 한데 의아하게도 경호의 초점이 산만하게 흔들리기 시작했다. 아랫입술도 경련하듯 파르르 떨렸다.

"경호야."

힘든 탓이라 판단하고 다독이려 한 발짝 다가가려던 참이었다.

"어머니."

돌연 경호가 대리석 바닥에 두 무릎을 괴었다.

"경호야! 너 왜 이래? 일어나!"

철렁. 현옥의 심장이 주저앉았다. 오싹한 전류가 뒷덜미를 서늘하게 훑었다.

그래도 우선 양팔로 경호의 어깻죽지를 잡았다. 돌덩이처럼 무지근한 경호의 몸은 꼼짝하지 않았고, 석고대죄를 하는 죄인처럼 머리는 깊숙이 수그렸다.

한 발짝 떨어진 대기의자에서 넌지시 바라보던 영주의 눈썹도 치떴다.

"……어머니."

경호가 울었다. 무릎에 올린 두 주먹을 부들거리며, 사시나무 떨 듯 상체를 바들거리며 울었다. 오열 비슷한 흐느낌을 쏟아부었다.

선득한 예감으로 현옥의 내장이 불끈거렸다. 속이 뒤집어진 양 울렁거렸다. 제 속에 일어난 파문은 가까스로 잠재우고 경호의 등마루를 보듬듯 쓰다듬었다. 우는 경호를 달래었다.

경호는 쉽사리 진정되지 않았다. 현옥의 보듬는 손길을 받으며 한참 울었다. 그렇게 한참 동안 울었다.

─ 8. 30.

보랏빛 국화 꽃잎이 풍성하다. 보송보송한 꽃잎이 겹겹이 포개어진 모양새가 앙증맞은 토끼 꼬리를 닮았다. 마치 인기척에 놀라 머리를 웅그리고 엉덩이를 치뜬 토끼 무리 같다. 쉿, 소리 내지 마. 토끼 아닌 척해. 그네들의 소곤소곤한 수다가 바람을 따라나선다.

우진이 왔다.

손도 커서 음료수 캔 두 개를 거뜬히 한 손에 들고 있다. 지희는 스르륵 옆 공간으로 엉덩이를 밀었다. 자신의 엉덩이 온기로 데워졌기에 그의 자리는 시리지 않을 것이다.

공연히 뿌듯하여 빙긋 웃으며 다가오는 그를 바라보았다. 그의 모습이 망막 가득 찼다. 머리부터 발끝까지.

압박붕대가 감긴 다리와 다른 다리가 교차할 때마다 자꾸 어긋나듯 비틀린다. 어쩌면 뛰어오고 싶은 마음일까.

걷는 품새가 눈에 익은 탓에 그의 마음이 읽혔다. 절뚝거림에도 그의 걸음새는 여전히 세련되었다. 팔을 저을 때마다 슬쩍슬쩍 들리는 넓고 반듯한 어깨, 그 아래 가슴팍은 탄탄한 기운이 넘친다. 인정병원의 하늘색 로고가 나열된 환자복을 입고 있는데도.

저 품에 안겼었단 말인데……

좋았을까. 그 느낌이 어땠는지 도통 모르니 극히 안타깝다. 얼마나 늘어지게 잤기에 침대로 옮겨지는 동안에도 깨지 않은 걸까. 미련한 곰이라고 한심하게 여긴 건 아니겠지.

아! 무게는? 무거웠을 텐데!

"따뜻한 건 없더라고요."

제 체중을 심각히 계산할 때쯤 그가 도착했다.

"음."

지희는 게슴츠레 뜬 눈을 들었다. 표정을 오해한 우진이 건네려던 사이다 음료를 도로 거둬들었다.

"바꿔올까요?"

"아! 아니요."

지희는 급히 도리질하며 빼앗듯 그의 손에서 음료수 하나를 회수했다. 갸웃하듯 고개를 비스듬히 기울이는 그에게 얼렁뚱땅한 미소를 보냈다.

저 팔뚝이라면 너끈히 들었겠지. 할아버지도 불 속에서 번쩍 들고 나온 그이지 않은가, 라고 스스로를 위로하며.

그가 앉았다. 지희가 제 온기로 데워놓은 자리에.

단순한 일임에도 실없는 웃음이 나오려 한다. 전기충격을 받은 양 입술 자락이 자꾸자꾸 움찔거린다. 그걸 감추기 위해 지희는 캔 주둥이에 입술을 갖다 댄 채 떼지 않았다.

"입맛에 맞아요?"

넌지시 일별하며 우진이 물었다. 입꼬리에 힘주느라 열중하던 지희는 제대로 알아듣지 못했다.

"네?"

"음료수."

반문하자, 그가 캔을 눈짓했다.

그의 초점이 슬그머니 지희 입술을 더듬었다. 접착제로 붙인 듯 캔 주둥이와 입맞춤 중인 입술이 못내 신경 쓰이는 듯했다. 제 입술의 움찔거림을 감추기 위한 술수일 뿐인데 외려 그의 신경을 자극하는 모양이다.

"아, 네. 맛있어요."

캔과의 입맞춤을 끝내며, 지희는 웃었다. 저도 모르게 달짝지근한 입술을 혀끝으로 훑으며.

우진이 또 무심코 입술을 보았다. 촉촉이 젖어 반지르르한 윤기가 감도는 입술을.

그의 목울대가 실룩했다. 그리고 회피하듯 시선을 먼 산으로 돌린 그가 음료수를 벌컥거렸다. 갈증이 심한 사람처럼.

정적이 흐른다. 말없이 정면의 풍경을 응시하고 있으나 편하다. 편안하다.

아기 속살에서 풍기는 분내 비슷한 꽃향기가 코끝에서 은은히 감돌았고, 잔잔히 흐르는 뭉게구름의 여유가 뇌를 나른하도록 만들었다.

모든 풍경이 정겹다. 심지어 누리끼리하게―예전에는 희고 희었을―퇴색된 시골 병원의 외관조차도 뽀얗게 보인다. 이곳에 그와 있다. 이곳에서 그와 함께 같은 풍경을 바라본다.

"신지희 씨."

그의 목소리가 공백을 채웠다.

"어젯밤, 날 불렀죠?"

지희가 화중의 사진관으로 뛰어들기 전 그를 불렀던 일을 묻는 거였다. 아무런 반응도 하지 않아서 경황없어 못 들었나 보다고 짐작했는데, 아니었다.

그가 들었다.

"……네."

지희는 괜히 쑥스러워 시선을 제 무릎에 두었다.

"고마워요."

그가 말했다. 여전히 시선의 끝을 정면에다 두고서 또렷하게 말을 이었다.

"당신 목소리 덕분에 견딜 수 있었어요."

그렇게.

두근두근. 심장이 뛰었다.

이 남자 자꾸 심장을 건든다. 무뚝뚝해 보이면서도 다정하고. 다정하면서도 솔직하고. 솔직하면서도 엉뚱하다. 끊임없이 제 심장을 자극하는 그의 매력에 파동이 거세어진다. 자제시킬 수 없을 만큼.

적갈색 벽돌에 놓인 왼손이 꼼물거렸다. 1센티미터의 공백을 사이에 둔 커다란 오른손도 미세하게 움찔거렸다. 손가락의 떨림만큼 심장의 떨림이 짙어갔다. 설렘이 짙어갔다.

조금만 더 움직이면 새끼손가락과 새끼손가락이 스칠 간격. 조금만 더 다가가면 살갗과 살갗이 맞닿을 간격. 조금만 더 가까워지면 서로가 서로에게 닿을 간격.

우리에게 이 간격이 사라질 날이 올까요.

"여행 왔어요?"

우진이 물었다.

"네."

지희는 대답했다.

"목적지가 여긴 아니었죠?"

"어떻게 아셨어요? 맞아요. 여긴 기차에서 내다보다 충동적으로 내린 곳이에요."

"그럴 줄 알았어요."

정확한 짐작에 지희는 감탄했다. 그는 총명한 눈빛만큼이나 눈치도 빠른 모양이다. 무뚝뚝하니 세간사에 무관심할 듯 보이는데 의외로 세심한지도.

"겁 없이 여자 혼자 여행을 다녀서 이상하죠?"

"이상할 거야 없죠."

물 흐르듯 막힘없이 대화가 이어갔다. 자연스레 질문을 던지고 자연스레 답이 갔다. 치우긴 못내 아쉬운 양 서로의 손은 그 자리 그대로 두고서.

"혼자만의 여행은 어려서부터 꿈꾸던 소망이었어요. 용기가 나지 않아서 못하다가 이제야 시도해보네요."

"용기가 났어요?"

"그런 셈이죠. 할 일도 없었고요."

뭉뚱그린 대답을 한 후, 지희는 머쓱한 눈짓을 했다. 넘어도 될까. 경계가 그어진 지점에서 마음이 주저했다.

멋지고 근사한 스펙의 여자로 보이고 싶은 욕구가 일었다. 현실은 그러지 못하니 자존감이 바닥을 기었다. 이 짧은 인연에 굳이 자신의 허점을 내보일 필요가 있겠는가. 거짓말로 포장하면 된다. 그는 진실을 모르지 않은가.

"백수가 되었거든요. 회사 사정이 어려워서."

그러나 지희는 솔직히 말했다. 거짓으로 포장된 자신이 싫었다. 그에게는 있는 그대로의 자신을 보이고 싶었다. 그가 실망할지언정.

"현진해운 사태 아시죠?"

"압니다."

"저희 회사가 현진해운과 연계된 협력사예요."

"아."

몇 마디에 불과한 설명으로 우진이 이해했다.

매일같이 신문 1면을 차지한 기사이니 당연한 거였다. 현진해운은 대한민국 대표 선박회사이면서 최대 물류를 책임지는 대기업이나 6개월 전 경영악화로 법정관리에 들어갔다. 그로 인해 걷잡을 수 없는 물류 파동이 일어났고, 거미줄처럼 연결되어 있던 협력사들은 토네이도에 휩쓸린 것처럼 엄청난 타격을 입었다. 현진해운은 정부의 도움으로 회생의 기회를 얻었으나 중소기업은 무참히 등한시되었다. 복구하기엔 지반이 약했다. 지희 회사도 그중 하나였다.

"그런 눈으로 보지 마세요. 저 충분히 괜찮아요!"

지그시 내려다보는 눈길을 인지한 지희는 얼른 손사래 쳤다. 그의 눈빛에 동정이 가득한 거라 오해한 것이었다. 우진이 약하게 끄덕이며 살며시 눈웃음쳤다.

"정말 괜찮아요, 지금은."

발뒤꿈치를 까닥거리며, 지희는 덧붙였다. 초점을 멀거니

누구에게나
사랑의 순간은 온다.

제 발끝에 두고.

"뭐든 노력하면 된다가 인생 모토라, 처음에는 씩씩하게 이겨내자고 결심했죠. 아직 준비도 열심히 하고 알바거리도 쉴 새 없이 만들고."

저도 모르게 말이 길어졌고, 저도 모르게 말끝에 착잡함이 배어 나왔다.

"그런데 신이 노노 버튼을 조작했나 봐요. 왜 그리 막히는지 뭐든 뜻대로 안 풀렸어요. 조급해서 그런 건지, 능력 밖의 일인 건지. 오죽하면 신을 다 원망했다니까요."

지희는 뒤늦게 인식했다.

"아!"

주워 담고 싶은 나머지 손바닥으로 입술을 꾹꾹 눌렀다. 제 안의 암울을 그에게 전달하는 것이 미안했다. 친구보다 더 친구 같은 아빠에게조차 털어놓지 못한 사연이었다. 그런데 왜 이리 술술 나오는지.

"해요."

우진이 보았다.

"해요. 담아두지 말고."

그의 눈빛이 말하고 있었다.

때론 아무것도 아닌 곳에다 풀어놓은 것도 괜찮다. 때론 아무것도 아닌 사람에게 털어놔도 괜찮은 말이 있다. 되돌아오지 않는 바람에게 하듯, 먼 길 떠나는 구름에게 하듯 훌훌 떠나보내도 되는 이야기가 있다.

공기를 가르고 내려오는 눈빛이 다독이듯, 토닥토닥 두들기듯 말해주고 있었다.

그러니 내게 해요. 내가 들어줄게요.

울컥한 뜨거움으로 심장 뚜껑이 들썩였다. 지희는 침 삼키듯 제 속의 부글거림을 넘기며, 제 발끝에서 큰 발로 초점을 옮겼다.

의지가 된다. 저 큰 발이.

저 큰 발이 자신의 작은 발 옆에서 든든히 버텨주길 바란다. 지금처럼, 앞으로도.

따지고 보면 만난 지 고작 이틀 된 사람이다. 하나 어찌 된 영문인지 그와의 시간은 몇 십 배로 느리게 흘러간다. 이틀이 아니라 이백 일은 함께 한 것 같다. 이틀만큼의 감정이 아니라 이백 일의 감정이 생긴다.

"의욕을 잃었었어요. 박탈감이 들더라고요."

지희는 결심하고 꽁꽁 감추고 있던 속이야기를 꺼냈다. 진득하게 들어주는 귀가 있었고, 진중히 바라봐주는 눈빛이 있었다. 그것만이 전부였다.

"그러던 어느 날, 문득 뿌옇던 뇌가 선명해지는 느낌이 들더라고요. 그제야 버려두었던 제 자신이 보였고, 그때서야 제 자신이 아까워졌어요. 다시 시작하자. 지금도 늦지 않았어. 그런 결의가 샘솟더라고요."

그랬다. 실패가 거듭될수록 오히려 숨통을 조이던 압박이 사라졌다. 욕심이 단념되고 현실을 자각해서인지.

그제야 실수를 곱씹던 자책을 그만두고 바닥에서 기어 다니는 자존감을 부여잡았다. 바닥끝 지점에 도달해서야 높이 도약할 수 있는 것처럼 잃어버렸던 제 안의 의기를 끌어내었다. 다시 시작하자.

"이 여행을 그 결의를 위한 용기예요."

지희는 한결 등등해진 눈동자를 올렸다. 제 의지를 떳떳하게 밝히고 싶었다. 한편으로는 자신은 결코 나약한 여자가 아님을 알리고 싶었다.

"멋진 용기네요."

미소가 멋진 남자가 멋진 미소를 보냈다.

그는 토씨 하나 달지 않았고, 토씨 하나 흘려듣지 않았다. 교과서적인 해답을 내놓거나 젠체하는 설교를 늘어놓지도 않았다. 그저 빙그레 듬직한 응원을 보냈다.

최고의 응원이다.

"저는 실패의 경험이 없습니다."

우진은 말했다.

"어? 지금 실패자 앞에서 자랑하시는 거예요?"

"자랑은 아니에요."

과장되게 받아치는 그녀로 인해 그는 웃었다.

그녀의 말솜씨는 사랑스럽다. 자칫 무거워질 수 있는 분위기를 부드럽게 어루만지듯 적절히 농담을 섞는다. 그렇게 딱딱해질 수 있는 공기를 느슨하게 만든다. 또한 계산되거나 가식이 없다. 바람처럼 살랑거리는 음색도 좋다. 무엇 하나 좋지 아니한 것이 없다.

그래서 이 시간이 끝나지 않길 바라게 된다.

"외려 결여된 거죠."

그래서 말이 길어진다. 솔직한 제 말이 하고 싶어진다.

"아닌 척해도."

매사 완벽을 추구한 만큼 작은 실수도 용납하지 않았다. 주위 사람 혹은 아랫사람들도 그리 압박했다. 제 눈에는 단순한 문제라 관용을 베풀지 못했다. 그것이 얼마나 가혹한 처사였음을 이젠 안다.

자신의 결여를 깨달았다.

아우토반 같은 인생길이었다. 태어나면서부터 운이 좋았다.

친조부는 명성 자자한 학자였고, 외조부는 명망 높은 기업가였다. 우진은 조부들의 영민한 두뇌와 재력을 물려받은 손자였다. 관념적인 문제는 뇌가 알아서 했고, 경제적인 문제는 거치적거릴 것이 없었다. 편리했다.

그래서일까.

스스로 욕심을 부린 적 없었다. 갖고 싶어 애달픈 적도 없었다.

모자람에 대한 갈망이 없었기에, 모자란 것에 대한 관용도 없었다는 것을 깨닫는 순간.

문득 갈증이 났다.

무엇에 대한 갈증인지 모르겠으나 지독한 갈증이 났다. 그 갈증은 자신이 올곧이 지키던 자리를 벗어나도록 만들었다.

"신지희 씨가 겪었던 경험은 공감하지 못해도, 압니다. 당신이 대단한 사람이라는 것을. 힘든 과정을 극복하려 애쓰는 의기만으로도 충분히 멋지다는 걸."

"저는 멋진 여자인 거네요?"

그녀가 능청을 떨었다.

"착하고, 예쁘고, 멋진 여자."

우진은 간단히 덧붙여주었다. 경찰서에서 나오면서 했던 말도 덧대며.

지희가 입술 가득 함박 미소를 물었다. 행복한 아드레날린이 듬뿍 분출되는 것처럼. 그도 그녀 따라 웃었다. 심장도 즐거운 아드레날린을 마음껏 분출시켰다.

"여행 오신 거죠?"

"그렇다고 할 수 있어요. 겸사겸사."

이번에는 그녀가 물어, 우진은 솔직히 대답했다.

"며칠 전 부친의 49제를 치렀어요. 이 마을에 부친의 작업실이 있어 들른 겁니다. 유품도 정리할 겸."

구구한 이야깃거리를 해본 적이 없음에도 자연스레 나왔다.

일부러 제 얘기를 감추고 산 건 아니었다. 구태여 할 만한 사람이 없었을 뿐이었다. 기껏해야 알은체하며 깐죽거리기

일쑤인 외삼촌——대표이사이기도 한——서동석 씨나 있지.

"아…… 상심이 컸겠어요."

"글쎄요. 워낙 부친의 부재는 익숙해서."

금세 슬픈 기색이 어른거리는 그녀를 보며, 우진은 무지근한 숨을 골랐다.

"단순한 부재가 아닌데 익숙하다고 느끼는 제가 무섭습니다. 이런 제가 정상이 아닌 것 같아서. 돌아가신 부친께도 자식의 도리를 못 하는 거니 죄스럽기도 하고요."

늘 의연히 굴었다. 복합적인 감정이 웃자라 얼기설기 엉켜가고 있음에도.

간과하면 할수록 주체할 수 없다는 걸 알면서도 부러 회피했다. 구태의연하게 꺼내어봤자 달라지는 건 없다고 판단해서였다.

"그래서 아버지의 흔적을 찾아 이곳에 왔습니다. 아버지의 자취를 되짚으면 내 안의 결여를 찾을 것 같은 기분이 들었어요. 그것이 무엇인지도 모르면서."

"아마……."

픽 자조하는데, 지희가 조심스레 입술을 벌렸다.

"그리운 건지도 몰라요."

공기를 밟듯 허공에서 까닥거리던 발이 뒤쪽으로 밀렸다. 그녀가 등허리를 곧게 펴고 꼿꼿이 고개를 세웠다.

"아직은 실감하지 못해서 그런 거지 사실 그리운 걸 거예요. 자식이니까."

"그럴까요?"

"응."

맑은 안광이 힘을 주었다.

일순 곪은 상처가 치유되는, 비슷한 기분이 들었다. 내장에서 잔류하던 독소도 해독되었다. 우진은 뻐근한 갈비뼈를 바르게 폈다. 말하길 잘했다. 숨기지 않길 잘했다.

"신기하네요. 우리가 이 여행길에서 만난 것이."

새 삶을 위해 떠난 이와 죽은 이의 삶을 되짚기 위해 찾아온 이가, 이곳에서 만났다. 이 **인정**人停**역**에서.

"들어가죠."

음료수를 마저 비운 우진이 캔을 아무렇게나 던졌다. 휙— 포물선을 그리고 날아간 캔이 정확히 화단 앞 쓰레기통에 골인했다.

오! 지희는 감탄했다. 그러곤 은근슬쩍 제 빈 캔을 내밀었다. 이것도 부탁해요.

그가 군소리 없이 캔을 가져가 가뿐히 쓰레기통으로 던졌다. 통탕. 시원한 소리를 내며 캔이 쓰레기통으로 쏙 들어갔다.

"제법?"

"제법."

지희가 추켜세우듯 눈썹을 올리자, 우진도 뻐기듯 어깨를 으쓱했다. 둘은 동시에 킥, 피식 웃었다.

그가 내려다봤다. 그의 먹빛 동공을 마주보고 있자니, 뒤꿈치가 떴다. 스프링이 달렸나보다. 붕붕, 기분 좋게 반동했다.

"아이고, 총각!"

정문으로 가려는데, 우렁찬 부름이 들렸다. 두 사람은 똑같이 멈추고, 똑같이 뒤돌아봤다. 동작이 딱딱 맞았다.

"오셨어요."

지희는 환히 인사했다.

인정식당 아주머니였다. 팔을 높이 휘휘 저으며 뒤뚱뒤뚱하게 걷는 모습이 흡사 오리처럼 귀여웠다. 일행이 있었다. 앞머리에다 분홍 머리핀을 꽂은 단발머리 여고생이었는데, 무언가 못마땅한지 퉁퉁 부은 얼굴이었다. 이목구비가 엄마를 똑 닮았다.

"총각! 몸은 성한 겨? 독한 가스를 그리 많이 마셨다며?"

"많이 마신 건 아닙니다. 괜찮습니다."

술잔을 들이켜는 손동작을 하며 아주머니가 호들갑 떨었다. 우진이 의젓이 대답했다.

"노인 양반은?"

"아까 깨셨는데 멀쩡하세요."

지희는 보태었다.

"기여? 천운이구만. 천지신명께서 굽어 살펴서 노인 양반한티 총각을 보내주신 거여. 총각 아니었으면 노인 양반 어쩔 뻔했어? 사진관은 죄 타서 재만 남았어."

어제 새벽녘 경찰로부터 사진관이 전소되었다는 소식은 전해 들었다. 경찰 측에서는 화재 원인을 누전이나 합선으로 보며, 인사 피해가 없는 사고이니 바로 마무리할 것이라 했다.

"싸게 와!"

아주머니가 굼뜬 여고생에게 꽥 성냈다. 여고생이 입술을 까뒤집으며 속도를 내었다. 아주 미약하게.

지희는 낯설지 않은 여고생을 빤히 살폈다. 어디서 본 것 같은데.

"아이고! 속 터져."

여고생과의 사정거리가 드디어 확보되자, 아주머니가 가차 없이 손바닥으로 날갯죽지를 후려갈겼다. 짝— 찰진 소리가 사위의 평화를 깨뜨렸다. 악! 여고생이 신경질 부리며 날갯죽지를 제 손바닥으로 쓸었다.

"후딱 인사나 혀, 인사! 어른 보면 재깍재깍 인사를 해야지. 이리 싹수머리 없어서 어따 쓸 겨!"

모녀의 전쟁이 당혹스러워 지희와 우진은 멀뚱거렸다. 폭풍 같은 잔소리를 들은 여고생이 까닥, 건성으로 턱짓했다. 마뜩잖은지 아주머니가 혀를 찼다.

"우리 딸. 내가 마흔 다 되어 낳아서 오냐오냐, 키웠더니 이 모양이여. 싹수가 노려. 노려도 개나리만치 샛노렇지."

"엄마."

딸의 매서운 눈초리를 받은 아주머니가 즉각 호호호, 모면의 웃음을 터트렸다. 못 들은 걸로 혀, 라고 손사래 치며.

"내 정신머리 봐라. 이거 주러 온 건디."

잇따라 그녀가 분홍 보자기 뭉치를 넘겼다.

무게가 꽤 묵직했다. 무겁다는 내색을 하지 않았음에도 우진이 보자기를 가져갔다. 믿음직스러운 기사가 곁에 있는 것 같다.

"반찬 몇 가지 싸왔어. 병원 밥이 어디 밥인가. 영 맛대가리 없이 소여물보다 못 허지. 내 정성이 꽉꽉 들어갔응께 맛없어도 맛나게 먹어. 응?"

"엄청 맛있겠죠. 순두부찌개도 무진장 맛있었는데. 저희가 괜히 호강하네요."

"이까짓 거로 호강은."

그녀가 수줍어했다. 칭찬이 익숙지 않아 부끄러운 모양이다. 억척스러워 보여도 깜찍한 구석이 많은 그녀였다.

"진짜, 진짜 맛있게 잘 먹을게요."

지희는 호들갑스레 강조했다.

쉽지 않은 마음 씀씀이다. 어젯밤에도 기어이 병원에 들러 쓰러진 노인 대신 병원 등록도 대신했다. 그러면서 노인의 사정 이야기를 전해주었다.

사진관 노인은 가족이 없나보다, 몇 해 전 나그네처럼 마을에 나타나서 버드나무집에 정착하여 사진관을 열었다, 그 후부터 노인들에게 무료 사진을 찍어주었다, 여태 그를 찾아온 가족은 보지 못했다, 워낙 성미가 칼칼하여 이웃 간 왕래도 없다, 그래도 아주 괴팍한 양반은 아니다, 마을 아이들한 테는 인심 좋다, 잔정은 많은 양반이 분명하다, 등의.

"나는 오늘 억수 바빠서 이만 가네."

"할아버지 안 보시고요?"

"내일이나 올 겨. 요것이 뭔 사고를 쳤는지 학교도 안 가 고 방구석에 박혀 있어서 끌고 나온 겨. 내 속도 사진관맨치 시꺼멓게 탔어. 타도 한참 전에 탔지."

"엄마!"

푼수데기처럼 쉴 새 없이 주절거리는 엄마에게 딸이 앙칼 지게 외쳤다. 그러곤 팽하고 가버렸다. 아주머니가 대충 손 인사를 하고서 부랴부랴 딸을 쫓았다.

삐친 민서가 올 때와 달리 뛰듯이 속력을 내었다. 뒤뚱뒤 뚱, 아주머니의 엉덩이가 급히 실룩거렸다. 햇빛을 받아 여릿 한 분홍색으로 발광하는 머리핀이 멀어져갔다.

"아!"

그제야 지희는 민서를 기억해냈다. 어젯밤 골목에서 부딪 칠 뻔했던 여고생이었다.

"왜요?"

"아무것도 아니에요. 어서 들어가요."

민서를 쫓던 눈길을 거두며, 지희는 싱긋 웃었다.

두 사람은 빙그레한 눈길을 주고받으며 병원 로비를 가로 질렀다.

간호사 대기실에서 일지를 체크하던 이 간호사가 그들을

샐그러지게 응시했다. 어제 새벽에 왔을 때까지만 해도 서먹해 보였는데, 이제는 애인 사이로 보인다. 한 병실 썼다고 그 사이 눈 맞은 모양이다.

흥.

이 간호사의 아랫입술이 모나게 말렸다. 그녀가 잔뜩 골이 오른 필체로 일지의 공란에 오늘 날짜를 끼적였다.

89년 8월 30일.

마치
마법처럼

— 16. 8. 30.

뉘엿뉘엿 지는 해가 이마와 평행선을 그린다.

해가 따갑다. 가을볕도 따갑다. 하늘을 바로 보기 어려울 정도로 따가워, 눈시울이 시리다. 눈이 시린 건 오롯이 해 때문이다. 오롯이 볕 때문이다.

"저녁 먹어야지."

할 일 없이 산책로 벤치에서 시간을 보내는 현옥에게 승경이 다가왔다. 도리질하자, 그럴 줄 알았다는 듯 승경이 커피 캔을 건네었다. 따뜻한 기운이 밴 커피였다.

현옥은 단맛이 진한 커피를 꿀떡 마셨다. 승경이 옆자리에 앉았다. 경호가 병원을 떠난 후 오랜 시간 넋 놓은 아내를 승경은 무슨 일이냐, 말해보라, 고 채근하지 않았다. 그저 끈기 있게 기다렸다.

"헤어졌다네."

탁한 숨 섞인 음성이 드디어 나왔다. 폭탄선언 같은 아내의 말에 차분하였던 승경의 눈썹이 일그러졌다. 미간에 깊은 주름의 골이 패었다.

"나는 그저 여행을 간다기에 회사 문제로 속상해서 마음 못 잡나 했더니, 그런 사정도 있었네."

"언제?"

"좀 됐대. 3개월 정도. 회사 그렇게 되고 얼마 안 되어서. 왜 항시 안 좋은 일은 그리 겹치는지. 꼭 얼마나 버티는지 실험하는 것처럼. 사람 숨통은 트이게 해줘야지."

"3개월이나? 지희는 그동안 아무런 내색도 안 했잖아. 티도 전혀 안 냈잖아."

"그러니까 말이야. 회사가 그 모양이 되었는데 실연까지 해서 말할 엄두가 안 났나봐. 입에 올리기도 싫었겠지. 그간 속이 얼마나 시커멓게 탔을꼬. 그 생각하면 속에서 천불이 나네."

"하아."

아내의 부연을 듣는 승경의 잇새에서도 무지근한 한숨이 흘러나왔다.

"내가 무심한 걸까. 나는 지들이 싸움 한 번 안 하고 잘 어울려서 저리 만나다가 결혼할 줄 알았어."

"그래."

"우리처럼 친구로 오래 만나 애인으로 사귀었으니, 우리와 같은 절차를 밟을 줄 알았어. 어려서부터 하도 붙어 다녀서

난 쟤들이 운명인 줄 알았어."

"그래."

"근데 아니었나보네. 연이 아니었나봐."

"왜 헤어졌대? 경호, 바람피웠대?"

"아니."

승경이 평소의 평정심을 잃었다. 목소리 톤이 날카로워졌다. 현옥은 설레설레 고개를 가로저으며 커피로 타는 목을 축였다.

"그럴 깜냥은 못 되는 녀석이잖아. 착하긴 해."

"그럼? 지희가 헤어지자고 한 거야? 녀석은 공시 합격하고, 지는 백수 되었다고 자존심 상해서?"

연달아 도리질이 답이었다.

"그러면?"

"사랑이 아니었다네."

"뭐?"

"친구로 너무 오래 만나서, 너무 편해서, 사랑인 줄 알았는데…… 사랑이 아니었다네. 설렘이 없었다네. 간절함이 없었다네. 그래서 사랑이 하고 싶어졌다네, 진짜 사랑이. 설렘도 갖고, 간절함도 갖는."

"그런 개 같은 핑계가 어디 있어! 이 새끼를 당장……!"

승경의 음성에 분노가 서렸다. 벌떡 제자리를 박차고 일어나는 그의 허벅지를 현옥은 손바닥으로 지긋하게 눌렀다. 가라앉혀라, 말없이 다독이듯.

"그런데 말이야, 여보."

채 가시지 않는 분노로 씩씩거리는 승경을 현옥은 잔잔히 올려다보았다. 허벅지에서 손을 떼고 주먹을 발끈 말아쥔 남편의 손등을 손끝으로 쓰다듬었다.

"우리 지희도 동감했대."

승경의 일렁이는 눈동자가 아내에게 도로 내려왔다. 참으로 씁쓸한 이야기라 속이 커피만큼 썼다.

"우리 지희도 그랬대. 사랑이 아니었다고, 인정했대."

사랑인 줄 알았는데, 사랑이 아니었음을 깨닫는 순간의 허탈함을 어찌 감당했을까. 그 공허를, 그 헛헛함을 무엇으로 채웠을까.

지희야.

채울 수 없어 떠난 거니? 그래서 돌아오지 않는 거니? 현실에는 채울 게 없어서 그 꿈나라에 머물러 있는 거니?

그래도, 지희야.

이 현실에는 새 사랑이 있을 거야. 네가 그동안 눈멀어 찾지 못하였던 진짜 사랑이 있을 거야. 누구에게나 사랑은 오는 법이니까.

— *89. 8. 31.*

여기 이상하다. 텅 빈 복도를 거닐며, 지희는 자신이 이 병원을 점령한 기분이었다.

이틀을 병원에 있었는데, 병원은 항상 인적이 상당히 드물

158   누구에게나
사랑의 순간은 온다,

었고 적막하다시피 조용했다. 의료진도, 환자도 거의 없었다. 그나마 간호사를 만날 수 있는 층은 자신들이 속한 3층뿐이었다.

심지어 지금 이리 헤매고 다니는 이유!

편의점!

여느 종합병원 못지않은 크기의 병원이면서 시설이 왜 이리 낙후되었는지. 아무리 시골 병원이라도 간단한 편의시설은 갖춰 있기 마련인데 편의점은커녕 작은 매점도 없다.

"말도 안 돼."

끝내 지희는 편의점 찾기를 포기했다. 3층 병실로 돌아가는데,

"그렇다니께!"

커다란 노인의 외침이 들렸다.

지희는 후딱 병실 미닫이문가에 제 몸을 숨기고서 빠끔히 안의 상황을 훔쳐보았다. 노인과 이 간호사가 한창 실랑이 중이었다. 이틀 내내 간호사만 만나면 쓸데없는 입씨름을 벌이는 노인이었다.

"성함도요?"

"그렇다고!"

문제는 그것이었다.

노인이 자신의 개인정보를 일절 함구하는 것. 화재사고로 뇌를 다친 것도 아니건만 노인이 뜬금없이—지희도, 우진도 단박에 알아봤으면서—기억상실에 걸렸다. 정밀검사 결과가

나와야 진실이 밝혀지겠지만, 현재로서는 심히 의심스러운 기억상실 증세였다.

예를 들어,

"사진관이 전부 타버렸대요. 불날 때 아무 소리도 못 들으셨어요?"

"글쎄. 암실에 있어서. 소리가 난 것도 같고, 안 난 것도 같고. 거기서는 원체 바깥 소리가 안 들려. 그나저나 어째? 니 사진도 깡그리 타버렸겠구먼. 기껏 예쁘게 뽑아 놨는디."

식으로 사진관에 대해서는 술술 언급하다가,

"성함 알려주셔야 된대요. 어젯밤에는 긴급한 상황이라 인정식당 아주머니가 대신 등록했어요. 간호사가 다시 등록해야 된대요."

"내 이름이 뭐더라. 당최 기억이 안 나네."

"가족분들은요? 할아버지 가족한테 연락해야 되잖아요."

"내가 가족이 있었나, 없었나. 당최 모르겠네."

식으로 신상에 관해서는 무조건 모르쇠였다. 질문에 따라 기억의 범위가 다르니 고의적 자가自歌 기억상실증이 아닐까, 다분히 의심스러웠다.

"나 밥은 언제 줘?"

끈질긴 이 간호사의 질문을 회피하며, 노인이 화제를 돌렸다. 간호사가 불퉁스러운 감정을 고스란히 표내며 링거액을 확인했다.

지희는 제 위치를 발각되지 않으려 끈끈이처럼 최대한

문가에 달라붙었다. 어제도 실랑이 중에 끼어들었다가 호되게 화살을 맞았다. 또 맞고 싶지 않다. 상상만 해도 징글징글하다.

"니들만 처먹고 노인네는 쫄쫄 굶길 셈이야?"

"내일 검사 있으셔서 오늘 저녁은 식사 아니고 미음이에요. 대체 몇 번이나 말씀드려요."

"어제 한 끼 주고, 오늘도 종일 끼니도 거르게 만들더니 죽이나 처먹으라고? 노상 거지도 이리 홀대하지는 않을 겨."

"누가 홀대를 해요. 검사 때문에 어쩔 수 없잖아요. 할아버지 위해서예요."

터무니없는 트집에 이 간호사의 낯빛이 변해간다. 서서히 인내심의 한계가 드러난다.

"코끼리 방귀 뀌다 똥 싸는 소리 하고 있네! 위하긴 뭘 위해! 나 좀 봐. 얼마나 허기져서 기력이 달리면 손이 다 떨려. 이것 봐. 이것 보라니께!"

우락부락 오만상을 쓰며, 노인이 제 손을 달달 떨어댔다. 억지로 흔드는 동작인 탓에 손 떨림이 아니라 어깨춤을 추는 것 같았다.

"못 살아."

"네가 왜 못 살아! 내가 배곯아 못 살지!"

넌더리 치는 이 간호사에게 노인이 고약하게 일갈했다.

이 간호사가 연신 거친 숨을 골랐다. 내 이 직업 때려치우든가 해야지. 그녀의 미간 주름이 속마음을 뚜렷이 피력했다.

그녀 심정을 십분 이해하기에, 지희는 쉽사리 나서질 못했다. 죄송해요. 저도 감당하기 힘들어요.

"여기서 뭐 해요?"

등 뒤에서 나직한 울림이 들렸다.

진료실을 다녀오느라 자리를 비웠던 우진이었다. 지희는 구세주를 만난 기분이라, 방긋거리며 눈길을 돌렸다.

한데 그의 얼굴이 바로 옆에 있었다. 그도 지희처럼 안쪽을 보려 길쭉한 상체를 구부린 자세였다. 그의 뺨이 지희 뺨과 붙듯이 가까웠다. 산뜻한 숨결마저 가까이 있었다.

일순 지희는 긴장했다. 경직된 몸이 마른침조차 삼키지 못하고 눈꺼풀만 끔벅거렸다.

"저기."

뻣뻣한 검지를 들었다. 숨결도 조심스러워 가만가만 호흡했다.

"무서워요?"

피식. 윤기 흐르는 동공이 내려왔다. 찰랑찰랑, 물보라를 일으키듯 살아 있는 눈동자. 그윽한 광색이 마치 '당신이 사랑스럽다'라고 속삭이는 듯하다. 그런 눈빛이다.

"조금."

지희는 눈을 내리떴다. 이 착각을 어쩌면 좋을꼬.

"내가 해결할게요."

툭. 커다란 손이 작은 어깨를 머금었다.

그리고 그가 곁을 쓰윽 지나 당당히 병실로 진입했다.

그제야 지희는 그가 환자복을 벗었음을 인지했다. 환자복이 아닌 일반 셔츠로 갈아입는 그의 어깨는 더없이 드넓고 탄탄하다. 움직일 때마다 실룩거리는 등 근육 또한 더없이 섹시하다.

"음."

지희는 슬그머니 제 어깨에 손을 대었다. 그의 온기가 인장처럼 남아 있는 기분이다. 어깨가 뜨겁다.

"어르신."

우진이 오도 가도 못 하고 병실에서 체류하는 이 간호사를 구출했다. 이 간호사가 반짝거리는 눈빛으로 그를 우러러봤다. 지켜보던 지희는 솔직히 아차, 싶긴 했다.

"검사 끝나면 제가 드시고 싶은 음식 다 사올게요. 미리 잡수고 싶은 음식 적어두세요."

"누굴 아 취급혀?"

어린아이 구슬리듯 우진이 친근하게 말하자, 노인이 볼멘소리를 내었다. 그러나 표정은 급속도로 누그러졌다.

제 볼 일이 끝났음에도 공연히 떠나지 않고 병실에 잔류하는 이 간호사의 뒷등에다 레이저를 쏘아대자, 시선을 느낀 그녀가 돌아보았다. 지희와 눈이 마주쳤다. 묘한 신경전의 불꽃이 잠시 일었다. 흥. 병실에서 나온 이 간호사가 지희를 살짝 흘기고서 가버렸다.

"붕대는 풀었는감?"

"네."

"암시롱도 안 한다지?"

"그럼요."

선선한 대답을 듣는 노인의 혈색이 안온했다. 아닌 척해도 자신을 구하다 다친 우진을 걱정하였던 기미는 숨길 수 없었다.

할아버지, 속 다 보여요. 지희는 아랫입술을 씰쭉거리며 활기차게 들어섰다.

"어딜 그리 싸돌아 당겨!"

한데 노인이 그녀에게는 난데없이 면박을 날렸다.

"속옷 갈아입고 싶다하셨잖아요! 여태 가게 찾아다녔죠."

지희는 발끈했다. 웬일이니. 차별하는 거야? 이 노인네. 어째 우진은 손자. 자신은 똥개 취급한다.

"빈손이구먼?"

"병원을 한 바퀴 돌았는데 가게가 없어요!"

"쯧쯧. 야무지지 못혀 어디다 쓰꼬."

노인이 도리질하며 혀를 찼다. 어디다 쓰긴요. 쓸데야 어디든 있겠죠. 말대꾸하려다, 지희는 꾹꾹 숨을 골랐다. 아, 이 간호사랑 술 한잔해야겠다.

다행히 노인의 식사가 나왔다.

우진과 지희는 인정식당 아주머니가 신경 써준 반찬으로 구내식당에서 식사를 끝낸 터라, 노인의 식사를 살뜰히 챙겼다. 노인은 한입거리도 되지 않는다고 투덜거리면서도 미음 그릇을 싹싹 비웠다. 한편으로는 안쓰럽기도 했다.

"이짝 버드나무 길로 올라가면 낡아빠진 집 한 채가 나올 겨. 거기가 내 집이여."

식사를 끝낸 노인이 제 집의 약도를 그려주었다. 귀중한 속옷, 꼬박꼬박 챙겨 드셔야 된다는 영양제, 심심하니 책 몇 권, 돋보기, 면도기 등의 물건을 챙겨오라는 명령 같은 부탁을 하며.

"덤벙거리지 말고 잘 챙겨와."

"네! 하나도 빠짐없이 챙겨올게요."

"좋은 자세여."

편의점 찾기 실패를 만회하기 위해, 지희는 주먹을 불끈 쥐며 각오를 다졌다. 노인이 전장에 나가는 부하병사를 독려하듯 거창하게 끄덕였다. 한 발짝 뒤에서 지켜보던 우진이 짤막히 쿡, 소리를 내었다.

"간 김에 거서 자고 내일 와. 네가 하도 잔망스레 굴어서 신경 거슬려 못 자겠어. 어젯밤 한숨도 못 잤구먼."

"되게 잘 주무시던데."

"그게 잔 겨? 실신한 거지!"

게슴츠레 중얼거리자, 노인이 바락 언성을 높였다. 억지는. 실신은 그제 하셨으면서.

"이 집은 흔집이고, 뒤로 돌아가면 뒤채가 있어. 거긴 우리 손자 주려고 지은 새집이니 깨끗혀. 이불도 새것으로다 억수 사났으니 마음껏 써."

"무서운데 거기서 어떻게 혼자 자요?"

지희는 거의 울상이 되었다.

티나게 차별 대우하더니 대놓고 내쫓기까지 한다. 새집이나 새 이불, 그까짓 게 뭐 그리 중하겠는가. 음산한 시골집에서 혼자 자야 하는데. 소박맞은 기분이다.

"누가 혼자 자래? 오밤중 시골길을 겁 없이 혼자 가려고? 같이 가. 같이 안 갈 겨?"

"갈 겁니다."

노인의 눈동자가 제게 옮겨지자마자, 우진이 냉큼 대답했다.

우진과 같이 간다. 같이 가서 거서 '자고' 내일 온다. 그 말인즉 같이 잔다는 뜻.

일순 엉큼한 대뇌가 아드레날린을 마구 분비시켰다. 저도 모르게 침을 꼴딱 삼킨 지희는 후다닥 이상야릇한 상상을 떨쳐냈다. 같은 곳에서 자는 거지, 같이 자는 건 아니지 않은가.

"아!"

주책없는 자신을 질책하다, 지희는 불현듯 깨달았다. 긴요한 단서.

"할아버지 손자 있으시나 봐요! 가족이 기억나세요?"

"고만 들볶고 싸게 싸게 가! 잘 껴!"

즉시 지적하자, 노인이 버럭 성내더니 벌러덩 드러누웠다. 그러곤 고치 튼 번데기처럼 이불을 돌돌 말고 돌아누웠다. 지희는 모나게 째렸다. 거짓부렁 노인네.

"가요."

우진이 대수롭지 않게 병실을 나섰다.

추궁은 다음 기회로 미루고 그를 따라나섰다. 병원에서 나오는 동안에도, 삼거리를 걷는 동안에도 내내 골몰한 지희에게 그가 넌지시 말했다.

"밝히고 싶지 않은 사정이 있으신 거예요."

"그럴까요? 그래도 이해 안 돼요. 화재사고로 돌아가실 뻔했는데 가족에게 알려야지요."

"가족이 걱정하는 게 싫으신 거겠죠."

"성함도 알려주지 않잖아요. 병원에서 어물쩍 넘어가니까 당신 멋대로 구시는 거죠. 그건 정말 너무해요. 혹시 수배자라 숨어 지내시는!"

번뜩 스친 생각에, 지희는 손 박수까지 짝 쳤다. 재미있다는 듯 우진의 눈썹이 설핏 들썩였다.

"수배자요?"

"제가 너무 멀리 갔죠?"

지희는 곧바로 인정했다. 그가 빙그레, 미소를 머금은 고개를 끄덕였다. 노인 양반이 성격이 괴팍하여도 죄짓고 숨어 살 성품은 아니다.

"근데 여기 병원 이상해요. 의료시설이나 전산시스템도 아주 옛날 거고, 시골 병원이라 그런 건지 주민번호도 없이 이름 하나로 넘어가고. 이러니 환자가 없지."

"환자 없는 것도 확인했어요?"

"빤히 보이잖아요. 로비도 텅텅 비고, 병실도 텅텅 비고.

하긴 이 마을 주민 수가 유독 적긴 해요."

"그렇긴 해요. 그리 구석진 곳도 아닌데."

우진이 지희의 모든 말에 일일이 맞장구쳤다. 한 마디도 허투루 넘겨주지 않는 그.

지난 이틀 동안 내내 그랬다. 사근거리는 지희의 말을 꼬박꼬박 대꾸해주었고, 뭐든 솔직히 말해주었다. 그 덕분에 지난 이틀 동안 많은 대화를 끊이지 않고 나눴다.

"퇴원해도 된다고 했어요? 두통은 괜찮아졌어요?"

"네."

"다행이다."

우진의 간단한 끄덕임에 지희는 환히 웃었다. 일산화탄소 중독 증세로 두통이 남아 있던 우진이었다. 내색은 하지 않아도 그를 엄청 걱정하였던 지희였다.

두런거리다 보니, 어느덧 삼거리였다.

길이 빛을 잃었다. 몇 안 되는 점포는 죄다 닫혀 있었고, 여릿한 빛을 내었던 주택가를 지나니 암흑이 가까워졌다. 길고 긴 터널로 진입한 듯.

"이쪽이 맞겠죠?"

삼거리가 끝난 지점부터는 논길이었다.

기나긴 논길을 중심으로 벼이삭들이 가득한 광활한—어두워 훨씬 넓게 보이는—농지였다. 올찬 벼이삭들이 사붓사붓 걷듯 가뿐히 출렁거렸다. 빛은 거의 없었다. 빛이라곤 먼발치서 등대처럼 뻗어오는 주홍빛과 은은한 달빛이 전부였다.

"약도상 이쪽이 맞아요."

"할아버지 손재주가 좋으세요. 약도 그린 솜씨가 대단해요. 현판도 멋지더니."

약도는 쓱싹쓱싹 대충 그린 거라고 믿기지 않을 정도로 정교했다. 신은 공평하다더니 인간에게 재주 하나 정도는 주나 보다. 짱알짱알 성질만 내는 할아버지도 이런 기막힌 재주가 있는 걸 보면. 고약한 성질머리도 고루고루 나눠주었으면 좋으련만.

머지않아 집 한 채가 나타났다. 지붕은 거무레한 색감이었으나 벽은 여릿한 흰빛으로 발광했다.

두 사람은 약도대로 옆길로 진입했다. 논길을 끝난 지점부터는 들풀이 우거진 길이었다. 길가에는 폭 좁은 시냇가가 있었다. 아기 종달새의 울음소리처럼 시냇물이 재잘재잘 흘렀고, 간간이 풀벌레 소리가 청아하게 섞여들었다.

"왠지 길이 으스스해요."

한 발 앞지르던 우진이 주춤거리는 지희를 뒤돌아보았다.

"잘 따라와요."

그리고 짧게 덧붙이고 직진했다.

"내 곁에서."

그 말로 주위의 어둠이 단순한 배경으로 처리되었다.

다이아몬드의 은은한 광채를 닮은 달빛 조명 아래 밤바다의 파도처럼 꿀렁거리는 벼이삭들의 음침한 몸부림도, 복사뼈를 간질이는 풀잎의 짓궂은 장난도, 머리카락을 건드리는 바람의 얄궂은 심술도, 모두 아름다운 소품이 되었다.

'잘 따라와요, 내 곁에서.'

지희는 걸음을 내디뎠다. 한 자 한 자 또박또박 제 귀로 들어온 말소리를 머릿속으로 아득히 곱씹으며.

심장이 울렁거린다. 귀가 들은 게 아니라 심장이 들었나 보다.

앞서 가던 그가 멈추었다.

사이가 벌어지자 정지하고 기다려준다. 바로 가자 다시 걷는다. 큰 발과 작은 발이 평행을 이루듯 나란히 걷는다. 널찍한 어깨도, 반듯한 등마루도 바로 곁이다.

그와 함께라면 어디든 갈 수 있을 것 같다.

그가 곁에 있다면 암흑의 시골길도 훤한 꽃길인 것 같다.

특별하다.

특별한 밤이 시작되었다.

우진은 부러 지희를 안쪽에 두고서 바깥쪽 길로 걸었다. 줄곧 제 초점으로 그녀 발끝을 더듬으며.

눈이 어둠을 익히긴 했으나 들길은 울퉁불퉁했다. 그런데다 냇가로 이어진 고랑도 있었다. 행여 헛디디게 된다면 고랑으로 고꾸라지기 십상인 길이었다. 그래서 걷는 내내 신경이 곤두섰다. 작은 발이 나아가는 길을 보느라.

"할아버지가 아무래도 절 싫어하는 거 같죠?"

"아니요."

"그럼요?"

"귀여워하시는 게 보여요."

"말도 안 돼."

그녀가 쌜쭉하게 입술을 말았다. 그러면서도 싫지 않은 듯 입꼬리가 설핏 올라갔다.

'나도 당신이 귀여워요.'

우진은 속말을 넘기며 빙그레 웃었다.

"어?"

갑자기 지희가 짤막한 탄성을 내었다. 가던 길을 멈추어 보니, 그녀의 검지가 하늘 저편을 가리켰다.

유성이었다.

붉고 긴 꼬리 유성이 검은 융단 같은 하늘을 광속으로 가로질렀다. 갈 길 바쁜 나그네처럼 유성은 이내 산등성이 아래로 숨어버렸다.

"아, 별똥별은 무지 빠른 거구나. 눈 깜짝할 사이에 사라지네?"

짧은 여운조차 주지 않은 유성이 야속한지, 지희가 투덜거렸다. 뽀로통히 입술을 달싹거리던 그녀가 돌연 아! 하며 손바닥을 맞부딪쳤다.

"소원! 소원 비셨어요? 아, 소원을 깜박했어요. 필수인데."

"소원이요?"

"모르세요? 별똥별 떨어질 때 소원을 빌면 꼭 이루어진다 잖아요. 별똥별을 처음 봐서 잊어버렸어요. 아, 그걸 왜 잊었 지? 이 덜렁이."

뭐 그리 대단한 일이라고, 못내 아쉬워하는 그녀가 소녀 같았다. 첫인상에서 풍겼던 순수함이 여지없이 배어 나왔다. 그녀를 내려다보는 우진의 눈동자에 맑은 윤기가 흘렀다.

"무슨 소원을 빌고 싶었어요?"

"소원이야 엄청 많죠. 취직도 시켜달라고 해야 하고, 지난 달 봤던 자격증 시험도 합격해달라고 해야 하고…… 아! 우리 아빠가 한 달에 한 번 사는 로또도 당첨시켜달라고 해야 하 고."

"저 작은 별똥별이 그 많은 소원을 다 들어줬을까요?"

"많긴 너무 많죠?"

피식 웃는 그를 올려다보며, 지희가 한쪽 눈을 찡그렸다. 우진은,

"양심 없이."

가차 없이 끄덕였다.

그녀의 아랫입술이 삐죽 튀어나왔다. 그러더니 어린아이 처럼 킥킥 웃었다.

두 사람은 멈추었던 발을 다시 움직였다. 걸으며, 우진은 별똥별이 지나온 자리를 멀거니 응시했다.

소원이 있었던가.

없다. 소원을 생각해본 적도 없다.

소원이 없을 만큼 삶이 풍요로웠나. 삶이 풍요로웠더라도, 소원이란 어차피 바람에 불과하므로 한 가지 정도는 가질 법도 한데. 외려 삶에 무심하였던 건지도.

"이런 이야기 아세요? 죽은 이의 영혼이 하늘에서 땅으로 떨어지면서 별똥별이 된다는. 또 다른 속설도 있어요. 죽은 사람이 사랑하는 사람을 그리워하면 별똥별이 되어 내려온다고 해요."

"처음 들어요. 어디서 들었어요?"

"누구한테 들었는지 기억은 안 나요. 얼핏 읽었던 건지도 몰라요."

싱긋 웃어준 지희가 말을 이었다.

"저는 전자보다 후자의 이야기가 더 좋아요."

"왜요?"

"애틋해서요. 하늘 사람이 땅 사람을 그리워한다는 것 자체가. 얼마나 소중한 사람이면 별이 되어서 땅으로 내려오겠어요. 제 몸이 불타는 희생은 아무것도 아닌 거죠."

눈 감은 순간에도, 눈을 감은 후에도, 보고 싶은 사람이 있다는 것은. 하늘에 올라가서도 그리워질 사람이 있다는 것은.

영원한 삶을 사는 것보다 더한 축복의 삶일 것이다.

만약 그런 사람을 만나게 된다면, 만약 그런 사랑이 오게 된다면, 그 사랑을 바로 알아챌 수 있을까. 그 사람을 알아볼 수 있을까.

어쩌면.

당신이지 않을까. 내가 당신을 알아본 것이 아닐까.

우진은 지그시 지희를 내려다봤다.

그때.

시야가 반짝였다. 까만 벨벳 같은 어둠을 뚫고, 하늘거리는 풀잎을 타고 동그란 빛이 스르륵 떠올랐다. 마치 공중부양을 하듯 부드럽게 느리게.

"어?"

지희도 발견했다.

자르르. 영롱한 구슬 소리가 어렴풋이 들린 순간. 휘황한 등불과 비슷한 노란빛 망울이 우수수 솟아올랐다. 찰랑한 풀잎이 검푸르게 발색했고, 방울방울 맺히는 빛 망울로 시야가 노랗고 푸르게 물들었다.

빛 망울의 정체는 반딧불이였다.

쉴 없이 얇은 막 같은 날개를 치며, 망울 같은 빛을 꼬리에 달고 공기를 유람하는 반딧불이. 그네들의 비행이 눈이 시릴 정도로 경이로웠다.

"아……."

지희의 초롱초롱한 눈동자가 빛을 좇았다.

'너무 근사해요.'

그러곤 우진을 바로 보며 해사하게 입 모양으로 웅얼거렸다. 행여 자신의 소음으로 반딧불이의 평화로운 밤이 깨질까 조심하는 거였다.

당신이 더 근사해.

우진의 망막은 오롯이 지희를 담았다. 최면에 걸린 듯 그녀에게서 눈을 뗄 수 없었다.

세상의 시계가 멈추었다.

그녀가 있다.

이 아름다운 밤 한가운데 있는, 별보다 반딧불이보다 더 근사한 그녀가 있다. 이곳, 자신의 앞에.

한 발.

우진은 다가갔다.

그윽이 맑은 눈동자를 들여다보며 제 눈으로 그녀의 입술을 더듬었다. 부드러운 곡선을 세밀히 기억하듯 맑은 입술을 지그시 훑었다.

쓰윽.

우진은 고개를 기울였다. 긴 속눈썹이 부드럽게 뺨에 와 닿았다. 그리고 차고 단 입술이 보드랍고 단 입술로 내려앉았다.

누구에게나
사랑의 순간은 온다,
마치
마법처럼

7화. 꼬리 불이 스러지며

　사뿐히 내리는 입술. 홍색의 입술로 차분히 포개어진다.
야들야들한 살결과 살결이 맞물리고, 매끈한 감촉이 스미듯
맺힌다.

　아찔하다.

　가슴골은 강렬한 고압전기로 찌르르 전율하고, 오소소한
소음이 돋은 뒷덜미는 마비된 듯 딱딱해진다. 끝끝내 머리카
락 뿌리까지 곤두선다.

　지희는 부르르 약하게 떨었다. 그 반응을 알아챈 입술이
즉시 떠났다.

　"아."

　그만, 다리가 풀렸다.

　꿇어앉듯 무릎을 굽히는 지희 몸을 우진이 급히 잡았다.
지희는 온전히 그가 잡아주는 힘으로 버틸 수 있었다.

　어지러웠다.

짧은 입맞춤에 불과했으나 번개를 맞은 기분이었다. 정신을 차릴 수가 없었다. 심장마비가 일어난 것처럼 호흡도 멎었고, 다람쥐 쳇바퀴에 갇힌 양 눈앞이 핑핑 돌았다.

"어지러워요?"

그가 뚫어져라 들여다봤다. 짙은 까만색인 망막 위로 노란빛이 여울졌다. 뒤에서 소용돌이치듯 빙글빙글 휘도는 노란빛 망울이 원인이었다.

"아, 아니요."

지희는 붕어처럼 뻐끔뻐끔 대답했다.

첫 키스를 받은 소녀가 된 느낌이다. 이토록 수줍고, 이토록 설렐 수가.

"정말요?"

그의 초점이 오롯이 지희에게 꽂혔다. 반듯하기도 하고, 섹시하기도 한 눈빛이었다. 이성과 감정이 충돌하듯 묘하게 이중적인 눈빛이 심장을 벌렁거리게 만들었다.

"괜, 괜찮아요. 충분히요."

지희는 더듬더듬 덧붙였다.

일순 우진의 긴 눈매가 반달처럼 휘어지며 짙어졌다. 지희는 반한 표정으로 빙그르르한 미소를 띤 입술을 멍하니 좇았다.

입술이 도로 숙여졌다.

노란빛이 어우러진 입술이 멍한 입술을 다시 덮었다. 작은 입술 가장자리를 새기듯 머금고, 쓰다듬듯 훑으며 천천히 힘을 주었다.

아무런 거부 없이 홍색 입술이 벌어졌다. 포문 열린 잇새로 들어온 혀가 꽃술의 꿀을 따는 벌처럼 따끔하게 홍색 혀를 취했다. 찌릿하다.

신중하게 들어온 키스였으나 막상 진입하자 머뭇대거나 어설프지 않았다.

거침없었다. 작은 혀를 충분히 맛보고, 치밀하게 잇속을 탐색했다. 그리고 회항하듯 집요하게 혀로 돌아왔다.

서두르지도 않았다. 차근차근 되새기듯 느긋했고, 차근차근 탐하듯 느슨했다.

큰 손이 흐르듯 공기를 갈랐다. 경계를 타 넘고 다가온 손이 어정쩡하게 늘어져 있던 작은 손을 고이 감쌌다.

손을 잡았다.

따스한 손에 의지하고, 따스한 입술에 의지했다.

빛 망울의 축제가 지속되었다. 축제의 한가운데서 빛을 닮은 키스가 지속되었다.

보드라우면서 달콤했고, 달콤하면서 뜨거운 키스가 그렇게.

차차 반딧불의 꼬리불이 사그라졌다.

서서히 단 입술이 떠났다. 닿았을 때처럼 가만가만 멀어졌다.

꿈속에 취한 듯 몽환적인 키스에 취한 전신이 바람 빠진 풍선처럼 흐물흐물했다. 심지어 머리부터 발끝까지 축축했다.

누구에게나
사랑의 순간은 온다.

그럼에도 그가 보고 싶었다. 부끄러우면서도 그를 또렷이 제 눈에 담고 싶었다.

몽롱한 눈동자를 들었다.

지그시.

그가 바라보며 웃었다.

적극적인 눈빛에 보답하듯 그가 입술을 또 내렸다. 열꽃이 핀 것처럼 발긋하게 물든 이마로 촉촉한 입술이 내려앉았다.

쪽.

긴 키스가 가져다준 여운의 허전함을 달래듯 살포시.

지희는 웃었다. 자신을 바라보는 그처럼 가늘게 눈매를 휘며, 제 입술을 달싹거리며 배시시.

반딧불이의 꼬리불이 스러졌다.

사부작사부작 날갯짓 소리만이 잔영처럼 주위에서 맴돌았다. 날갯짓 소리가 자갈과 치덕대는 시냇물 소리와 맞물렸다. 달뜬 심장을 두들기는 소리 같았다.

"가요."

큰 손이 이끌었다.

작은 손을 놓지 않고 그대로.

지희는 양치기를 따르는 순한 양이 되어 순순히 따랐다. 제 손을 감싼 그의 큰 손에서 오는 감촉이 이루 말할 수 없이 좋았다.

쿡.

들길을 나아가며 흐릿한 소리가 잇속에서 튀어나왔다. 쑥스러우면서 좋고, 좋으면서 쑥스러웠다.

큰 손의 아귀힘이 세졌다. 웃음소리에 대한 답이었다.

어느덧 들길이 끝나갔다.

날갯짓이 고요해졌고, 아기자기한 냇물 소리도 저만치 물러났다.

어스름히 깊숙한 오솔길이 나타났다. 치렁치렁한 잎줄기를 흔드는 버드나무가 그들을 맞이했다. 선선한 밤바람의 요동에 제 몸을 완연히 맡긴 잎줄기가 춤을 추듯 살랑살랑 나부꼈다.

— 16. 8. 31.

흰 벽 중앙에 달린 디지털시계가 밤 10시 정각에서 점멸한다.

검은 바탕에서 반딧불처럼 깜박거리는 노란 숫자를 물끄러미 주시하던 현옥은 자리에서 일어났다.

복도를 몇 발짝 나아가는데, 낯익은 사람이 느적느적 걸어왔다. 기다렸던 얼굴이라 시무룩하던 주름이 펴졌다.

"오셨어요?"

기다리는 이는 우진 모母 영주였다.

영주의 동생으로부터 그녀가 컨디션이 좋지 않아 병실에 있다는 소식을 접했었다. 저녁 면회 시간도 어긋나 만나지 못했고, 그 이후에도 안 보여 내내 기다렸다. 워낙 허약해 보이는지라 혹여 잘못될까 걱정하고 있었다.

"계셨어요?"

"몸이 많이 안 좋으세요?"

"아니에요. 피곤해서 쉬었다가 온 거예요."

걱정 어린 음색을 보듬듯 영주가 여릿하게 입술을 실룩였다. 어느덧 현옥과 영주는 서로의 존재만으로도 안도하는 사이가 되었다.

"쉬려면 아예 쉬시지. 어차피 이 밤에는 면회도 안 되는데."

"그러게요."

볼 수 없음에도 굳이 회항하는 배처럼 이 자리로 돌아오는 건, 어쩔 수 없는 제 뱃속에서 품었던 자식이기 때문이었다. 자식의 기운이라도 느끼고 싶어서였다.

영주가 중환자실 대기석에 앉았다. 여태껏 그 자리에 있었음에도 현옥은 도로 대기석에 앉았다. 둘은 기도하듯 한동안 말없이 중환자실을 주시했다.

"차라리 내 뱃속에 있을 때가 나았어요."

영주가 조용히 침묵을 깼다.

그녀는 내내 생각하고 있었다.

차라리 아들과 뱃속에서 탯줄로 연결되어 있던 시절이 나았다고. 그때는 꿀떡꿀떡 딸꾹질도 해주고, 발도 차주며 제 존재를 알려주던 아들이었다고.

지금은 기계와 연결된 아들의 상태를 전혀 알 수 없어

무서웠다. 저 생명줄을 간당간당 부여잡고 있는 건 아닌지, 그 줄을 끊어버리는 건 아닌지 무서웠다. 그럼에도 마냥 기다려야 하는 현실이 끔찍했다.

"그러네요. 그때는 우리 아기 상태를 내 몸이 먼저 알았으니까."

현옥은 맞장구쳤다.

둘 다 어머니였다. 열 달이라는 시간 동안 지금의 자식을 제 속에 품고 있었다. 온 마음을 다하고, 온 정성을 다한 열 달이었다. 행여 잘못될까 노심초사하긴 하였으나 소중했다. 얼마나 소중했는지. 얼마나 행복한 시간이었는지.

지금이 그때와 같은 심정이다.

"나는 우리 아이가 깨어나면 다시 출산한 기분이 들 것 같아요."

"저도요. 그럴 것 같아요. 출산하기는 많이 늦은 감이 있지만."

무거운 분위기를 깨려 현옥은 농담조로 덧붙였다. 영주가 비로소 미소를 지었다. 영주의 표정이 한결 편안해지자, 현옥은 조심스레 말을 이었다.

"실은 드릴 말씀이 있어요."

"말해요."

"안 계실 때 119구조대원이 다녀갔어요. 우리 아이들을 구조했던 대원이요. 구조 당시에도 의식 불명이었는데, 여전히 의식 불명이라는 소식을 전해 듣고 일부러 들른 거라 하더라고요."

"아, 나도 뵙고 인사를 드렸어야 했는데······."

"제가 대신 두 배로 드렸어요."

못내 아쉬워하는 영주를 보며 현옥은 차분히 부언했다.
의연하게 굴려 애써도 자꾸 입술 끝자락이 파르르 경련했다.

"그것보다······."

울컥하게 치솟는 뜨거움을 가라앉히려 헛숨을 한 차례 쉰
현옥은 영주의 작은 손을 조심스레 그러쥐었다. 영문을 모르
는 영주가 긴 속눈썹을 끔벅였다.

"아이들 구조 당시에요. 지희랑 아드님이 함께 구조되었
대요."

"네. 들었어요."

지희와 우진은 3번 객차 승객이었다. 119구조대원들로부
터 3번 객차 아래에 깔린 피해자들이 구조될 때, 지희와 우진
도 포함되어 있었다.

"그게······. 지희가 아드님 품 안에 있었다고 하네요. 아드
님이 지희를 안고 있었던 거죠."

"무슨 말인지?"

영주는 이해 못 했다. 이상한 말이기도 했다.

우진은 분명 혼자서 기차에 올랐다. 사고가 일어나기 몇
분 전 통화할 때도 혼자였다. 여자를 옆에 두고서 천연덕스레
굴 성격도 못 되었다. 전혀 모르는 사이인 게 분명한데 왜 우
진이 낯선 지희를 안고 있었단 말인가.

"사고 당시, 아드님이 우리 지희를 품에 안고 보호한 거라 했어요. 객차 지붕이 무너졌는데, 아드님이 몸으로 지희를 감싸고 위에서 버텨준 거래요. 그래서 아드님은 머리에 상처를 입었지만, 우리 지희는 별다른 상처가 없었다고."

"어떻게…… 그런 일이……."

"더 크게 다칠 수도 있었는데…… 어쩌면 죽었을 수도 있는데…… 아드님이 보호해주어 우리 지희가 죽지 않은 거래요. 의식 불명이긴 하지만 그나마 살았다네요."

현옥의 목소리가 젖었다. 끝내 망막에 그렁그렁 맺혔던 눈물이 이탈했다. 광대뼈를 타고 흐르는 눈물을 연신 손으로 훔쳐도 소용없었다. 굵고 뜨겁게 흘렀다.

"아드님이 우리 딸 생명의 은인이에요. 정말 은인이에요."

현옥은 영주의 손등에 나머지 손도 덮었다.

"감사해요. 정말 감사해요. 이 은혜를 어찌 갚아야 할지……."

"아니에요. 아니에요."

영주의 눈시울도 붉어졌다.

각자 여행을 떠났던 지희와 우진. 두 사람의 연결고리는 없다. 그런데 어떻게 우진이 지희를 안고 보호해준 것일까. 그 긴박한 순간 어떻게.

운명 같은 것이었을까.

"그 녀석도 댁네 따님 덕분에 버틴 거겠죠."

영주가 제 손으로 현옥의 젖은 눈가를 정성스레 닦았다. 손이 축축이 젖어가는 건 아랑곳하지 않고 다정히 닦아내었다.

"그래서 살아 있는 거겠죠. 우리 우진이도."

만약 그런 거라면 이 운명은 한없이 고마운 일이다.

"이런 인연이 다 있네요."

한없이 감사한 일이다.

─ 89. 8. 31.

시계의 심장도 두근거리는 밤 11시다.

거실 전등이 소등되었다. 흰 창호지문에 노을빛 닮은 불그스름한 빛이 여울졌다. 수북이 쌓인 어둠을 밀어내려 그가 손전등을 켠 것이다. 그로 인해 그림자 인형극을 관람하듯 그의 움직임을 세밀히 관찰할 수 있었다.

그림자가 자리에서 일어나 바깥문을 꼼꼼히 체크한다. 돌아서며 주위를 한 번 휘둘러본다. 쓱, 앞머리를 넘기는지 손이 이마 쪽을 훑는다. 동작이 느긋하니 우아하다. 그리고 드디어 자신의 자리로 돌아와 눕는다. 자세가 불편한지 한 차례 뒤척인다. 몇 분 후 또 한 차례.

그도 잠이 오지 않는 걸까.

쿡.

지희는 잇새로 새어나오려는 웃음을 가까스로 참아 넘겼다. 짐짓 훔쳐보는 기분이 들면서도 공연히 설레었다.

함께한 1분 1초의 모든 상황이 세세히 뇌리 속에서 맴돌았다.

두 사람은 노인이 그려준 약도 따라 버드나무 오솔길을 올랐다. 짧지도 길지도 않은 적당한 길이었고, 끝나는 지점에는 오붓한 언덕이 존재했다. 언덕 둘레에는 수목이 울창하게 둘러 있고, 얄궂은 구름이 달빛마저 가려 사위는 상당히 어두웠다.

우진이 오솔길에 들어서면서부터 손전등을 켰으나 시야가 좁았다. 좁은 시야 반경 내 가옥 한 채가 들어왔다. 노인의 말에 과장이 섞여 있었다. 집은 그리 낡지 않았다. 시골 어디에서나 볼 법한 평범한 가옥이었다.

노인의 설명대로 뒤채로 가니, ㄱ자 형태의 뒷마당과 연결된 집이 나타났다. 앞마당의 가옥과 달리 별채는 고고한 자태를 뽐내는 한옥이었다. 깜깜한 공기가 내려앉아 있음에도 불구하고 고귀한 분위기는 가히 압도적이었다.

유려한 기와지붕을 올려다보며, 지희는 감탄했다. 환한 낮에 본다면 더 근사할 것 같다고, 밤이 잡아먹은 빛을 구하고 싶다고, 생각했다.

우진이 먼저 넓은 대청마루로 올라갔다. 대나무 창살이 덧대어진 둔탁한 문을 열고 들어간 그가 거실 등을 켰다.

공간에 숨을 불어넣었다.

황토계열의 원목으로 조성된 거실과 창호지를 바른 사잇문으로 각각 나뉜 공간은 온화함 자체였다. 손자를 위해 지은 집이라 하더니 괜한 소리가 아니었다. 할아버지 정情이 곳곳에 담겨 있었다. 인정식당 아주머니 말처럼 잔정이 많은 사람임이 분명하다. 티를 내지 않아서 그렇지.

박물관에 견학 온 양 새집 냄새가 물씬 밴 집 안 곳곳을 구경하는 지희와 달리 우진은 바빴다. 곧장 건넛방에서 이불을 몇 채를 들고 와 안방과 거실 각각 깔았다. 마치 시간에 쫓기는 사람 같았다.

지희는 마냥 내버려두었다.

내심 그에게서 은근히 풍겨오는 긴장감을 느끼고 있었다. 으슥한 밤이고, 깊고 깊은 산골짜기나 진배없는 공간이었다. 이런 곳에 단둘이 있으니―키스도 한 마당이고―미묘하게 긴장되는 건 당연했다.

그의 긴장이 좋았다.

자신으로 인해 그가 긴장하고 있다는 사실이 좋았다.

이불을 모두 깐 그는 '잘 자요' 식의 간단한 인사를 하고, 안방에 밀어 넣다시피 지희를 보내놓고 보초 서듯 거실에 자리를 잡았다. 지희는 군소리 없이 그의 뜻대로 그가 곱게 깔아준 이불 위에 누웠다.

그렇게 30여 분이 흘렀는데, 여전히 말똥말똥 잠이 오지 않는 지희였다.

멀리서 들려오는 귀뚜라미의 반복적인 울음소리를 자장가 삼으려 해도 잠이 들지 않았다. 그가 가까이 있으므로. 이 문 너머에.

똑똑똑.

결국 지희는 누운 채 노크하듯 사잇문을 두들겼다. 창호지문에 들썩이는 넓은 어깨가 여과 없이 비쳤다.

"자요?"

뻔히 안 자는 줄 알면서 물었다.

"아니요."

기다린 듯 대답이 빨랐다. 질 좋은 이불의 바스락거림이 설핏 들려왔다.

스윽. 지희는 미닫이문을 반쯤 열었다. 초점을 방해하던 칸막이가 사라지고, 서서히 그의 얼굴이 드러났다.

한 팔로 팔베개를 한 그도 지희 쪽으로 돌아누워 있었다. 반대로 등 돌리고 있는 줄 알았는데.

지희도 그에게로 돌아누웠다.

황토계열 원목으로 조성된 거실은 노을빛 손전등빛으로 인해 한층 더 포근한 공기를 머금고 있었다. 그곳에 그가 있었다. 노을빛으로 그의 살결이 한결 따스하게 온화하게 보였다. 형용할 수 없이 근사했다.

초점이 저도 모르게 그의 입술에 박혔다.

제 입술에 각인된 그의 입술이 자꾸 의식되는 건 어쩔 수 없다.

"이상해요."

"뭐가요."

선이 그어진 듯 사잇문의 문틀을 사이에 두고, 지희와

우진은 서로의 얼굴을 바로 보았다. 초점이 잔잔히 부딪쳤다.

"평범한 여행을 온 건데 여행길이 이상해졌어요."

지희도 그를 따라 팔베개를 했다. 같은 자세를 하고, 비슷한 톤으로 대화가 이어갔다.

"주민등록증 만들 때 빼곤 가본 적 없는 경찰서를 들락거리지 않나. 불구경도 해본 적 없는데 화재 현장을 목격한 데다. 이틀을 병원에서 보내고 지금은 또 할아버지 댁에서 잠을 자잖아요. 주인도 없는 집에."

킥, 웃음이 났다.

"이상한 3일이에요. 그죠?"

"많이 이상하네요."

실바람 같은 웃음을 받으며 그도 여릿한 미소를 담았다.

그래도 싫지 않은 여행이에요. 그죠? 그래요. 굳이 말하지 않아도 그런 대화가 눈빛으로 오갔다.

"여기 역 이름이 인정역이예요. 사람 인人에 머물 정停. 사람이 머무는 역이라서 제가 이곳에 머물고 있는 것 같아요."

"그런 생각도 했어요?"

"처음부터 그런 느낌이 왔어요. 이 역에 내려서 역 이름을 본 순간부터 이곳에 머물게 될 것 같은 예감."

"예감이 정확했군요."

"그러니까요."

지희는 쿡쿡거렸다.

제 이야기를 귀담아주는 그를 가만히 보았다. 말의 대화
는 끝났으나 그들은 서로를 바라보는 눈길을 거두지 않았다.
놓지 않았다.

간간이 눈부시다는 듯 눈꺼풀을 깜박였고, 간간이 감미롭
다는 듯 입술 언저리를 가늘게 늘렸다. 그런 틈으로 소리 없
는 마음의 대화가 끊임없이 오고갔다.

일부러 그런 일들이 일어나는 것 같아요.

그래요.

우리에게 일어나는 일들이 마치 우리를 연결시켜주기 위
한 장치 같아요.

더한 장치가 생겨야겠군요.

정말 더한 일이 생기면 어쩌려고. 진심으로 바라는 건 아
니죠?

바라요.

지척에 깊은 밤이 왔다.

발꿈치 들고 살금살금 소리 죽여 옮아온 밤이 그들을 염
탐했다. 밤의 그슬림이 진해졌다. 흰 달의 윤곽이 진해졌다.

덜컹덜컹.

암흑의 터널을 통과하자마자 선로를 타던 기차가 술에 취
한 취객처럼 비틀거렸다. 격한 진동을 느낀 우진은 선잠에서
깼다. 일순 객차의 몸통이 드러눕듯이 갸우뚱 기울어졌다. 선
반의 짐 가방들이 절벽의 낙석처럼 우수수 낙하했다.

"앗!"

"악!"

여기저기서 외마디 비명소리가 터졌다.

승객들의 몸이 줄기에서 떨어져나가는 마른 낙엽처럼 무기력하게 붕 떴다.

우진은 본능적으로 팔걸이를 부여잡았다.

기울어지는 몸의 중심을 잡기 위해 팔뚝에 온 힘을 주었다. 산맥을 이루듯 시퍼런 힘줄이 살갗을 뚫을 지경으로 도드라졌다.

통로 옆좌석 여자도 사투를 벌이고 있었다. 작고 가는 몸으로 팔걸이에 매달려 버둥거렸다. 그러나 몇 초도 버텨내지 못하고 팔걸이를 놓쳤다.

허공으로 뜬 여자의 가냘픈 몸이 거대한 파도에 휩쓸린 것처럼 공기를 쓸었다. 우진은 바로 제 면전으로 떨어지는 여자를 반사적 보호본능으로 잡았다.

그 바람에 팔걸이를 놓쳤다. 한데로 엉킨 둘의 몸이 중심을 잃고 휘청했다. 우진은 꺾어지려는 여자의 허리를 와락 당겨 제 품에 담았다.

기차 앞머리가 땅으로 곤두박질쳤다.

가속이 붙은 채 땅과 마찰한 순간 객차가 종이블록처럼 무참히 구겨졌다. 모든 사물이 짓이겨졌다.

퍽.

좌석 의자와 의자 사이에 끼인 우진의 관자놀이 부근에

둔탁한 물체가 짓눌렸다. 제 아래에는 여자가 있어 혼신의 힘을 다해 날갯죽지를 들썩였다.

하나 한낱 허사에 불과했다. 강해진 짓누름이 잔인한 고통을 동반했다.

검은 화기가 망막을 검게 태웠다. 불구덩이에서 허우적거리는 양 전신도 뜨겁게 달궈졌다.

그래도 여자를 놓지 않았다. 여자를 제 온몸으로 감싸 제품 안에다 감추었다.

자신은 이미 늦었음을 직감했다. 그러니 다른 이라도 살리고 싶었다.

으스러질 정도로 여자를 강하게 안았다. 그녀가 살길 바라며. 생의 마지막 집념처럼.

까만 시야가 닫혔다.

지면이 출렁였다. 외부에서 전해지는 떨리는 힘이었다.

우진은 까맣게 닫혔던 시야를 가까스로 떴다. 제 눈앞에 부유스름한 얼굴이 있었다. 흐리멍덩한 시야로 인해 형체가 제대로 분간되지 않았다.

하나 알 수 있었다. 그녀임을.

맥없이 늘어져 있던 팔을 들었다. 자신처럼 흔들리는 그녀의 가냘픈 허리를 바락 당겨 제 품 안에다 넣었다. 쓰러지듯 품속으로 그녀가 들어왔다.

안다.

전혀 모르는 사람임을. 그럼에도 오롯이 그녀에게 제 마지막 일념을 싣는다.

사람이 사람을 살리고자 하는데 다른 이유는 필요 없다. 지금까지 철저히 개인의 삶으로 왔으나, 생의 끝 순간에나마 저 대신 다른 이라도 살릴 수 있다면 그 생은 헛된 삶이 아닐 것이다. 사람으로서.

"……놓지 말아요, 날."

그러니 당신은 살아요.

꼭 살아.

더욱 강하게 그녀를 안았다. 전신의 온 힘을 실었다. 비로소 지면의 진동이 자자들었다. 비로소 마음이 편해진다.

"우, 우진 씨?"

그때, 익숙한 음성이 흐릿한 정신을 깨웠다.

우진은 눈을 제대로 떴다. 일순 자신을 감쌌던 부연 안개가 걷히고 턱을 바짝 든 채 올려다보는 여자의 말똥거리는 눈동자가 들어왔다.

"……지희……"

씨?

혼동이 왔다. 무의식의 자아가 제 품 안에 담았던 여자와 지희의 해사한 이목구비가 겹쳐졌다. 왜 지희가 여기에……

"괜찮아요?"

지희가 물었다.

제 품속에 갇혀 낑낑거리는 그녀가 또렷이 보였다. 자못 호흡이 곤란한 표정이었는데, 그런 와중에도 눈동자는 외려 그를 걱정하고 있었다.

"아."

그제야 우진은 현실을 자각했다. 덩굴줄기처럼 자신의 양팔이 그녀를 칭칭 감고 있다는 사실을.

그는 서둘러 억센 팔뚝의 힘을 풀었다. 지희가 비로소 산소를 빨아들였다. 그럼에도 그의 품에서 완전히 떨어지지 않았다.

"하아."

우진도 심호흡했다.

멍하다. 뇌가 텅 빈 듯 두뇌회로가 제대로 가동되지 않는다.

한편으로는 그녀의 존재만으로 평온이 깃들었다. 자신의 위치가 끔찍한 사고가 일어난 기차가 아닌 그녀 앞임에 안도했다.

그는 지희의 허리를 도로 제게로 당겼다. 제 품 가득 담으며 그녀의 어깨에 얼굴을 깊숙이 묻었다. 그녀로부터 따스한 체온이 스며들었다.

숨이 쉬어진다.

당신에게서 풍겨오는 향이 내게 깊은 위안을 준다.

"나쁜 꿈을 꾼 거예요?"

지희가 조심스레 물었다. 들숨을 크게 마시며 마음껏 그녀의 향을 취한 후에야 고개를 들었다.

누구에게나
사랑의 순간은 온다.

"그런가보네요."

지독한 악몽이었다.

몸소 겪은 일처럼 생생하였고, 그로 인해 뼈마디마다 선득한 기운이 끼워진 듯 전신이 저렸다. 또한 팔 근육을 과도하게 쓴 후유증처럼 날갯죽지도 어긋난 듯 욱신거렸다.

"나 때문에 깼어요?"

"자다가 소리가 들려서 와봤더니."

"내가 소리를 냈어요?"

"큰 소리는 아니었어요. 이상한 기척이 느껴져 나와 보니 우진 씨가 약간 끙끙거리며 고통스러워하고 있었어요. 제가 막 흔들었는데도 깨질 않아서 놀랐어요. 가위눌린 건가요?"

"모르겠어요. 이런 경험이 없어서."

단순한 꿈조차 꾼 적 없다. 한데 왜 이런 꿈을 꾼 건지.

"화재사고로 컨디션이 덜 회복된 거예요. 그러게, 의사 선생님이 무리하면 안 된다고 했잖아요. 오늘 하루 더 입원하지."

우진은 자신을 걱정하는 그녀가 제 곁에 있어서 다행이라 생각했다. 짱알짱알 잔소리 같은 말을 듣고 있자니 현재의 안정이 얼마나 중요한지 새삼 깨달았다.

"내일 아침 병원에 가서 다시 진찰 받아 봐요. 아무래도 그게 나을 것 같아요."

"그래야 할까요? 그리고 보니 머리도 좀 아프네요."

우진은 또다시 엄살을 피웠다.

"정말요? 어디요?"

그녀가 바로 반응했다. 한 손을 곧장 우진의 이마에 대었다. 그러곤 보드라운 손끝으로 이마를 쓸어내고, 흐트러진 머리카락을 매만졌다. 큰일 났네, 하면서.

"여기."

우진은 검지로 제 관자놀이를 가리켰다.

"어떡해. 또 편두통이 나나 봐."

잔뜩 걱정 어린 손결이 이마에서 관자놀이로 내려왔다. 가만가만 눌러주기도 하고, 가만가만 어루만져주기도 했다. 손끝의 감촉이 더할 나위 없이 좋다.

"여기."

잇따라 뺨도 짚었다. 순서대로 보살피듯 세 개의 손가락이 뺨을 살살 보듬었다.

"여기도."

큰 욕심을 부려본다. 검지로 제 입술을 콕 찍었다.

자신이 아픈 양 오만상을 찡그리고서 속상해하던 그녀의 손가락이 얼떨결에 입술로 왔다.

닿기 일보직전, 멈칫.

두통과는 전혀 관계없는 부위라는 걸 손가락이 눈치챘다.

"이제 보니 엄살쟁이네."

눈매가 새침해졌다. 도톰한 아랫입술도 투정부리듯 삐죽 튀어나왔다.

그 표정이 강아지처럼 귀여워, 우진은 실토 대신 피식

웃었다. 그리고 턱을 당겨 그녀 입술에 제 입술을 붙였다.

쪽.

느닷없는 입맞춤에 당황한 동공이 깜박였다. 그 모습 또한 더없이 사랑스러웠다.

쪽.

우진의 입술이 사랑스러운 입술을 도로 덮었다. 이번에는 쉽게 떨어지지 않았다.

야들야들한 아랫입술을 제 입술로 베어 물며 혀끝으로 부드럽게 핥았다. 움찔거리는 반응이 전이되었으나 거부는 없었다. 그녀도 떨어지지 않았다.

한결같이 제 심장으로 쏙 들어오는 그녀다.

마음을 모조리 가져가는 그녀다.

그는 자신의 입술에서 속살거리듯 달싹거리는 입술을 머금었다. 작은 턱이 들렸다. 그의 키스를 기꺼이 받아들인다는 듯.

달다.

그녀 입술은 달다.

맛보듯 세심하게 훑었다.

입꼬리 근방에서는 실바람 맛이 났고, 아랫입술에서는 청량한 향이 풍겼다. 더불어 말랑말랑한 혀는 마시멜로처럼 달았다.

모래사장이 된 기분이다.

물살이 다녀갈 때마다 파도를 새기는 모래사장처럼 그녀가 그의 가슴 깊이 새겨졌다. 그녀의 싱싱한 숨결이, 뜨거운 잇속이, 다디단 혀가 짙게 각인되었다.

우진은 손가락으로 더듬듯 그녀의 뺨과 목덜미를 쓸었다. 보들보들한 살결이 제 안의 허기를 깨웠다. 미칠 지경으로 체온이 달궈졌다.

이대로 잇고 싶다는 허기가 체온을 달구고 있었다. 허기는 강렬한 탐욕을 불러일으켰다. 제 안에서 꿈틀대는 탐욕이 낯설었으나 멈추고 싶지 않았다.

그는 뻐근한 아랫도리를 붙이며 제 탐욕을 가감 없이 드러냈다.

당황한 그녀의 하체가 움찔했다. 하나 그녀를 놓아주고 싶은 마음이 일절 없었다. 족쇄처럼 그녀 허리를 억세게 당겨 몸에 붙였다. 가냘픈 몸이 오롯이 밀착되었다.

이대로 시간의 광휘 속에 묻힐 수만 있다면.

당신과.

당신과 함께.

지희는 뱅글뱅글 돌아가는 쳇바퀴에 갇힌 느낌이었다. 머리도, 심장도 울렁거렸다. 콩닥콩닥 박자를 타는 심장박동도 한몫했다.

입술의 접착이 짙어갔다.

덩굴처럼 하나로 엉킨 혀는 진득했고, 수액을 빨 듯 작은 혀를 취하는 두툼한 혀의 놀림은 능란하고 집요했다.

첫 키스와는 사뭇 달랐다.

첫 번째 키스가 수줍은 소년같이 다가왔던 키스라면, 지금의 키스는 요염한 어른 남자의 키스였다.

키스는 더 진한 키스를 불러일으켰고, 진한 키스는 깊숙한 안쪽에서 움튼 욕망을 깨웠다. 그 욕망이 싫지 않았다.

그렇기에 피하지 않았다.

피할 생각은 추호도 없었다.

지희는 제 허벅지를 누르는 단단한 그를 느끼는 이 밤이 좋았다. 자신으로 흥분한 그를 여실히 느끼는 이 순간이 좋았다.

더.

더 그를 알고 싶다.

지금.

바로 지금.

손이 과감하게 우진의 허리를 잡았다.

작은 손에서 전해지는 욕망을 읽은 양 커다란 손이 몸의 굴곡을 탐했다. 쓸 듯 라인을 타던 손이 허리라인을 누르듯 잡았다. 부드러운 옷감이 강한 손아귀에 의해 딸려 올라갔다. 이어 데일 정도로 뜨거워진 손이 매끄러운 살갗에 잇닿았다.

오소소 소름이 돋았다. 뜨겁디뜨거운 접촉이었으나 전신의 살갗에 바짝 일어났다. 소름이 아닌 전율이었다.

간당간당한 호흡으로 갈비뼈가 솟구쳤다. 커다란 손바닥이 갈비뼈를 포함한 옆구리를 너끈히 움켜쥐었다. 가지고 싫다는 욕망이 가감 없이 드러나는 동작이었다.

큰 손이 속옷 안으로 쓱 들어왔다. 뭉클한 산등성이에 닿자마자 바락, 그러쥐었다. 손아귀 힘이 억세다시피 했다. 반사적으로 지희의 척추가 활처럼 휘었다.

"아."

자연스러운 신음성이 터졌다. 저절로 그에게 맡기고 있던 잇새가 벌어졌다.

달라붙은 채 속살거리던 입술이 떨어졌다.

거칠게 상의가 벗겨졌다. 속옷의 버클을 풀 여유마저 잃은 듯 속옷이 쇄골로 들쳐졌고, 얇디얇은 옷감에 가려져 있던 봉긋한 산등성이가 손전등 불빛 아래 선명히 나타났다. 주홍의 빛을 받은 산등성이는 마치 가을날 잘 익은 홍시 같았다.

열감이 오른 입술이 흡입하고 싶은 양 몽우리 전체를 왈칵 베어 물었다. 까슬까슬한 혀끝이 꼿꼿이 솟은 꼭지를 능란히 취했고, 딱딱한 치아가 사푼사푼 건드렸다. 그럴 때마다 전율이 등마루를 타고 엉덩이 아래 민감한 숲까지 내려갔다.

딸깍. 브래지어 버클이 풀렸다.

한쪽은 커다란 손에 잡히고, 한쪽은 그의 입술에 포로로 잡힌 신세였으나 그대로 내어주었다. 농밀하나 세심한 애무였다. 거칠면서도 부드러운 애무였다. 숲에서 웃자란 수풀까지 찌릿찌릿한 전기가 왔다. 하체가 연신 비틀렸다.

"하아."

흥분이 더해진 소리가 났다.

누구에게나
사랑의 순간은 온다. -

지희는 제 안에서 흘러나오는 소리가 전혀 부끄럽지 않았다. 그를 느끼고 싶었다. 그를 만지고 싶다는 뜨거운 갈구가 일었다.

손을 움직였다.

적극적으로 그의 옷 속으로 자신의 손을 밀어 넣었다. 신호를 받은 양 그가 벌떡 상체를 일으켰다. 잠시였으나 형용할 수 없는 허전한 한기가 들었다. 마치 한 몸이 떨어진 양 극도의 허전함이 침범했다.

휙. 그가 상의를 벗어 던졌다.

우아하면서도 파워 넘치는 동작이 지극히 근사했다. 어스레한 주홍빛을 받은 가슴팍은 탄탄하고 넓었고, 촘촘한 복근은 감탄이 일어날 정도로 섹시했다.

감탄할 새도 없이 그의 상체가 곧장 지희 몸에 붙었다.

비었던 틈새가 채워지자마자 허전한 한기가 소멸되었다. 원래부터 그의 자리가 자신의 위인 양 제 몸을 짓누르는 체중으로 되레 평화로운 안정이 들었다.

입술이 위로 올라왔다.

한껏 입술을 벌린 지희는 그를 주저 없이 받아들였다. 그대로 진득한 키스에 몰입했다. 달궈진 잇속에서 충돌하는 접촉은 화염처럼 뜨거웠고, 맨살과 맨살이 부딪치는 매끄러운 자극은 공기마저 숨 가쁘게 만들었다.

전율로 전신의 살갗이 간질간질했다. 신경조직까지 살아나 꿈틀거렸다. 자칫했다가는 전신에 퍼진 전류로 인해 부푼 가슴이 불꽃처럼 폭발할 것 같았다. 그럼에도 불꽃이 되고 싶다.

지희는 손을 뻗었다. 살집이 일절 만져지지 않는 다부진 근육의 미세한 떨림이 손바닥으로 파고 들어왔다. 떨림이 이토록 좋다니.

"허."

자신의 몸을 더듬는 작은 손의 도발에, 그도 짤막한 숨을 터트렸다. 그의 뜨거운 숨결이 잇속에 가득 채워졌다.

와락. 그의 손이 지희의 양손을 움켜쥐어 머리 위로 올렸다. 제 몸을 희롱하는 애무를 못 견딘 것처럼.

그가 한 손으로 양손을 부여잡고 남은 손으로 자유로운 탐험을 이어갔다. 봉우리를 장난치듯 빙글빙글 돌리기도 했다가 부드럽게 감싸 쥐기도 했다가 으스러지게 그러쥐기도 했다. 오르락내리락 완급 조절하는 절묘한 애무에 정신이 혼미해졌다.

천천히 지희의 양손이 풀렸다. 노곤해진 몸을 느끼며, 지희는 매달리듯 그의 목덜미를 끌어안았다.

그런 사이 하의가 벗겨졌다.

그런 사이 그도 완전한 맨몸이 되었다.

화기의 소용돌이에 갇힌 몸들이 자연스레 비틀리고 감아지고 부딪쳤다.

허벅지 위에서 우뚝 자란 교목이 줄기를 더욱 단단히 세웠다. 은밀한 숲에서는 뜨겁게 데워진 수액이 넘쳐났다.

욕심 많은 교목의 잎사귀가 숲의 수풀을 헤쳤다.

촉촉한 수액으로 흠뻑 젖은 수풀을 더듬는 잎사귀의 손길로 지희는 혼이 나갔다. 세상 모든 것이 아득해졌다.

저절로 닫히려는 허벅지를 막아 세운 채 잎사귀의 끈질긴 구애가 이어갔다. 움찔움찔. 전기충격을 받는 양 수풀이 떨었다. 진득한 구애로 딱딱해졌던 허벅지가 스르륵 유연해졌다.

곧 교목의 뿌리가 숲의 문을 두들겼다.

그 순간.

숲길이 활짝 열렸다. 숲은 바짝 말라 허덕이는 교목의 갈증을 자신의 수분으로 풀어주고 싶었다. 그가 자신의 수분을 마음껏 취하길 바랐다.

뿌리가, 단단하고 긴 줄기가, 올곧은 전체가 서서히 열린 길로 진입했다. 수액으로 촉촉한 숲이 교목을 순순히 받아들였다.

이윽고 숲이 교목을 머금었다.

"하."

이토록 찬란한 순간이라니.

열린 숲과 단단한 교목이 이어지는 찬란함은 감격의 탄성을 불러일으켰다.

누구라 할 것이 동시에 경탄하고, 동시에 부여잡았다. 놓지 않으려 묶듯이 잡아끌고, 더한 맺음으로 서로를 붙들었다.

그가 몸을 움직였다.

지희는 마치 그가 제 몸 위에서 걷는 것 같았다. 한 발 한 발,

길을 디디는 것 같았다.

첫발은 수북한 눈길을 걷듯 차근차근 조심스러웠다. 움푹움푹 박히는 발을 빼내기 어려워 주춤거리기도 했다.

그럼에도 멈추지 않았다. 낯설고 깊은 길을 제 길로 만들려는 양 끊임없이 밟았다.

발길이 지날 때마다 수북하던 눈이 녹았다. 화끈한 밀착으로 녹아내린 눈이 끈질긴 발길을 담뿍 적셨다.

어느덧 발길이 수월해졌다. 느긋하던 발길이 뛰듯이 빨라졌다. 낯선 길이 익숙해져서이며, 달궈진 길이 발목을 잡아끌어서였다.

스륵.

따스한 기운이 파르르 떨리는 눈꺼풀에 내려앉았다. 굳게 감은 눈을 뜨라는, 자신을 보라는 무언의 신호 같았다. 지희는 살며시 눈꺼풀을 열었다.

그가 보고 있었다.

열망 가득한 눈동자로 그윽하니 보고 있었다. 그의 달뜬 눈길이 행복하여 지희는 제 입술을 빙그르르 늘어뜨렸다. 그윽하던 입술도 빙그르르 늘어났다.

입술과 입술이 겹쳐졌다.

팔과 팔이 겹쳐졌다.

겹쳐진 팔 아래로 커다란 양손이 내려가 작은 엉덩이를 그러쥐었다. 그러곤 자신의 몸에 바짝 붙였다.

지희는 제 위에서 버텨주는 그의 다부진 어깨에 단단히

매달렸다.

틈 없이 두 몸이 맞닿았다.

퍼즐이 끼워진 것처럼 틈 없이 살갗이 들어맞았다. 몸 곳곳의 그 어느 곳도 떨어진 곳이 없었다. 고목의 뿌리까지 온전히 숲과 엮어 있었다.

숲의 진동이 격렬해졌다. 춤추듯 들썩였다.

절정의 달음박질에 가속이 붙었다. 오롯이 서로가 서로에게 집중하는 시간이 되었다. 세상사와 무관한, 복잡한 세상과는 동떨어진 둘만의 시간이 되었다.

"하아."

숲과 교목이 잇는 소리.

하나의 뿌리로 연결된 두 몸이 부딪치는 소리.

잇새에서 새어나오는 숨소리.

모든 소리가 섞여들었다. 꽉 채워진 몸뿐만 아니라 귓속까지 서로로 인해 채워졌다.

지희는 그가 자신을 어딘가로 데려가는 것 같았다. 그동안 닫혀 있던 깊고 깊은 세계의 문이 열리는 것 같았다.

그가 이끄는 이 길이라면 기꺼이 가고 싶다. 그의 손을 잡고 이 길을 끝까지 가고 싶다. 그가 인도하는 이 길의 끝까지 함께 하고 싶다.

간절히.

간절히.

"아—."

드디어 새로운 세계의 문이 열렸다. 둘은 동시에 새로운 세계로 들어섰다.

낯선 둘이 낯설지 않게 되는 지극히 원초적인 과정. 주위의 모든 것이 사라진 듯하며, 주위의 모든 것을 가진 듯한 이중적인 전율. 지금까지 느껴보지 못한 격정적인 환희.

둘이 함께한.

오롯이 둘이 함께 이룬 결과였다.

— *16. 8. 31.*

"정말 감사한 인연이에요."

영주는 묶듯 현옥의 손등을 보듬었다. 마주보는 현옥도 동조하며 고갯짓을 쉴 새 없이 했다.

"특별한 인연이에요."

8화. 새 날의 아침

뜨거운 밤이 지나간 자리에 새 빛이 들었다. 고운 아침빛이 황토색 격자무늬 천장을 더듬을 때, 지희의 맑은 눈동자는 잠든 우진의 얼굴을 더듬고 있었다.

새벽이 밝아오기 직전까지 그와 사랑을 속삭였다. 그러다 서로의 몸을 꼭 끌어안은 채 동시에 잠들었다.

한데 선잠이 들었던 모양인지, 잠든 지 얼마 안 되어 깨고 말았다. 그런 후 쭉 잠이 오지 않았다. 육체적 소비를 엄청 했음에도 불구하고 전혀 피곤하지 않았다. 외려 개운한 느낌? 이리 표현하면 왜인지 방탕한 여자인 기분이 들지만.

밤과 아침 사이 동안 지희는 내내 잠든 우진의 얼굴을 바라보았다. 뜨거운 입술, 반듯한 콧대, 짙은 눈썹, 관자놀이의 상처까지 세밀히. 그저 잠든 얼굴을 보는 것뿐인데 조금도 지루하지 않았다.

보고 있어도 보고 싶었다. 보면서도 설레었다.

감정이 풍부해진다. 자신의 삶이 걸어왔던 길에는 플라토닉한 감정이 전부였다. 이토록 진한 장미향 같은 감정이 일어날 것이라고는 생각지 못했다. 이토록 짧은 시간 동안.

이우진 씨.

어쩜 좋아요.

만약 이런 감정이 사랑이라 말한다면, 나는 아마 사랑에 빠진 거예요.

당신에게 향하는 내 감정은 우리의 짧은 시간과는 아무런 상관이 없어요.

나는 사실 우리의 시간이 굉장히 긴 기분이 들어요. 시간이 우리에게 맞춰져 정지되어 있는 기분도 들고요. 우리에게 사랑의 순간을 주기 위해, 마치 마법처럼.

"이우진 씨."

속삭이듯 그를 불러보았다. 그의 이름을 제 잇속에 새기고 싶다.

실룩. 모깃소리보다도 작은 소리였는데, 응답하듯 그의 한쪽 눈썹이 여릿하게 움직였다. 깨우려는 목적은 아니었으므로, 지희는 얼른 입을 다물었다.

이렇게 한없이 들떠 있다가는 아무래도 그를 깨울 것 같다.

결국 지희는 자신의 옆구리를 느슨히 감고 있는 그의 팔을 조심히 치웠다. 실오라기 하나 걸치지 않은 알몸인 채로 조심히 벗어나 저만치 던져진 옷가지를—간밤은 옷가지를 곱게 개킬 정신도, 손도 없었다.—꾸역꾸역 낚아챘다.

후다닥 옷을 입고 그의 몸에 이불을 꼼꼼히 덮었다. 그러곤 마찬가지로 널브러진 채 방치된 그의 옷가지를 깔끔히 개켜놓았다. 그의 옷 또한 소중했다.

가방을 들고 살금살금 밖으로 나오니, 아침빛은 더욱 맑게 개어 있었다. 대청마루로 비쳐드는 빛이 창백할 정도로 눈부셨다.

'소중한 손자를 위해 지은 집인데 저희가 먼저 이용하여 죄송합니다. 덕분에 좋은—으흠!—밤이었어요.'

지희는 한옥의 전경이 한눈에 들어오는 마당 가운데 서서 꾸벅 허리 굽혀 사과의 뜻과 함께 감사 인사를 했다.

그런 후 나비가 날갯짓하듯 발끝을 빙그르 돌려 뒷마당의 돌길을 걸어 나갔다. 앞채로 가서 할아버지가 사용한 흔적이 역력한 욕실에서—뒤채에도 욕실이 있으나 우진이 깰까 봐 사용 못 하고—제 몸에 잔류하는 열기를 식혔다.

"어? 세탁기가 없어?"

옷을 갈아입고 수건과 옷가지를 정리하다, 욕실 바구니에 담긴 채 방치된 할아버지 빨래를 발견했다. 신경 쓰이는 김에 아예 빨래를 하려는데 세탁기가 없었다. 언제 적 연도의 가전인지 알 수 없는 촌스러운 가전 한 대가 덩그러니 있을 뿐.

"탈수기?"

가전의 정체는 탈수기였다. 「골드스타」라는 상표 아래 「금성탈수기」라고 박혀 있었다. 새로 나온 브랜드인가? 아무리 그래도 세탁기도 아닌 탈수기가 웬 말인가.

그러고 보니.

지희는 후다닥 주방으로 갔다. 역시 냉장고의 상표도 골드스타다. 집 안의 몇 안 되는 가전제품은 죄다 골드스타 상표다. 휘둘러보다 지희는 가스레인지가 없다는 사실을 깨달았다. 대신 석유곤로가 있었다. 가스버너도 아닌 석유곤로.

"허참."

황당하여 실소가 나왔다.

사진관 백작부인 의자에서부터 알아봤어야 했다. 골동품 취향이 남다른 건지, 지독한 자린고비인 건지. 손자 집은 고가의 자재로 근사하게 지어놓으시고.

혀를 차면서 욕실로 돌아갔다. 세탁기가 없다는 이유로 외면하기엔 냉정치 못한 지희였다. 서둘러 할아버지 빨래를 해치우고 탈수기에도 도전했다. 탈탈. 거친 소리를 내며 신명 나게 돌아가는 녀석. 제법 쓸 만하다.

"내 무시하여 미안허이."

지희는 노인의 말투를 성대모사 하며 대견한 탈수기를 탁탁 두들겼다. 그러곤 팔랑팔랑 즐겁게 빨래를 앞마당 빨랫줄에 가지런히 널었다.

나란히 줄 선 빨래로 따사로운 햇살이 비쳐들었다. 손바닥으로 차양을 만들며 저 멀리 산등성이를 보았다.

끝 여름빛이 싱싱하다. 막바지 여름을 맞이한 녹음의 산등성이를 어루만지는 푸름이 여느 날보다 선명하다. 어제와 다른 맑음이 전해온다. 제 마음에도 진한 싱그러움이 깃든다.

뒷등 너머에 있는 한 사람으로 인해.

— 16. 9. 01.

"오늘 유난히 우진이 표정이 좋아."

오전 면회를 마치고 중환자실을 나서며, 동석은 영주를 보았다. 잘 버텨주고는 있으나 영주는 어제보다 핼쑥하고 핏기가 없었다.

"그치? 누나. 눈가에 미소가 담겨 있었어."

"그래 보이디?"

"확실히 웃고 있어. 좋은 곳을 들르느라 돌아오는 길이 더딘 거야."

동석은 짐짓 태평한 눈짓을 했다.

겉과 달리 속은 무거웠다. 누나 영주에게 나약한 모습을 들키지 않으려 의젓한 척 굴고는 있으나 막상 내장은 너덜거렸다. 소독약 냄새가 진동하는 병원이, 중환자실 안에 갇힌 채 꿈속을 헤매는 조카가, 망부석처럼 대기석을 떠나지 않은 누나가, 공양탑처럼 그의 마음에 차곡차곡 쌓여갔다. 그럼에도 견뎠다. 묵묵히 제자리를 지켰던 우진처럼. 이제 제 할 일이었다.

"그럴까? 정말 그럴까?"

"당연하지. 내가 그랬지? 부정적인 마음은 일체 갖지 말라고. 누나가 희망을 놓지 않아야 녀석이 그 끈을 잡지."

"응. 그래야지."

터울 많은 늦둥이 동생의 마음을 헤아린 영주가 의기를 세웠다. 동석은 대견한 영주 어깨를 툭툭 두들기며 씩 웃었다.

"점심 먹을 거지?"

"입맛이 영 없어. 너나 먹어."

"밥은 먹어야지. 아침도 뜨는 둥 마는 둥 했으면서."

"피곤해."

"그러면 차라리 한숨 자라, 누나. 이왕이면 영양제도 맞고."

삼일 동안 제대로 잠을 못 잔 영주였다. 자다가 벌떡벌떡 일어나길 수차례 반복했다. 아들 소식이 오면 어쩌나, 아들이 또 안 좋아지면 어쩌나 등의 오만 걱정으로 불안에 떨었다. 그런 영주의 상태를 읽은 동석은 이른 아침 VIP 특실을 예약해 놓았다.

영주는 특실에 가자마자 쓰러지듯 침대에 누웠다. 체력이 완전히 고갈되었는지 눈꺼풀조차 제대로 뜨지 못하였다. 동석이 간호사를 부르는 등 호들갑을 떨어도 고분고분했다.

탁—

동석은 영주가 잠든 걸 확인하고 조용히 특실에서 나왔다. 미닫이문이 닫히는 둔탁한 소음이 심장을 후려쳤다. 하. 탁한 숨이 잇속에 맴돌았다.

"대표님."

엘리베이터를 타고 투덕투덕 로비로 나서는데, 맞은편에서 혜선이 왔다. 동석을 보자마자, 그녀가 정자세로 허리를 굽혔다. 절로 동석의 미간에 주름이 잡혔다.

고집불통. 오지 말라니까.

"이사님 상태는 어떠십니까?"

"그대로."

동석은 심드렁하게 혜선의 모습을 훑었다.

한자리에 머물러 있는 자신보다 더하게 고될 터인데도 그녀는 고달픈 기색을 일절 표출하지 않았다. 여느 때처럼 차림새도 말끔하고, 여느 때처럼 눈동자도 영롱하다. 심지어 화장도 잘 먹었다.

"윤 전무님께서 체결식을 무사히 마치시고 오늘 오후 귀국하실 예정입니다."

"그 얘기하러 왔어? 유선으로 하면 된다니까."

"대표님 승인이 필요한 제안서 결재도 있어서."

"권 비서가 내 사인 흉내 내서 대강하면 되잖아. 내 사인 자주 봤을 거 아냐?"

"불법입니다."

혜선이 단칼에 일축했다.

동석은 진저리쳤다. 우진 못지않게 하나부터 열까지 대충하는 법 없는 그녀가 도무지 제 성미와 맞지 않는다. 우진이 녀석과는 죽이 척척 맞았겠군.

"줘."

손가락을 까닥거리자, 혜선이 반듯이 결재 바인더를 넘겼다. 이 바른생활 자세도 도무지 마음에 안 들어!

설렁설렁 본문을 훑고 사인하려는데, 혜선의 눈썹이 실룩했다. 벌써 확인하셨습니까? 라는 뜻이 내포되어 있었다. 무언의 압박으로 동석은 어쩔 수 없이 본문을 꼼꼼히 읽었다. 끝까지 읽고서 그녀를 보았다.

사인해도 되나?

네.

눈짓하자, 비로소 혜선의 눈썹 산이 가라앉았다.

자신이 그녀의 눈치를 본다는 사실을 원통해하며, 동석은 잽싸게 사인했다. 결재 바인더를 넘기자, 그걸 또 면밀히 확인하시는 권 양. 시어머니가 따로 없다. 장가도 안 간 사내인데 시집살이하는 기분이다.

"그럼 올라가겠습니다."

혜선이 곱게 묵례하고 돌아서려 했다. 그 먼 거리를 왔으면서 바로 간다고? 아, 답답하다!

"밥 먹었어?"

동석은 동그란 정수리에다 신경질적으로 내뱉었다. 자신을 노려보듯 내려다보며 자못 성난 어조로 묻는 탓에, 혜선은 어리둥절했다. 영문을 알 수 없었다.

"아니요."

"밥이나 먹자."

"전 괜찮습니다."

"내가 배고파서 그래! 내가!"

바른 대답에, 동석은 버럭 일갈하고 성큼성큼 앞장섰다.

누구에게나
사랑의 순간은 온다.

몇 발짝 가다 말고 도로 뒤꿈치를 쌩하니 돌려 멀뚱거리는 혜선에게 되돌아갔다.

"메뉴는?"

"네?"

"뭐 먹을 거냐고! 메뉴를 정해야 그에 맞는 식당에 갈 거 아니야."

"메뉴 말씀하시면 인근 식당을 검색하겠습니다."

나무라듯 묻자, 혜선이 즉시 휴대폰을 꺼내어 검색할 태세를 갖추었다. 2차적 답답증이 올라온다. 하. 동석은 큰소리로 날숨을 쉬었다.

"나 말고, 권 비서가 좋아하는 메뉴."

"네? 저요?"

"어."

"저는……."

혜선의 갈색 동공이 또르르 굴렀다. 뭐 그리 까다로운 과제를 내어준 것도 아니건만 답변이 한참이다.

동석 입장에서는 속 터질 지경일지 몰라도 혜선 입장에서는 당연한 거였다. 자신에게 늘 무신경할 정도로 무심하고, 말라비틀어진 가래떡처럼 딱딱하게 굴던 동석인지라 그의 의도를 간파하느라 머릿속이 복잡했다. 결국 그녀는 '이사님 걱정으로 제정신이 아니신 거다'로 결론 내렸다.

"……김치찌개."

"가자."

그런 결론을 까맣게 모르는 동석은 시원스레 병원을 나섰
다. 김치찌개 식당으로.

— *89. 9. 01.*

우진은 잠결에 옆자리를 손으로 더듬었다. 비어 있다.

눈을 뜨고 살피니, 지희는 없고 말끔히 개어진 자신의 옷
가지와 나란히 놓인 가방이 보였다. 살뜰한 그녀의 배려다.

빙긋. 입술 자락이 길어진다.

참으로 오랜만에 잠다운 잠을 잤다. 이른 나이부터 기획
이사라는 직책의 몫을 하느라 한시도 긴장을 풀지 못했다. 늘
잠자리도 편치 않았다. 편안한 안식을 가져다준 사람도 없었
다. 지금까지. 아니, 그녀를 만나기 전까지.

우진은 간단히 샤워 후 옷을 갈아입었다. 주변 정리를 끝
내고 밖으로 나가니, 푸르스름한 빛이 시야를 부서뜨렸다. 반
사적으로 눈꺼풀을 닫는데,

쏴—

청량한 물소리가 들렸다.

"일어났어요?"

물소리를 타고 넘는 발랄한 음성. 후각을 은은히 자극하
는 프로랄 향. 그녀다.

눈을 떴다. 열리는 눈꺼풀 너머 그녀가 있었다.

어제 보았던 그녀보다 더하게 찬란하고, 더하게 사랑스러
운 그녀가 다가오고 있었다. 약간 쑥스러운 기색이었으나 그

를 바라보는 눈망울은 초롱초롱했다. 당신을 보는 아침이 좋아요, 하듯이.

심장이 뛰었다. 아무것도 하지 않고 단순히 보는 건데 심장이 불끈불끈 뛰었다.

"잘 잤어요?"

"네. 잘 잤어요."

우진도 그녀를 그윽이 보았다. 나도 당신을 보는 이 아침이 좋다.

지희는 앞채와 이어진 길부터 늘어진 초록 호스를 들고 있었다. 호스를 질질 끌고 다니며 뒷마당 잔디며 풀꽃 등에다 물을 뿌려댔다.

"내가 늦잠 잤어요?"

"아니요. 제가 일찍 깼어요."

"내가 불편하게 했어요?"

"아니요. 그냥 일찍 깨졌어요."

밤사이의 일이 상기되는지, 그녀가 머쓱한 미소를 띠었다. 그러곤 시선을 회피하며 애먼 호스만 당겨 가옥의 돌담 아래 조성된 사철나무 화단 앞에 섰다.

"뭐 해요?"

"아침부터 해가 뜨거워서요. 가뭄이 길어서인지 얘들이 죄다 시들시들해요. 보기 안 되어서, 인간으로서의 착한 짓."

"그 긴 호스는 어디서 구했어요?"

"앞채 창고에 있던데요? 저 수완 좋죠?"

"음."

우진은 끄덕였다.

수완은 좋을지 모르겠으나 물 주는 솜씨는 영 엉성하다. 그런데다 긴 호스가 도무지 감당 안 되는 모양이다. 호스와 씨름하는 그녀를 구출하기 위해 대청마루에서 내려갔다.

"이리 줘요."

그녀가 고분고분 호스를 넘겼다. 그러더니 얼마나 잘하는지 두고 본다, 는 식으로 팔짱을 끼고 한 걸음 물러났다. 흡사 감독관 같다.

우진은 엄지로 호스 주둥이를 막았다.

줄줄 흐르던 물줄기가 분수처럼 물안개를 일으키며 사방으로 터졌다. 사철나무도 잔디도 풀꽃도 수분을 흠신 섭취했다. 지난 며칠간의 갈증을 풀려는지 그네들이 몸서리치듯 하늘하늘 흔들렸다.

풀빛 물방울과 마찰된 공기가 작고 싱그러운 무지개를 띄웠다. 방울방울 흩뿌려지는 물보라와 지희 얼굴이 겹쳐졌다. 싱그레 웃는 그녀가.

넌지시 그녀를 훔쳐보며, 우진은 물 주기를 계속 했다. 그녀에게 꽂힌 심장은 여전히 빠르게 뛰었다.

제법?

도도하게 팔짱을 낀 그녀 눈썹이 들썩였다. 캔을 쓰레기통에 골인시켰을 때처럼 '제법?'이라는 의미가 담겨 있었다. 심히 거만하다.

쏴—

우진은 오른손을 휘돌렸다.

"악!"

거센 물보라가 가차 없이 지희에게 뿌려졌다. 날벼락 맞은 그녀가 질겁하며 외마디 비명을 질렀다. 메뚜기처럼 폴짝거리며 요리조리 피하는 그녀를 심술궂은 호스가 쫓았다. 악 악! 하하. 비명 소리와 소리웃음이 섞여들었다.

"그만해요!"

골난 그녀가 손날을 저었다.

우진은 얄궂게 도리질했다. 잔나비처럼 나풀거리는 그녀를 쫓는 호스의 추적은 끈질겼다. 보슬비 같은 물안개가 그녀 주위를 아스라이 감돌았다.

"내놔요!"

이씨. 혼잣말로 분통을 터트린 그녀가 우진에게 달려들었다. 성난 멧돼지처럼 기습적으로 치고 들어와, 우진은 미처 피하지 못했다. 물론 피한다면 피했겠지만.

"익."

우악스런 호흡을 하며 기어이 그의 손에서 호스를 낚아채 간 그녀가 마구잡이로 휘두르기 시작했다.

뭉텅뭉텅한 물방울이 우진 몸에 공처럼 던져졌다. 물벼락을 맞은 상체가 금세 흠뻑 젖었다. 장난 조금 쳤다고 죽자고 복수하는 그녀. 그게 뭐 그리 좋다고, 킬킬거리는 웃음소리가 끊이지 않았다.

우진 또한 마찬가지였다.

물에 빠진 생쥐 꼴이 되었으면서도 저도 모르게 입술을 함박만큼 벌렸다. 그도 반격했다. 늘어진 호스를 잡은 그녀의 손등을 감싸 쥐자마자, 호스 주둥이를 역으로 꺾었다.

"악!"

곧게 나가선 물줄기가 거꾸로 역류하듯 그녀 얼굴로 튀었다. 신나 하다가 되레 역습을 당했다.

큭. 안타깝게도 액체가 콧구멍으로 치솟았다. 사레가 들린 코가 매캐하게 아린 나머지 그녀가 양손으로 코를 막았다. 콜록. 기침도 나왔다.

"괜찮아요?"

우진은 즉시 호스를 놓았다.

피리 소리에 맞춰 꿀렁거리는 코브라처럼 호스가 허공을 돌돌 쓸더니 잔디밭으로 툭 떨어졌다. 사방 분수처럼 물안개가 빙그르르 퍼졌다.

"어디 봐요."

킁킁거리며 인상을 찌푸린 그녀 뺨을 우진은 양손으로 감싸 들었다. 물방울이 곳곳에 맺힌 살갗을 얼른 손으로 닦아냈다. 어린아이 다루듯 보드라이 뺨도 쓸고 엉킨 머리카락도 넘기고.

"음, 음."

코 매워 대답도 못하고, 지희가 연신 킁킁거렸다. 그 모습이 형용할 수 없을 정도로 귀여워, 우진의 입가에는 환한 미소가 걸렸다. 그녀의 젖은 뺨을 높이 들었다.

쪽.

젖은 입술에 짧은 입맞춤을 했다.

맑은 눈망울이 동그랗게 커졌다. 이내 싱긋한 눈웃음을 지으며 당돌히 그의 입맞춤에 호응했다. 한없이 사랑스럽고, 사랑스럽다.

우진은 그대로 그녀 뺨을 제게로 당겼다. 사랑스러운 입술을 완전히 머금었다.

주춤, 그녀 몸이 한 발 왔다. 놓아뒀던 덫을 회수하듯 다른 손으로 그녀의 가는허리를 옭아맸다. 그러곤 우진은 제 상체를 깊숙이 숙였다. 붙듯이, 밀착되듯이 두 상체가 포개어졌다.

당신이 좋아.

미치도록 좋아서 견딜 수가 없어.

한 방향으로 몰입한 호스의 물줄기로 바닥에는 깊은 고랑이 패었다. 강줄기를 이루듯 길게 기다랗게 이어지는 물줄기가 끊길 줄 몰랐다.

새 빛도 그윽해졌다. 구름과 구름 틈바구니에서 유유자적 놀던 해가 활활 타오르듯 뜨겁게 발광했다.

— 16. 9. 01.

구멍이 송송 뚫린 흑두부가 김치찌개 위에서 먹음직스럽게 보글거렸다.

동석은 자신 앞에다 물 채운 컵을 놓고 냅킨을 깔고 수저와 젓가락을 가지런히 놓느라 여념 없는 혜선을 뚫어져라 주시했다. 무관심한 척하려 해도 틈만 나면 촉수가 그녀에게 쏠렸다.

"많이 먹어."

"네."

"두 공기 먹어도 돼. 내가 살게."

"네."

일부러 생색내는 말을 던졌으나 혜선이 기계적으로 답했다. 내리깐 눈꺼풀은 들지도 않고서 자신 앞에다 수저와 젓가락을 놓았다. 냅킨은 없이.

자기건 왜 안 깔아.

동석은 그것조차 신경 쓰였다. 여러모로 제 신경을 거슬리게 하는 여자라고 내심 투덜거리면서 수저를 들었다. 혜선이 재깍 국자를 들고 동석의 앞접시에다 김치찌개를 담아냈다. 적당한 김치와 두부, 국물을 골고루 담아낸 솜씨가 기막히다.

그는 게슴츠레 제 쪽으로 밀어지는 김치찌개를 보았다. 최 실장도 이토록 과하게 수행하지는 않는다. 아니, 최 실장은 되레 지 먹기 바쁘다. 썩을 놈.

"우진이도 항상 이렇게 챙겼어?"

"아니요. 이사님께서는 뭐든 스스로 하셔서."

나는 밥도 스스로 못 먹는 머저리라는 거군. 동석은 입술을 모나게 비뚤거리며 김치찌개를 한 수저 떴다. 불쾌한 심기가 역력히 표 났다.

"실은……."

동석의 심기를 눈치챈 혜선이 조심스레 입을 열었다. 고심의 흔적이 이마에 드리워졌다. 무언가 곤란한 문제를 꺼내려는 심산인 듯했지만, 동석은 무신경하게 김치찌개에 열중했다.

"이사님께서 부탁하셨습니다."

"뭘?"

분주하던 수저질이 멈추었다.

"안 계신 동안 대표님 잘 수행하고 잘 지키라고 당부하셨습니다."

"언제?"

"휴가 가시기 전에."

저렇게 혼수상태가 되기 전에. 그러므로 저는 무조건 따를 겁니다. 혜선의 동공이 반들거렸다. 반드시 지키겠다는 결의도 엿보였다.

"건방진 자식. 누가 누굴 지켜."

동석은 자조적으로 조소했다. 으레 믿음직스럽지 못한 삼촌이라 조카 녀석에게 오만 걱정거리를 심어주었다는 자책이 되살아났다.

"먼 길 떠날 것처럼 왜 그런 당부를 해. 쓸데없이!"

이어 그는 짜증을 내었다. 마치 사고를 예견한 것처럼 그런 당부를 남긴 조카가 야속했다.

"안 그래?"

"그렇습니다."

거듭 '나쁜 자식' 하고 읊조리는 동석의 투정을 혜선이 뚝뚝하게 맞장구쳤다. 그러면서 반찬을 그에게 밀어놓았다. 세상만사 편한 표정으로 누워서 주변 사람들 애태우는 나쁜 자식은 맞으므로.

"드세요."

"그래, 먹자."

동석은 까슬까슬한 입 안에 김치찌개를 떠 넣었다. 차례를 기다린 것처럼 혜선도 비로소 수저를 들었다. 조카의, 상사의 당부가 마지막 당부는 아니길 바라며, 처음으로 같이 식사를 시작했다.

— *89. 9. 01.*

"식사 왔습니다."

드디어 고대하고 고대하던 노인의 식사가 도착했다. 정밀검사가 완전히 끝나고 제대로 된 밥과 반찬이 있는 저녁이었다. 생짜로 굶긴다고 갖은 투정을 부리던 노인의 얼굴에 비로소 혈기가 돌았다.

지희는 괜스레 좋아 후후거리며 식판을 날랐다. 인정식당 아주머니가 다녀가며 건넨 찬합도시락도 꺼냈다. 도시락 안에는 2인분의 밥이며 반찬이 맛깔스레 담겨져 있었다. 우진과 지희의 양까지 계산하여 담뿍 담아놓은 것이다.

"이 밥 다 먹고 나면 싸게 싸게 가."

"오늘 또 가요?"

"그려. 니들도 가서 자는 게 편할 거 아녀."

좋지요. 좋아도 너무 좋지요.

주책없이 벌써 들떴다. 금세 표 나는 얼굴을 노인이 의심스러운 눈초리로 보았다. 지희는 얼른 회피하며 수저를 챙겨 건넸다.

"할아버지. 인정식당 아주머니 반찬과 함께 드시니까 좋죠?"

"좋긴."

노인이 무심하니 반찬을 힐끗거렸다. 좋다고 해주면 어디 덧나요? 그러면서 젓가락은 왜 재깍 드세요?

"둘이 같이 먹어. 혼자 먹는 나는 개의치 말고. 나야 늘 혼자 먹는 게 일인 사람이여."

혼자 드신다는 건지, 혼자 먹도록 두면 가만 안 두겠다는 협박인 건지. 지희는 고민 없이 스스로 단념했다.

"두 분이서 드세요. 제가 여기서 먹을게요."

"그럼 그러든가."

우진의 자리였던 빈 침상의 식탁을 펴자, 노림수였는지 노인이 냉큼 수락했다. 얍삽한 노인이 던진 미끼를 덥석 문 지희였다.

"아니, 제가."

상체를 틀려는 우진의 옷자락을 노인이 즉각 잡았다. 자신쪽으로 탁탁 당기며 호소 어린 눈동자를 올렸다. 그냥 여 앉어.

그러더니 지희에게는,

"싸게 먹어."

라고 야박하게 굴었다. 편애가 극심하다.

"피."

샐그러지게 희번덕거리자, 노인이 뻔뻔한 턱을 세웠다. 중간에 낀 우진만이 이쪽저쪽에서 노리는 핫도그 속 소시지였다.

'맛있게 드세요.'

난처해하는 우진에게 지희는 살갑게 눈짓했다. 그러곤 도시락에서 나눈 밥을 왕창 퍼서 우겨넣었다. 예의 바른 남자의 마음을 편히 해주려고 씩씩하게. 속없는 아이처럼 해죽거리는 그녀를 바라보는 우진의 입매가 휘었다.

"이거 먹어봐."

노인이 반찬을 집어 우진의 밥에 놓았다. 감사합니다. 으레 반듯이 응하며, 우진이 지희에게 머문 시선을 거뒀다.

"뭐든 잘 먹는감?"

"네. 잘 먹습니다."

"그래야지. 잘 먹는 게 복이여. 이것도 먹어봐."

"감사합니다."

노인이 손자 대하듯 우진에게 무한한 애정을 표출했다.

"인정식당 주인장이 푼수데기 같아도 손맛은 기막혀. 어려서부터 오만 고생이란 고생은 다 했다 하드만 사람 정이 두 터운 사람이여. 그래서 식당 이름도 인정이잖어."

인정人停역 근방이라서 인정식당 아닐까요? 끼어들고 싶은 나머지 입술이 근질거렸다. 그러나 쌀쌀맞은 화살이 돌아올 듯해, 지희는 꾹 인내했다.

"어뗘? 입에 맞는감?"

"맛있습니다."

"어쩨 내랑 입맛이 똑같구먼."

편애를 당하는 처지이긴 하나, 도란도란 식사하는 두 남 자를 보고 있자니 절로 흐뭇했다. 정다운 할아버지와 손자 같 아 그림도 좋다. 카메라가 있다면 찍어두고 싶을 만큼.

"밥 처먹다 말고 뭘 그리 실실 쪼개!"

"왜 나한테만 그래요!"

느닷없는 불호령이 날아왔다. 억울하여 지희는 밥풀이 튈 정도로 앙앙거렸다. 적반하장 노인이 혀를 끌끌 찼다.

"성질머리가 영 고약혀. 그쟈?"

동조를 구하였으나 우진이 픽 애매한 미소로 때웠다. 그 렇다는 긍정인지, 아니라는 부정인지. 두루뭉술하게 넘기는 그가, 지희는 못내 서운했다. 엉뚱한 화풀이인지 모르겠으나.

"저런 애인을 두면 억수 피곤할 텐디. 일 없겠는감?"

"네."

주저 없이 대답하는 우진. 애인으로 개의치 않는가, 의 답이 네, 다.

고백이 아님에도 고백을 들은 기분이다. 바짝 모아졌던 지희 미간이 금세 평평히 펴졌다. 입술 끝자락도 배시시 실바람을 물었다.

쑥스러워, 지희는 밥 먹기에 집중했다.

어제 먹은 밥보다 맛있다. 아니 그동안 먹었던 그 어떠한 산해진미보다 맛있다. 어젯밤에도 아침에도 그와 나눴던 혀끝이 달아서다.

우진은 여지없이 고상하게 식사했고, 노인은 우진의 밥 위에 반찬을 골고루 놓았다. 분위기가 살뜰했다. 이웃집 담벼락에서 넘어오는 감나무에 달린 홍색 감처럼 살뜰했다.

단란한 식사가 끝났다. 미리 순서를 정한 양 지희는 식탁 주변을 정리하고, 우진은 노인의 식판을 들고 나갔다. 굳이 합을 맞추지 않아도 손발이 척척 맞는 두 사람이었다. 그런 둘을 노인이 뿌듯이 지켜봤다.

"식사는 끝나셨습니까?"

빈 식판을 식판 정리대에 놓고 돌아서는 우진에게 담당의가 왔다.

네. 간단히 응수하며 담당의를 내려다본 우진의 목울대가 꿈틀했다. 담당의의 낯에서 웃음기를 찾을 수 없었다. 심각한 음영이 드리워진 눈가가 심상치 않았다.

불길한 기류가 엄습해온다.

9화. 사랑이라 사랑이다

쿨럭. 신중한 기침이 넘어온다. 벌써 세 번째 기침이다.

우진은 뜸 들이는 담당의의 기침이 이어져도 침착한 자세로 기다렸다. 그러나 이상하게도 속이 먹먹했다. 설령 노인의 건강 상태가 좋지 않다고 해도, 아무런 상관없는 남일 뿐인데.

"그러니까."

담당의가 침묵을 깼다.

"이우진 씨는 언제까지 어르신 곁을 지키실 겁니까?"

"어르신 기억이 돌아오시거나 가족 소식이 들릴 때까지는 있을 예정입니다. 그것도 아니면 퇴원하시는 날까지는."

"왜 굳이. 본인 일도 바쁘실 텐데."

"휴가 중이라 괜찮습니다."

"아, 휴가 중."

강경하다시피 한 우진의 대답을 곱씹으며 담당의가 일지

에다 '휴가 중, 휴가 중'이라는 문구를 낙서하듯 적었다. 우진은 무심하게 그의 일지를 주시했다. 쓸데없이 손을 바쁘게 놀리는 것을 보아 어려운 용건인 모양이다.

"실은⋯⋯."

의사가 드디어 입을 뗐다.

"제가 직계 보호자도 아닌 이우진 씨께 이런 말씀을 드려도 되나, 명확한 판단이 서지 않습니다. 당사자 본인에게 언질 하기도 조심스러운 부분이라 상당히 고민됩니다."

"검사결과가 심각합니까?"

"일산화탄소 중독 증세는 거의 완화되었습니다. 정밀검사를 한 이유는 흡입화상이나 합병증 등을 배제할 수 없어서였습니다."

그가 친절히 설명을 이어갔다.

"흡입화상은 호흡기 내부에 입는 화상이라 육안으로 발견하기 어렵거니와 조기 치료가 늦을 경우 사망 확률이 높은 지극히 위험한 화상입니다. 그렇기에 세밀한 검사가 필요했죠."

"무엇을 발견하셨습니까?"

빙빙 돌리는 말을 끊고, 우진은 단도직입적으로 물었다.

"⋯⋯간에 종양이."

"간암이란 말씀입니까?"

움찔. 먹먹하던 심장에 따끔한 통증이 왔다. 갈비뼈 마디마디도 뻐근하였으나 내색하지 않았다.

"저희 병원이 암 전문은 아니라 장담할 수는 없습니다만, 간 모양이 울퉁불퉁합니다. 상태가 꽤 심각하다는 뜻이죠."

"심각하다면 어느 정도?"

"속단하긴 이르지만, 말기일 가능성이 높습니다. 빠른 시일 내 가족분과 연락하여 서울 큰 병원에서 조직검사를 해보시길 권합니다."

"말기라면 증후가 있지 않습니까?"

직전 식사도 거뜬히 비운 양반이다. 심지어 혈기도 왕성하여 병색의 기미는 찾을 수 없었다.

"간암이라는 병이 원래 그렇습니다. 지독히 못됐죠."

아버지의 지병이었던 간경화도 그랬다. 불규칙적인 생활로 병을 키운 잘못도 있으나 간이라는 장기가 원래 침묵의 장기라 했다. 그만큼 이상 증후를 알아채기 힘들다는 뜻이다.

"당사자께서 화재사고로 기억을 잃을 만큼 외상 후 스트레스 장애가 심각합니다. 그래서 제가 참으로 조심스럽습니다. 그렇다고 마냥 두고 볼 사안은 아니라서……."

"말씀하십시오."

말끝을 흐리는 의사의 의중이 간파되었다.

"우선 어르신 심기를 편히 해주십시오. 그러다 넌지시 언급이라도 해주신다면 저로서는 조금이나마 짐을 덜고요."

떠넘기고 싶어 떠넘기는 것은 아니다. 전문 병원도 아닌 입장에서 접근 자체가 조심스러운 것이다. 그의 심경을 십분 이해한 우진은 그러마하고 진료실을 나왔다.

병실로 돌아가는 길이 묵직했다. 복잡한 미로에 갇혀 끝없이 제자리를 도는 기분이었다.

만약.

아버지의 상태를 이런 식으로 미리 전달받았다면 어떤 기분이었을까. 지금보다 더했을까, 덜했을까.

만약.

아버지의 상태를 미리 알았다면 달라졌을까. 조금은 당신 곁에 있으려, 조금은 당신 마음을 헤아리려, 아들로서 노력했을까. 조금은 당신과 부자父子의 시간을 가질 수 있었을까.

"어디 다녀와요?"

맞은편에서 지희가 왔다. 발랄하게 거닐던 그녀가 그를 발견하자마자 쪼르르 달려왔다. 그러곤 해사하게 생글거렸다. 싱그러운 미소로, 우진은 비로소 복잡한 미로에서 탈출했다.

"잠시. 어디 가요?"

"반찬그릇 반납. 그리고 할아버지가 성가시다고 내쫓아서 곧장 댁으로 가야 할 것 같아요."

그녀가 손에 든 보자기 뭉치를 들어보였다. 같이 가요, 라고 말하려던 우진은 도로 입을 다물었다. 차라리 그녀가 없는 편이 낫겠다.

"어르신께 드릴 말씀이 있어서 나는 조금 시간이 걸려요."

"기다려요?"

"먼저 가 있어요. 금방 쫓아갈게요."

"알았어요."

"배웅해줘요?"

우진은 작은 손을 거머쥐었다. 그녀가 도리질했으나 잡은 손을 놓지 않고 정문까지 걸어갔다. 나란히 걸으며 서로의 눈을 들여다봤다. 싱긋, 빙그레. 교차하는 미소가 자연스러웠다.

병실로 가니, 노인은 들쭉날쭉하던 컨디션을 회복했는지 병실 중앙에서 국민체조 중이었다. 헛둘. 헛둘. 기운 넘치는 기합소리가 듣기 좋았다. 저리 건강하신데.

"어르신."

우진은 조용히 불렀다. 노인이 엉거주춤한 자세로 돌아보았다. 진중한 안광에 서린 무게를 대번 알아챈 그가 팔다리를 바로 폈다.

얼마 후, 두 사람은 산책로로 나왔다.

우진은 그를 벤치에 모셔놓고 자판기에 다녀왔다. 뜨거운 김이 모락모락 피어오르는 종이컵을 정성스레 받쳐 건네었다.

"율무차 어떠세요? 커피보다 나을 듯해서."

"좋네. 향이 고소혀."

율무차를 한 모금 홀짝인 노인이 선선히 끄덕였다. 우진이 주었다면 쓴 약도 달다 할 그였다. 강직하고 예의 바른 우진이 제 마음에 쏙 드는 노인이었다.

"니는?"

"저는 괜찮습니다."

"나눠줘?"

"아닙니다."

정중히 사양하자, 노인이 제 옆자리를 손바닥으로 토닥였다. 우진은 그 자리에 바르게 착석하고 적절한 시기를 기다렸다. 율무차를 호호 불어대며 한 모금씩 나눠 마시는 노인에게 단 몇 분간일지언정 마음의 평화를 주고 싶었다.

"팔랑개비는 갔나?"

"팔랑개비요?"

"고거 말이여. 걷는 품새가 꼭 잔나비처럼 팔랑거리잖어. 야무진 것 같으면서도 덤벙거리고, 순둥이 같으면서도 빽빽지 할 말 다 하고."

"아. 팔랑개비를 내쫓았다면서요."

저절로 음색에 웃음기가 묻어나왔다. 그도 지희가 잔나비 같다고 생각했기에.

"하도 성가시게 밥 먹자마자 눕지 마라, 운동해야 된다, 잔소리를 해대서 내쫓았지."

그제야 우진은 그가 뜬금없이 운동을 한 이유를 알아챘다. 피식. 입가에 어리는 미소를 노인이 힐끗 곁눈질했다. 그의 입꼬리도 오묘하게 올라갔다.

"귀엽긴 하지?"

"네."

넌지시 묻는 말에, 우진은 숨김없이 답했다. 심장에 부는 바람을, 봄바람 닮은 바람을 감추고 싶지 않다.

"이리될 줄 알았다니께. 내 첫눈에 알아봤지."

"그러셨습니까?"

"사진을 찍다 보면 말이여. 내 눈에 쏙 들어차는 사람들이 있어. 니그들이 딱 그랬어. 따로따로 둘이어도 하나로 보였어. 둘이 같이 세워놓으면 좋은 그림이 나오겠다 싶었지."

"사진을 찍었어야 했군요."

"그려! 내가 같이 찍으라 했잖어. 하긴 그럼 뭐 혀. 사진관이 홀라당 타버렸는디. 카메라도 깡그리 탔을 테니 찍어주고 싶어도 이젠 못 찍지. 이제야 아쉽지?"

"네."

사실 그때도 아쉬웠습니다.

그래도 어르신 덕분입니다. 만약 사진관에 들어가지 않았다면 그녀와의 시간이 지금처럼 연결되지 않았을 테니.

"나중에 기회 되면 찍어주세요."

"이왕지사 이리된 거 더는 사진 안 찍을 겨. 그 불은 미련 같은 사진을 놓으라는 하늘의 뜻인 모양이여."

섭섭한 기색과 홀가분한 마음이 어우러졌다.

황혼에 물들어가는 볕이 하얗게 탈색된 정수리에 내려앉았다. 불그스름한 노을빛 아래의 그는 하염없이 온화했다. 괴짜 같은 면모는 일체 드러나지 않았다. 어쩌면 이 모습이 그의 진짜 모습이지 않을까, 우진은 생각했다.

"느그 결혼하면 내가 중신 선 거나 매한가지여. 나중에 결혼하면 기필코 내게 인사 와야 혀. 알겄지?"

"그럼요."

"아이고. 결혼 안 한다는 소리는 안 하네? 그새 맴이 그리 된 겨?"

노인의 잇새에서 엉큼한 킬킬 소리가 흘러나왔다. 노인의 추궁에 휩쓸리지 않으려 우진은 담백한 미소로 때웠다.

결혼이라.

서로에 대해 모르는 부분이 많다. 그러나 그보다 더 깊숙한 부분까지 안다. 그러니 앞으로 부수적인 문제는 차근차근 알아가면 될 터이고, 새록새록 덧대어지는 이 소중한 감정만 지키면 될 것이다.

놓치고 싶지 않다. 놓치지 않을 것이다.

"어르신. 가족분과는 연락하지 않으실 겁니까?"

우진은 본론으로 들어갔다. 당신의 기억상실이 거짓임을 안다는 말 대신 에둘러 묻자, 말귀 빠른 노인이 말머리를 돌렸다.

"아버지는 계시지?"

"네."

우진은 거짓으로 답했다. 죽음의 그림자가 움튼 노인에게 죽음을 언급하고 싶지 않았다. 설령 그것이 제 아버지의 죽음일지라도.

"부자夫子 사이는 좋은가? 나는 말이여. 아들과 사이가 그냥 그래."

236 누구에게나
사랑의 순간은 온다.

질문이 아닌 한탄 같은 말이었다. 먼 산의 허공을 더듬는 노인의 안광에 깊은 고뇌가 서렸다.

"내가 융통성 없이 강퍅하여 자식 인생도 좌지우지했지. 그놈 속이 어떨는지 보살필 여유도 없었어. 일도, 결혼도 간섭했구먼."

주워섬기듯 노인이 긴말을 시작했다.

"지 하고 싶은 일도 막고 지 마음에 든 여자와의 결혼도 막고. 잘난 집구석으로 억지 장가를 보내놓고는 내 손 털었다고 오만방자하게 굴었지. 그러다 뒤늦게 내가 아들을 망가뜨린 걸 알았어."

한숨이 섞여든다.

"어느 날 자식까지 있는 놈이 무릎을 꿇고서 울더라고. 늙은 아비 앞에다 두고 죽고 싶다고 아이처럼 엉엉 울더라고. 그간 들끓는 속을 가까스로 부여잡고 살아오다 속병을 앓은 겨, 고놈이."

주름진 턱이 밑으로 당겨졌다.

"면面이 안 서더구먼. 더는 아들을 볼 수 없었어. 그 길로 가출이라는 걸 했다네, 내가."

우스갯소리라는 듯 노인이 키득거렸다. 웃음소리가 공허했다.

"몇 해 되었어. 돌고 돌다 고향과 가까운 이곳에 사진관을 열어 정착해놓고는, 나는 또 이리 내 멋대로 살았다네."

"가족들과는 왕래를 전혀 안 하십니까?"

"자식 놈에게는 잘 있다는 소식을 전했을 겨, 우리 안사람이. 안사람은 두어 차례 다녀갔지. 올봄에 내가 오지 말라 했더니 그 후로는 안 오네. 내 편하라고 그러는 게지. 안사람이 속이 깊어."

"어르신이 안 보이면 아드님이 편하실 것 같으십니까?"

"그러겠지."

대충 던지듯 중얼거리다, 이내 그가 머리를 흔들었다.

"아녀. 그러길 바라지만 고놈은 그러지 못할 겨. 제 자리를 지키며 자신 때문에 아비가 이러고 있다고 자책하고 전전긍긍할 겨. 심성이 착한 놈이여."

마른 목을 율무차로 축인 후, 노인이 부언했다.

"고놈은 내가 아예 없어야 내가 채운 족쇄를 풀 겨. 그래서 내가 세상 떠나는 날 말해주려고. 네 갈 길 가서 맴 놓고 편히 살라고. 너만 생각하며."

우진의 한쪽 눈썹이 실룩했다. 그는 깨달았다. 노인이 이미 자신의 몸 상태를 알고 있음을.

"어르신."

"걱정 마러."

우진의 음색에 담긴 근심을 안다는 듯 그가 단호히 잘라 막았다.

"세상사 사는 대로 사는 겨. 구름 따라가는 사람은 흘러가는 대로 살 테고, 길 쫓는 사람은 돌고 돌다 결국 제 길을 찾을 테고, 흙냄새가 그리워진 사람은 흙으로 돌아갈 테고."

의연하다 못해 태평스런 눈빛이 우진에게로 왔다.

"내는 내 길이 있고, 니그는 느그 길이 있는 겨. 그러니 마음 쓰지 말게."

주름이 자글자글한 손이 스르륵 옮겨왔다.

"짧다면 짧은 인생이여. 누가 안 주는 인생이여. 그러니 그냥 갈 길 가. 애먼 길에서 헤매며 돌아가지 말고, 어디든 흐르면 흘러가는 대로, 마음 가면 마음 가는 대로 가. 그게 편햐."

푸근한 손길이 손자를 보듬듯 우진의 손등을 쓸었다.

"그려도 나는 니는 길게 살았으면 좋겠네. 부질없이 짧은 인생이라 하지만, 좋은 인연과 같이 길게, 길게 살았으면 좋겠네."

쓰다듬듯 두들기고, 두들기듯 쓰다듬었다. 염원하듯이.

— 16. 9. 01.

"드세요."

승경이 산책로 벤치에 앉아 있는 현옥과 영주에게 따뜻한 캔 커피를 건네었다. 감사합니다. 영주가 눈인사하며 미소를 걸었다.

"나는 가 있을게."

"응."

승경이 중환자실 병동을 눈짓하여, 현옥은 끄덕였다. 까닥. 왔을 때처럼 승경이 영주에게 고갯짓하고 돌아갔다.

마치
마법처럼 239

절뚝절뚝. 발바닥이 바닥을 내디딜 때마다 한쪽 무릎이 구부려졌다. 의식하지 않으려 해도 영주의 눈길이 자연스럽게 구부러지는 다리에 꽂혔다.

"사고예요."

현옥이 입을 열었다. 영주는 그제야 승경의 다리를 쫓던 눈길을 거뒀다.

"원래 전기용접 일을 했었는데 일하는 도중 사고가 있었죠. 그나마 빠른 조치를 해서 절단하지는 않았지만, 평생 저리 걷게 되었네요. 일도 못하게 되었고요."

"큰일 날 뻔했군요."

"우리 애 초등학교 6학년 때였어요. 그 사고로 저 사람 투병 기간이 길어서 우리 애가 고생 많이 했어요. 그때부터 일찍 철들어 알아서 공부하고, 대학도 아르바이트와 병행하면서 장학금 받으며 다녔죠. 졸업한 후에는 쉴 틈 없이 회사에서 일하고."

"장한 딸이네요."

"미안한 게 많아요. 여유가 없어서 제대로 된 옷 한 벌 사준 적이 없어요. 뭐든 혼자 해결했어요. 부모가 못나서."

"못나긴요. 자식을 얼마나 사랑하는지 훤히 보이는데. 여유가 되어도 사랑을 주지 못하는 부모가 태반인데."

현옥이 한숨을 쉬자, 영주가 쓴웃음을 지었다.

"우리는 반대예요. 현실적 여유는 넘쳤지만 마음의 여유는 없었죠. 우리 아이는 부모의 온전한 사랑을 받지 못했어요. 아버지의 빈자리가 컸죠. 원체 의젓한 녀석이라 내색한 적은 없지만 속이 얼마나 허했을까요?"

영주의 초점이 제 무릎을 훑었다.

"이런 부모의 영향으로 여자에게 정을 주지 않나, 내심 걱정하고 있어요. 사랑스러운 아가씨와 빨리 결혼해서 좋은 가정을 이루길 바라는데……. 아들만은."

"다 시기가 있다고 하잖아요. 이제 서른둘이라면서요. 걱정 마세요. 잠잠히 있다가 어느 날 불쑥 통보할 걸요? 요즘 애들은 다 그래요."

"그럴까요? 그랬으면 소원이 없겠네."

현옥의 호언장담에 영주의 표정이 한결 밝아졌다.

"딸이 올해 스물여덟이라고 했죠?"

"네. 스물여덟이요."

"우리 아들과는 궁합도 안 본다는 네 살 차이네요."

"아, 그러네요. 정말 딱 네 살 차이네요."

"아이들이 무사히 깨어나면 우리 사돈 맺을까요? 이참에 우리가 중신 서는 게 어때요? 이것도 인연인데."

한껏 기분이 나아진 영주가 별안간 제안했다.

현옥은 화들짝 놀랐다. 명품, 브랜드 이런 종류에 워낙 무심하여 잘은 몰라도 영주는 머리부터 발끝까지 우아한 부티가 흐르는 사람이었다. 또한 언뜻 듣기론 남동생이 모 기업의 대표이사라 들었다.

승경과 초등학교 앞에서 문방구를 운영하며 근근이 먹고

사는 자신들과는 너무나도 거리가 먼 사람들이었다.

"저희는 한없이 부족한데."

"뭐가 부족해요. 저토록 대견한 딸을 두고서. 얼핏 듣기만 해도 탐나는 아가씨인데."

"우리끼리 이러다 잘 안 되면 어떡해요?"

"중신이라는 게 어디 우리 뜻대로 되나요? 요즘은 중매결혼도 제 마음에 차야지 성사되고 그러더라고요. 우리 때처럼 무조건 부모 뜻에 따르지 않아요."

"그렇긴 해요. 자기들끼리 마음이 통해야지."

후후. 웃음을 흩뿌리는 영주의 말을 현옥도 맞장구쳤다. 서로 의지하며 정든 두 어머니가 따스한 온정을 주고받았다.

"우리 아이들의 이 인연이 계속 이어지면 얼마나 좋을까."

영주는 불투명한 유리문을 멀거니 보며 바라듯이, 소원하듯이 중얼거렸다. 현옥도 같은 방향을 보았다. 그러면서 고개를 끄덕였다.

정말 그랬으면 좋겠네.

— 89. 9. 01.

여름 끝물의 봉숭아꽃이 발긋한 제 색을 낸다. 삼거리 모퉁이 화단에 핀 봉숭아꽃 무리를 일별하며, 지희는 만약 누군가 지금의 제 마음 색을 표현하라 한다면 '저거!' 라고 당당히 외치고 싶었다. 저토록 단아하고 어여쁜 핑크빛이라고.

왜? 라고 묻는다면,

사랑에 물들었나 봐요. 라고 대답해야지.

자문자답하며 혼자 노는 자신을 내면의 자아가 심히 부끄러워했다. 그래도 마냥 좋았다.

20년을 지낸 경호와도 사랑을 언급한 적 없음에도 만난지 고작 4일 된 남자에게 사랑이라는 단어가 거부감 없이 떠오른다. 시간 개념을 잊은 감정에서 비롯된 거다. 시간보다 감정이 중요하기 때문에. 사랑이라 사랑이니.

"뭐 한다고 씻어와. 병원에서 씻기도 번거로웠을 텐디."

저녁 손님을 일찍 치른 인정식당은 한가했다. 짐짓 나무라는 투였으나 깔끔히 설거지된 반찬통을 거둬들이는 아주머니의 광대는 볼록 솟아났다.

"설거지 개수대 있어요."

"하여간 서울 사람답지 않게 야무져. 누가 데려갈 건지 그 신랑 복 받은 겨."

지희는 무심코 신랑, 이라는 단어에 우진을 떠올렸다. 자연스레 그를 대입하는 자신의 설레발이 우스웠으나 내버려두었다. 뭐 어쩌랴. 지극히 개인적인 상상인데.

"그 양반 검사결과는?"

"모르겠어요. 근데 활기는 펄펄 넘치세요. 웬만한 장정도 거뜬히 이기실 걸요?"

"이기고도 남지."

너스레 떨자, 아주머니가 맞장구쳤다.

겉으로 드러나는 밝은 표정과 달리 지희의 속내는 복잡

했다. 사실 우진에게 풍기는 무거운 분위기를 감지했었다. 또한 자신을 먼저 보내는 이유가 검사결과 때문임을 짐작했다. 선뜻 전하지 못할 만큼 좋지 않은 결과인 게 분명하여 모른 척 왔을 뿐이다.

"그나저나 그 양반 돌보느라 애먼 서울 사람들이 고생하네. 동네 사람들도 외지 사람이라고 그 양반한티 무심헌디. 원래 이럴 때는 촌사람들이 야박한 법이여."

"고생은요. 하나도 고생스럽지 않아요."

지희는 가뿐히 어깻짓 했다.

"이쯤에서 적당히 빠져. 여적 그리 봉사했으면 할 만큼은 한 겨. 어차피 여행 온 거 아녀? 왜 애먼 곳에서 엉뚱하게 시간을 허비혀."

"여기도 좋아요."

그를 만났으므로. 그와 함께이므로. 그곳이 어디든, 어디든 간에.

"그리고 할아버지가 병원에서 퇴원하실 때까지는 지켜드리고 싶어요. 가족도 안 계시잖아요. 기억도 잃으시고."

"하여간 오지랖은."

핀잔주는 표정이었으나 음색에는 정감이 넘쳤다. 날로 각박해지는 세상에서 살아가는 게 간혹 징글징글할 때가 있다. 그럼에도 살 수 있는 건 그 안에서 피어나는 온정이 있고, 싹트는 사랑이 있어서다. 지금과 같이.

병원 잠이 불편하면 우리 집에 와서 자. 나야 우리 민서랑 둘이 살아서 방이 비어. 우리 민서는 17살이나 먹은 게 뒤늦게 사춘기가 왔나 벼. 나쁜 친구들이랑 어울리는 거 같기도 혀. 아비 없이 자란 티 난다고 흉볼까 싶어 갖은 애를 썼는디, 그럼 뭐 혀. 내 바람대로 안 되는 것이 자식인디.

김치 담근다며 배추를 다듬는 아주머니의 수다가 길어졌다. 지희는 바쁜 그녀를 도와주며 두런두런 수다도 들어준 후에야 식당을 나섰다.

그사이 밤 시간이 되었다.

태양이 산자락 밑으로 완전히 꺼진 후라 거리는 온통 캄캄했다.

삼거리를 걸어가며 잠시 갈등했다. 조금 더 가면 빛 없는 논길이고 빛 없는 들길이다. 차라리 병원으로 돌아가 우진과 함께 다시 올까 싶었다.

그러나 연약한 여자인 체하는 건 내면의 자아가 용납지 않았다. 설사 연약할지언정 극복할 수 있는 문제는 스스로 헤쳐 나가야 된다. 지금까지 그래 왔고, 앞으로도 그럴 것이다.

"음!"

지희는 주먹을 불끈 쥐고 기개 넘치게 기합을 넣었다. 씩씩하게 어둑한 주택가 골목의 앞길을 지날 때였다.

"싫어!"

앙칼진 외침이 들렸다. 가는 톤의 여자 목소리.

반사적으로 소리의 방향을 확인했다. 어스름한 가로등 아래 교복 입은 여학생과 건들거리는 남학생 둘이 있었다. 여학

생이 싫어, 라고 연거푸 웅얼대며 도리질했다. 흔들리는 단발
머리에는 분홍 머리핀이 꽂아져 있었다.

　멈칫.

　민서다. 조금 전까지 인정식당 아주머니로부터 귀에 딱지
가 앉을 정도로 들었던, 우리 민서.

　민서와 남학생 둘. 그들에게서 무언가 굉장히 위험스러운
분위기가 풍겼다. 섣불리 끼어들 수 없어, 지희는 소리 없이
담벼락에 등마루를 붙였다.

　"먼젓번에도 도망가더니 또 이러네. 너 자꾸 이런 식이면
내가 가만 안 둔다고 했지? 시키는 대로 안 해!"

　"정말 무섭단 말이야."

　남학생이 으름장을 놓자, 민서가 울먹거렸다.

　엿듣는 지희의 심장이 쿵쿵 뛰었다. 민서 걱정으로 그늘
진 아주머니의 말소리가 귓가에 윙윙거렸다.

　'요것이 뭔 사고를 쳤는지 자꾸 학교를 빠지고…….'

　'나쁜 친구들과 어울리는 것 같기도 혀.'

　혹시? 나쁜 친구들과 어울리는 것이 아니라 나쁜 녀석들
에게 엮인 게 아닐까. 그 두려움으로 학교도 못 가고.

　"망만 보는 건데 뭐가 무서워? 망만 보라니까!"

　"누가 오면 어떡해…… 나보고 어떡하라고……."

　윽박지르는 남학생이 험악했다. 민서가 주눅 들었다. 이게.

누구에게나
사랑의 순간은 온다,

남학생이 때리는 시늉으로 주먹을 들었다. 민서의 어깨가 좁게 움츠러들었다.

"그 집 비어 있다고! 어차피 그 할아버지 혼자 살고 지금 병원에 있잖아! 오긴 누가 와? 그리고 내가 금방 끝날 거라고 했지?"

"그때도 아무도 없다고 했잖아. 근데 할아버지가 계셨잖아. 너희들은 불까지 지르고……."

철렁. 심장이 내려앉았다.

연이어 화재 당일 밤 도망가듯 뛰어가는 민서와 마주쳤던 일이 상기되었다.

할아버지. 혼자. 병원. 불. 민서.

단어의 조합이 절묘하게 사진관 할아버지 상황과 맞아떨어졌다. 경찰은 단순 누전으로 인한 화재로 결론 내렸으나 실제 원인은 녀석들의 방화였다.

지희는 주변을 훑었다.

휴대폰은 없었고, 캄캄한 거리는 사람은커녕 기척도 없었다. 지척에 경찰서가 있었지만 다녀오는 사이 무슨 일이 벌어질지 모른다. 우왕좌왕하다 정작 중요한 순간을 놓칠 수 있다. 제 판단이 옳길 바라며, 지희는 우선 숨죽이고 대기했다.

"고의 아니라니까! 이 병신 같은 새끼가 실수해서 불난 거라고. 그리고 이번에는 진짜 아무 일 없을 거야. 그러니까 빨리 가자."

"……한 번만 봐줘. 내가 다른 건 시키는 대로 다 했잖아.

이번에는 그냥 너희들끼리 가면 안 돼? 진짜 아무도 없다면 내가 망 안 봐도 되잖아. 너희끼리 빨리 훔쳐서 나오는 게……."

"이게 진짜 성질 돋게 하네!"

쫘—

일순 살갗과 살갗이 부딪치는 매서운 소음이 들렸다.

섬뜩한 소름으로 지희는 부르르 떨었다. 아랫입술을 와락 깨물고 슬며시 안쪽으로 고개를 틀었다.

족제비처럼 생긴 남학생이 억세게 민서의 목덜미를 잡아채고 있었다. 우악스러운 힘으로 민서가 비틀거렸다. 휙. 족제비가 던지듯 놓자마자 민서가 털썩 주저앉았다.

"야! 김민서! 너 요즘 곧잘 대든다? 내가 지금 너한테 부탁하는 거로 보이냐?"

"잘못했어."

"일어나."

살기 어린 명령에 민서가 비척비척 일어났다. 족제비가 뻐근하다는 듯 목을 돌리며 다른 놈에게 '담배 내놔'라고 했다. 다른 놈이 교복 재킷 주머니에서 담배를 꺼내 건네었다.

"잘못했으면 맞아야지. 그치? 이거 피고 너 좀 맞자."

족제비가 위협적으로 민서의 정수리를 손바닥으로 탁탁 두들겼다. 무기력한 인형처럼 민서가 두 눈을 질끈 감았다.

더는 시간이 없다.

지희는 무작정 담벼락에서 몸을 뗐다. 두려움이 앞섰으나 무자비한 폭력 앞에 놓인 민서를 내버려둘 수 없었다. 무조건 구해야 된다는 생각만 들었다.

"어머! 너무 늦었네. 큰일 났네."

타다닥. 뛰어온 것처럼 제자리에서 땅바닥을 빠르게 밟은 후, 지희는 불쑥 골목으로 진입했다. 자신들의 영역으로 어른이 나타나자, 그들이 정지했다. 두 녀석이 딴청 피우듯 민서에게 떨어져 얼굴을 맞대고 담뱃불을 붙였다. 민서는 아린 뺨을 손바닥으로 가린 채 굳어 있었다.

"늦었어. 늦었어."

지희는 일부러 혼잣말을 크게 했다.

서둘러 걷는 척하며 그들 가까이 갔다. 간격이 좁혀질수록 심장박동이 거세어졌다. 티 내지 않으려 애쓰며 태연자약 손목을 들었다. 손목시계를 보는 척 눈길을 내리깔고 여러 개의 발을 살폈다.

민서는 왼쪽, 녀석들은 오른쪽.

"뛰어!"

주저 없이 왼쪽으로 옮기며 민서의 손목을 낚아챘다. 경악한 민서의 동공이 번쩍 열렸다. 지희는 단단한 눈초리로 까닥 고갯짓하며 빠르게 다리를 뻗었다.

머뭇거리던 민서가 그녀를 알아보았다. 이내 민서의 다리도 크게 움직였다. 제 손목에서 뗀 손을 활짝 펴주는 지희의 손을 맞잡았다. 굳게.

10화. 좋은 아침이다

사진관 노인이 잠들었다. 내심 심란한지 여러 차례 뒤척
거리다 간신히 잠든 것이다. 우진은 잠든 그의 이부자리를 꼼
꼼히 체크한 후에야 병실에서 나왔다. 산 중턱 단독주택에 홀
로 있을 지희가 걱정되어 걸음이 조급했다.

어느덧 논두렁길에 도달했다. 걷는 길이 자못 허전했다.
옆구리가 시리다는 표현이 실감 났다. 픽. 걷다 말고 웃는 법
도 없는데 웃음도 났다. 공연히 머쓱하였으나 입술에 묻어나
는 미소를 지우지 않았다. 실없는 남자도 해볼 만하다.

"……야!"

들길에 들어섰을 때였다. 불현듯 갯물소리를 짓누르는 고
성이 들려왔다. 고개가 반사적으로 돌아갔다.

냇가가 넓어지는 지점에는 콘크리트 다리가 있었다. 키 큰
가로등 세 개가 서치라이트처럼 다리를 훤히 밝혔다. 암흑의
배경과 명암이 뚜렷하여 유독 그곳만 선명했다. 한데 다리는

휑하니 비어 있었다.

잘못 들은 건가.

무심히 고개를 돌리려는 찰나, 좌측 다리 끝에서 가냘픈 몸매의 사람이 나타났다. 찰랑찰랑 흔들리는 고운 머릿결, 나풀거리듯 뛰는 동작, 낯익은 옷차림새.

지희?

주위는 어둡고 거리가 상당했으나 우진은 한눈에 알아보았다. 제 심장에 아로새겨진 여자이기에 당연한 거였다.

왜 저기서.

지희는 혼자가 아니었다. 교복 차림의 단발머리 여학생과 손을 잡고서 달리고 있었다. 무엇에 시달리는지 달리면서도 두어 차례 뒤를 경계했다.

"……팔! ……잡히면 죽을…… 알아!"

뚝뚝 끊기는 고성이 좌측에서 메아리처럼 날아왔다. 머지않아 두 사내 녀석이 사나운 욕설을 내지르며 뛰쳐나왔다. 그들의 삿대질이 앞쪽으로 향해 있었다. 지희는 쫓기고 있었다.

일순 우진은 달렸다.

가늠되지 않는 상황이었으나 무작정 뛰었다. 이동거리를 단축하려 들길 아래 억센 풀숲을 헤쳤다. 밤잠 자던 반딧불이가 지레 놀라 날개를 폈다. 좌르르 떠오르는 노란 꼬리불이 호위하듯 그를 쫓았다.

첨벙— 발이 차디찬 냇물을 밟았다. 종아리까지 물살이 덮쳤으나 속력을 늦추지 않았다. 거침없이 냇물에서 빠져나와

억새가 우거진 들판을 가로질렀다.

달렸다.

무조건 그녀에게.

오롯이 그녀를 보호하기 위해.

지희는 욱신거리는 가슴팍을 주먹으로 눌렀다. 숨이 턱까지 차올랐고, 갈비뼈 안쪽에서 발딱발딱 통증이 일었다. 손바닥에서 땀이 흥건하게 묻어나와 자칫 민서의 손을 놓칠 것 같았다. 그래서 제 손에 온 힘을 실었다.

길을 잘못 들었다.

운 나쁘게도 주택가 골목을 벗어나는 동안 주민을 만나지 못하였고, 선회하여 경찰서로 갈 생각이었으나 초행길이라 잘못된 방향으로 움직였다. 논길과 흙길을 내리달리다 도달한 지점은 냇가 위 짧은 다리였다.

"시팔! 니들 가만 안 둬! 잡히면 죽을 줄 알아!"

약이 바짝 오른 녀석들의 추적은 끈질겼다. 그도 그럴 것이 난데없이 나타난 웬 여자가 자신들의 먹잇감을 가로채갔으니.

"헉헉."

민서의 눈망울은 발갛게 익어 있었다. 저런 놈들에게 쫓기는 자신의 처지가 서러운 모양이었다. 지희는 마른 입술을 달싹거렸다.

"괜찮아. 도와줄 사람이 있을 거야."

지희는 제 숨도 벅차면서 아닌 척 씩씩하게 다독였다. 어린 민서를 잡아끈 건 자신이므로, 자신이 책임져야 한다는 일념뿐이었다.

"하아."

적막한 2차선 국도가 나타났다. 가까운 거리에는 인가도 없을뿐더러 반대편은 가드레일이 막고 있었다. 그런데 가드레일 너머는 칠흑의 논밭이었다. 최악이다.

"저쪽으로 가자."

국도를 건너 가드레일을 따라갔다. 가다 보면 길이든 집이든 나타나겠지. 사람 사는 마을인데 적어도 한 사람이라도 나타나겠지. 그리 믿고 싶었다.

"악!"

그때 다리 풀린 민서가 고꾸라졌다. 민서야! 지희는 주저앉은 민서를 부여잡았다. 울퉁불퉁한 아스팔트에다 쓸린 민서의 무릎에서 검붉은 피가 배어 나왔다.

"언니. 나, 나는 못 뛰겠어요."

"안 돼, 민서야. 조금만 더 가자."

지친 민서를 일으키려 했으나 흠씬 젖은 솜뭉치처럼 민서가 늘어졌다. 지희도 이미 지칠 대로 지쳐 있었다. 민서를 부착하여 도망치기에는 힘이 부쳤다.

"아! 시팔. 더럽게 질기네!"

드디어 꼬리가 밟혔다. 족제비 녀석이 바로 뒤에 나타났다. 민서의 까진 무릎을 좇은 녀석의 눈매가 비릿하게 일그러졌다.

"언니. 언니는 그냥 가요."

"뭐?"

민서가 지희 허벅지를 힘겹게 밀었다.

"쟤 진짜 무서운 놈이란 말이에요. 괜히 휘말리지 말고 언니라도 도망가요. 어차피 쟤 목표는 나니까."

벌벌 떠는 주제에 언니는 가라 한다. 기껏 같이 도망 와놓고 자신은 버리라 한다. 장성한 사내 녀석과 맞대응하기에 신체적이나 체력적으로 한계인 건 맞다. 그러니 민서의 말대로 따르는 것이 이득일 것이다.

"어쩌니."

한 사람이라도 손해 안 보려면.

"이 언니 감동해서 못 가겠다야."

이런 호기 옳지 않아.

"그리고 말이야. 나는 네 엄마한테 공짜 밥 얻어먹은 값은 해야 돼. 양심이 있지."

무모한 선택인 줄 안다. 제 힘을 과신하는 것도 아니다. 다만 득실보다 옳고 바름을 따르고 싶다. 추악한 늑대에게 잡혀 먹힐 위기의 어린 양을 외면할 수 없다. 힘없는 양치기일지언정.

"꺼져라."

지희는 시간을 끌려고 가드레일 부근에 박힌 돌덩이를 들었다. 그러곤 민서 앞을 가로막고서 껄렁껄렁 다가오는 녀석과 대치했다. 구부정하게 상체를 구부린 녀석은 자못 느긋했다.

상대를 얕잡아 보는 데서 나오는 여유였다.

"어쭈? 그 돌 들고 뭐 하시게? 나 찍게?"

"응. 가까이 오면."

전혀 위축되지 않는 지희의 태도에 녀석이 하하, 목젖이 보이도록 조소했다.

"어유, 성격 마음에 들어. 누나 몇 살이야? 우리랑 놀래?"

"내가 너랑 놀 나이가 아니거든?"

지희는 사뭇 태연한 척 턱을 세웠다. 돌덩이가 부르르 진동했다.

뒤늦게 다른 놈도 도착했다. 체력이 바닥난 놈은 무릎을 굽혀 앉았다. 헐떡거리는 친구를 못마땅하게 일별한 족제비가 지희 면전까지 왔다.

"배짱도 좋다, 누나. 우리 동네 사람은 아닌 것 같은 데 어디서 왔나? 서울에서 왔냐?"

거들먹거리는 손이 쓰윽 올라왔다. 지희는 무심코 눈을 질끈 감았다.

그때.

"당장 떨어져!"

둔탁한 구둣발소리와 엉킨 허스키한 저음이 들렸다. 잇따라 쏜살같이 다가온 그림자가 튕겨내듯 족제비의 뒷등을 힘껏 밀었다. 기습적인 공격으로 족제비가 억! 소리를 내며 휘청했다. 큰 그림자가 연달아 족제비의 팔목을 움켜쥐어 등으로 꺾었다. 퉁. 탁한 소음을 동반하여 족제비의 상체가 가드레일에 박혔다. 족제비는 목덜미가 짓눌린 상태로 꼼짝 못했다.

"네놈들 뭐야?"

우진이었다. 위압적으로 족제비를 누르며 그가 가쁜 눈동자를 돌렸다.

"당신, 괜찮아?"

"······네. 네."

지희는 울컥했다.

슈퍼맨처럼 갑작스럽게 등장한 우진을 보자마자 눈시울이 따끔거렸다.

"아씨! 너 새끼 뭐 해!"

옴짝달싹 못하면서 족제비가 친구에게 눈알을 부라렸다. 돌발 상황에 당황하여 엉거주춤하던 친구 놈이 그제야 움직였다. 우진은 양손으로 족제비를 제압하고 있었기에 방어할 수 없는 상태였다.

"오지 마, 너!"

지희는 즉시 돌덩이를 그놈에게 던졌다. 뜬금없이 날아온 돌덩이를 피하느라 놈이 저만치 물러났다. 용감무쌍한 대처에 우진이 되레 놀랐다. 그가 한쪽 눈썹을 들썩이며 보아, 지희는 별거 아니라는 듯 거만스레 어깨를 으쓱했다.

삑삑.

맞은편 도로에서 사이렌 소리가 들렸다. 마을을 순찰하던 경찰차였다.

"무슨 일입니까?"

도로변에 정차한 경찰차의 운전석 창문이 열렸다. 인정경찰서에서 만났던 이휘철 경장이었다.

"으악!"

경찰을 보자마자 족제비의 친구 놈이 후다닥 반대편으로 달아났다. 족제비는 족쇄 같은 우진의 손에서 벗어날 수 없었다. 이상한 낌새를 눈치챈 이 경장이 차에서 내렸다. 상황이 종료되었다.

—16. 9. 01.

동석의 발은 무거웠다. 산책로의 블록길이 개펄처럼 푹푹 빠지는 기분이었다. 몇 시간째 머릿속에서 혜선의 전언이 둥둥 떠다녔다. 동석 자신을 지키라고 우진이 당부했다는 그 말이.

자식.

날 얼마나 무시하기에. 이건 하극상이나 진배없다고.

투덜거리고는 있지만 인정은 되었다. 지금까지 자신의 삶을 지탱해온 것은 자신이 아니라 조카 우진이었으므로.

—삼촌.

상념을 깨우는 전화가 왔다. 발신자는 우진의 세 살 터울 누나면서 동석과는 열 살 차이 나는 조카 나연이었다.

—우진이는?

음색이 서글펐다.

아버지 발인 후 캔버라 주재원으로 파견된 남편과 한국을 떠난 나연이었다. 진즉 우진의 사고 소식을 접하였으나, 추운 현지 날씨에 적응 못 한 7살 아들이 탈이 난 바람에 귀국할 사정이 여의치 않았다. 오고 싶어도 올 수 없어 애달픈 누나였고, 보지 못하여 곱절로 불안에 떠는 조카였다.

"그대로야. 자고 있어."

동석은 으레 대수롭지 않다는 듯 둘러댔다.

—머리 다친 건?

"CT상으론 뇌진탕이나 뇌출혈 증상은 없단다. 뇌 이상은 발견되지 않는다고 했으니까 너무 걱정 마. 그냥…… 녀석이 무진장 피곤했나봐. 긴 잠을 자네?"

동석은 우습지도 않은데 부러 가벼운 콧소리를 냈다.

—삼촌은 이 판국에도 그런 농담이 나와? 벌써 4일째 의식 불명이잖아. 당장 무슨 일이 일어날지도 모르는…….

"안 일어나."

나연의 볼멘소리를 동석은 단박에 잘랐다.

"절대 아무 일도 안 일어나."

거듭 강경히 강조했다.

—그래…….

흐르듯 들려오는 울림이 파르르 떨렸다. 긴 파장을 일으킨 울림은 동석의 내장에 깊은 스크래치를 남겼다.

"나연아. 우진이는 내가 지킬 거야."

지금까지 이 못난 삼촌 지키느라 애썼다, 우진아. 그러니 이제부터는 내가 널 지킬 거다. 철부지 삼촌이 이제야 철 좀 들려나 보다.

　―응, 삼촌.

　울기를 간신히 참아내는 대답이 넘어왔다.

　"기필코 지켜낼 거야. 그러니 걱정 마."

　―응, 삼촌.

　같은 대답밖에 할 수 없는 건 감당 안 되는 비통함 때문이었다. 말을 잇지 못하는 건 복받치는 설움 때문이었다.

　동석은 구구한 말을 잇지 않고 통화를 끝냈다.

　한참 동안 우두커니 선 채 먹빛 하늘을 멍한 안광에다 담았다. 깊숙한 하늘 중심에는 유난히 밝게 발광하는 북두별이 있었다. 그 어떤 장애에도 제자리를 지키는 꼿꼿한 북두별이.

　우진아.

　그 누구보다 빛나던 너니, 그 누구보다 꼿꼿하던 너니, 그 암흑을 버텨내라. 저 심원한 암흑에서도 제 빛을 발하는 별처럼.

　나는 기다릴 거다.

　네가 오는 날이 더디더라도 기다릴 거다. 그러니 오기만 해라. 그날이 한 달이 되던, 일 년이 되던, 괜찮다.

　오기만 하면 괜찮다. 괜찮은 거다.

　우진아.

— 89. 9. 01.

그릇된 판단은 걷잡을 수 없는 파문을 일으킨다. 철없는 녀석들의 경우가 그랬고, 모든 잘못은 우매한 어른들로부터 비롯된 것이었다. 사건의 발단은 사진관 노인이 버드나무집에 고급스러운 한옥을 세우면서였다. 동네 어른들이 쉴 없이 그의 재력을 입방아 찧었다.

서울에서 돈을 많이 번 양반이라더라. 비싼 카메라도 많고 고가의 골동품이 천지라더라. 그뿐이냐, 돈다발을 쌓아두고 산다더라.

뜬소문은 비뚤어진 아이들의 구미를 당기기엔 충분했다. 녀석들은 사진관에서 몇 푼의 현금을 훔칠 계획을 세웠다.

화재 당일이 그날이었다. 노인이 암실로 들어가면서 바깥 조명을 내린 바람에 사진관이 비었다고 판단한 아이들은 민서를 불러내어 망꾼 노릇을 시켰다. 그리고 사진관에 잠입했다. 화재는 명백히 실수였다. 어두워 라이터를 켰다가 일어난 일이었다. 불이 번지자마자 달아났고, 민서 입단속을 시켰을 뿐이다.

화재사고는 이틀 만에 단순 누전으로 판명 났다. 자신들의 범죄가 밝혀지지 않자, 아이들은 더욱 대담해졌다. 노인의 입원으로 비어 있는 버드나무집을 목표로 삼았다. 여지없이 망꾼 역할은 만만한 민서였다. 시행 직전, 지희가 나타난 바람에 모든 일이 발각되어 2차 범행에 실패했다.

사진관 방화용의자이면서 절도미수자인 족제비는 즉시

경찰서로 넘겨졌고, 도망친 놈은 공범으로 긴급 소재파악에 들어갔다. 의리 없는 족제비가 의리 없는 친구 놈의 신상을 낱낱이 까발렸기에 잡히는 데는 시간문제였다.

민서는 피해자였다.

어려서부터 예쁘장한 외모로 마을에서 눈에 띠던 민서였고, 족제비는 그런 민서를 마음에 두고 있었다. 고등학교 진학을 하였는데 하필 족제비와 같은 반이 되었다. 득달같이 집적거리는 족제비를 민서는 질색했다. 강하게 거부당한 족제비는 그 후부터 민서를 괴롭히기 시작했다. 심부름꾼 역할은 물론이거니와 제 뜻에 어긋나면 거친 폭력까지 행사했다.

민서는 무서웠다. 그러나 도움을 청할 만한 사람이 없었다. 보호해줄 남자 가족도 없을뿐더러 가장의 역할로 고생스러운 엄마에게 걱정을 끼치고 싶지 않았다. 그래서 아무에게도 털어놓지 못하고 그 고초를 견뎌왔다.

"민서야!"

소식을 접한 인정식당 아주머니가 혼비백산하여 달려왔다. 김치 무치다 말고 왔는지 고춧가루 범벅이 된 앞치마를 벗지 않은 채였다. 자식 걱정으로 파리하게 질린 낯빛은 안쓰러울 지경이었다. 그러나 자식 앞에서는 꿋꿋한 어미였다.

"너 이 새끼! 이 후레자식! 우리 딸 근처에 한 번만 더 얼씬했다봐라. 네놈 종자 씨를 말려버릴 거!"

족제비의 등짝을 갈기며 으름장을 단단히 놓았다. 그리고 그간 고생스러웠을 딸을 보듬었다. 민서는 비로소 제 엄마 품에서 펑펑 서글픈 눈물을 쏟았다.

"고마워. 내 이 은혜를 어찌 갚을 겨."

"맛있는 밥 주셨잖아요."

사건 정황을 상세히 들은 아주머니는 눈시울을 붉혔다. 지희와 우진의 손을 부여잡고 거듭 고맙다는 소리를 했다. 지희는 공연히 멋쩍어 넉살을 떨었다. 그러면서 그녀의 눈가에 맺힌 눈물을 다정히 훔쳐내었다.

엄마 손에 이끌려 조기 인계되는 민서가 경찰서를 나서다 말고 돌아보았다. 그러곤 입 모양으로,

'고마워요, 언니.'

라고 말했다. 인사를 건네는 민서의 표정이 큰 짐을 덜어 낸 것처럼 홀가분했다.

지희는 하마터면 왈칵 눈물을 쏟을 뻔했다. 감격스러웠다. 겁 없이 덤비고 죽도록 달린 보람이 있었다.

자정이 넘은 시각.

지희와 우진은 참고인 진술을 마치고 경찰서를 나왔다. 늦은 밤이라 노인과의 대면은 내일로 미루고 예정대로 버드나무집으로 갔다. 암흑의 시골길을 되돌아가는 동안, 우진이 곁에서 지켜주었다.

지희는 마냥 든든했다. 하나 우진의 입술은 줄곧 뚝뚝하게 다물려 있었다. 그는 불편한 심기를 여실히 드러내고 있었다. 그의 심중을 간파한 지희는 일부러 모른 체 딴청 피웠다.

"민서는 앞으로 별일 없겠죠? 녀석들이 더는 민서를 괴롭

히지 못할 테니."

"네. 그럴 겁니다."

역시 대꾸가 심드렁하다. 그럼에도 질문을 무시하지 않는다.

"아주머니가 민서 걱정을 많이 하셨어요. 민서가 제자리를 찾으면 아주머니도 한시름 놓으시겠죠. 한편으로는 다행인 일이에요."

"나도 걱정스럽습니다. 신지희 씨."

별안간 우진이 정색하며 우뚝 멈추었다. 드디어 올 것이 왔다.

"겁이 없는 겁니까? 무모한 겁니까?"

저도 모르게 지희는 학생주임에게 벌서는 학생처럼 정자세로 섰다.

"사내 녀석이 둘이었습니다. 그놈들을 당신이 감당할 수 있을 거라고 생각했습니까? 뭘 믿고 그렇게 대책이 없습니까? 주위 상황을 살피고 도와줄 사람을 찾는 것이 먼저였습니다."

"아무도 없었단 말이에요. 휴대폰도 없고."

그러고 보니 이곳에 도착한 이래 휴대폰을 만진 적 없다. 아예 전원이 꺼진 상태로 가방에 있다. 그 가방마저 노인의 집에다 두고 왔다.

"진짜, 진짜 긴박한 상황이었어요. 당장 민서가 위험했다고요. 무모한 건 맞는데 무턱대고 저지른 건 아니에요. 민서랑

마치 마법처럼

도망쳐서 경찰서로 가려 했는데⋯⋯."

"했는데?"

"길을 몰라서 잘못 간 거죠. 그리고 길 가는 사람이라도 붙잡고 도움을 청할 작정이었어요. 아무도 못 만나서 그렇지. 무슨 동네에 사람이 안 지나다녀."

지희는 불쌍한 척 어깻죽지를 늘어뜨렸다. 동정표를 얻으려는 심산이었으나 되레 그가 콧방귀를 뀌었다. 아, 안 먹힌다. 다정할 때는 무진장 다정하더니, 깐깐할 때는 무진장 깐깐하다. 노인 양반에게 예쁨 받더니 닮아가나 보다.

"내가 만약 당신을 보지 못했다면 어쩔 뻔했습니까? 당신이 잘못되기라도 했다면⋯⋯."

"찾아줬잖아요."

지희는 작전을 변경했다.

"슈퍼맨처럼. 얼마나 멋있었게요. 최고로 멋있었어요."

와락 다부진 허리를 끌어안고 초롱초롱 올려다봤다. 돌발적인 포옹에 그가 기막혀했다. 살갑게 휘어지는 눈동자를 어이없어하던 그가 냉담히 눈꺼풀을 내리깔았다.

"애교로 어물쩍 넘어가려 하지 마십시오. 안 넘어갑니다."

"그래요?"

애교로 보인다는 거지? 이미 반은 넘어왔다는 소리다.

지희는 뒤꿈치를 바짝 들어 얼굴을 들이밀었다. 마땅찮은 듯 찌푸린 얼굴 가까이로 들이밀자마자 제 입술을 붙였다.

쪽.

"이래도?"

"그래도."

실룩. 그의 목울대가 미세하게 울렁였다. 70% 성공.

"이러면?"

지희의 뒤꿈치가 다시 들렸다.

이번에는 가벼운 입맞춤보다 조금 더 진하게 그의 윗입술을 베어 물었다. 달싹거리는 보드라운 감촉으로 우진의 눈썹이 꿈틀했다. 넓은 가슴팍도 깐닥깐닥 오르내렸다. 고지가 눈앞이다.

뒤꿈치를 내리려는 찰나.

"하려면 제대로."

일순 그가 지희 허리춤을 손바닥으로 눌러 당겼다. 활처럼 허리가 휘어지며 지희 얼굴이 드러났다. 곧장 그가 제 입술을 갖다 붙였다. 장난치듯 깨작거리던 입맞춤이 만족스럽지 못하였는지.

밀고 들어오는 키스의 강도는 제법 셌다. 의외로 거친 남자.

지희는 기꺼이 받아들였다. 두 번 다시 오지 않을 만회의 기회였으므로 그의 허리를 끌어안은 양팔에 힘을 주며 제 몸을 붙였다. 적극적인 반응의 의도를 눈치챈 그의 입술 끝자락에 웃음이 묻어났다. 입꼬리를 올린 입술이 말랑거리는 혀를 슬쩍 밀어냈다. 그러더니 치아로 지희의 아랫입술을 깨물었다.

"아."

지희는 짐짓 아프다는 시늉을 내었다. 실상은 하나도 아프지 않았지만.

"픽."

이번에는 먹혔다. 그가 흘리듯 소리웃음을 내었다. 웃음 소리가 듣기 좋아, 지희는 입술을 배시시 벌렸다.

동시에 두 입술이 만났다. 늘어난 눈꼬리만큼이나 늘어난 입술이 서로의 온기를 감았다. 화낸 것이 거짓말처럼 그가 제 잇속으로 지희 혀를 끌고 들어가 마음껏 취하였다. 비로소 애정이 그득 담긴 키스가 시작되었다.

논두렁 어딘가에서 개구리가 울었다. 야심한 밤 논두렁길에서 야한 키스를 나누는 그들을 샘내듯 크게 울었다.

— 89. 9. 02.

빛이 강렬한 아침이다. 잠을 방해하는 빛으로 눈을 뜨니 청량한 체향이 섞인 새근새근한 숨소리가 들린다.

깜박깜박 눈을 뜬 지희는 턱을 들었다. 고운 잠이 든 남자의 얼굴이 바로 보였다. 살며시 손가락을 올려 그의 입술을 가만가만 보듬었다. 감촉이 좋다. 평온한 안식이 번진 표정은 더 좋다.

지희는 꼬물꼬물 올라가 그의 입술에 부드럽게 입을 맞추었다. 행여 그의 단잠을 방해할까 싶어 스치듯 짧게. 그런 후에 이부자리에서 나오려 꼬물꼬물 상체를 틀었다.

"오늘은 도망 못 가요."

느슨하던 팔이 갈고리처럼 허리를 감아 당겼다. 뒷등이 넓은 가슴팍으로 폭 감겨 들어갔다.

"어? 깼어요? 언제부터?"

"아까부터."

"뭐야, 자는 척 연기한 거야?"

받침대인 양 지희 정수리에다 턱을 올려놓은 그가 대답 대신 쿡, 웃었다. 의외로 엉큼한 남자이구만.

"좀 더 자요."

"자려면 같이."

"난 한 번 깨면 못 자요."

"나도 그래요."

우진이 으레 단호하게 말했다. 지희는 까닥, 고개를 움직여 넘겨다봤다.

"그럼 일어나요."

"것도 싫어요."

"응? 그럼 뭐 해요? 이러고 있어요? 계속?"

"음. 좋은 생각."

그가 지희 몸을 더 깊숙이 당겼다. 등마루에 따스한 온기가 바짝 붙었고, 굴곡진 엉덩이 골짜기에 그의 하체가 틈 없이 붙었다. 이른 아침 빛이 비쳐드는 공간에서 시작되는 맨살과 맨살의 밀착은 가히 관능적이었다.

그의 손가락이 배꼽 근처로 걸어왔다. 그러곤 심심하다는 듯 배꼽 근처를 빙빙 걸어 다니며 놀기 시작했다.

"간지러워요."

킥, 맑은 소리가 나왔다.

"간지럽기만?"

짓궂은 목소리가 귓불에서 살랑거렸다. 그의 입술은 귓불에서 맴돌았고, 손가락은 여전히 배꼽 근처에서 머물렀다. 살짝살짝 깨물기도 했고, 살짝살짝 간질이기도 했다. 위와 아래를 동시에 공격하는 애무 아닌 애무가 묘하게 자극적이었다.

"으흠."

지희는 본능적으로 큰 심호흡을 했다. 뺨에 붙은 그의 미간이 들썩였다.

"이 단계는 약한가?"

은근한 음성이 은밀히 물었다.

"다음 단계가 있어요?"

"당연히."

그의 손가락이 계단을 밟듯 배꼽 근처를 디디고 갈비뼈로 올라왔다. 갈비뼈는 잘 다듬어진 계단이었으므로 걷는 길이 수월했다. 손가락이 한 발 한 발 뗄 때마다 부드러운 전율이 왔다. 어깨까지 움찔움찔했다.

머지않아 손가락이 봉긋한 산등성이를 타기 시작했다. 꾹꾹 눌러 오르더니 꼭대기에 도달했다. 그러곤 쉬어가듯 앉은 채 까닥거렸다. 귓불을 맛보던 입술이 치아를 드러내었다. 깨무는 통증과 동시에 발끝까지 찌릿한 전류가 퍼졌다. 지희

입술이 저도 모르게 열렸다.

"아."

수차례 사랑을 나눈 후라 그의 몸을 기억하는 몸이 순식간에 달아올랐다. 화끈한 열기는 전신의 신경세포를 달뜨게 만들었다.

"다음으로 가요?"

"으……응."

나긋한 숨결이 귓속으로 들어왔다. 지희는 순순히 끄덕였다.

승낙 받은 그의 손이 용감무쌍하게 나아갔다. 억세게 쥐기도 하고 매끄럽게 매만지기도 했다. 몸 곳곳에 흔적을 남기듯 차근차근 짚기도 했다. 일말의 느긋함도 주지 않을 만큼 손길이 진득했다.

하아. 연신 잇새에서 뜨거운 숨이 퍼졌다.

그가 지희의 턱을 제게로 당겨 고개를 깊숙이 기울였다. 그러곤 숨까지 삼키고 싶다는 듯 입술을 가져갔다. 혀가 거침없이 밀려 들어왔다. 이어 잇속에서 들떠 있던 혀를 거칠게 말며 강하게 빨아들였다. 취하고 취해도 목마르다는 듯.

곧 그의 몸이 힘껏 몸속으로 파고들었다. 제 몸에 꽉 차는 남자를 느끼며, 지희는 몸서리쳤다. 짐짓 굶주린 수컷처럼 그가 야성적으로 그녀를 제 것으로 만들어갔다. 지희는 그의 몸짓이 격렬해질 때마다 그와 온전히 결합되는 충만함을 맛보았다.

쾌락 이상의 뜨거움이 두 사람을 묶었다.

밀착된 지희의 하체를 그의 손이 그러쥐듯 잡았다. 밀착된 그의 하체를 지희는 손으로 보듬듯 잡았다. 깊어지면 깊어질수록 더더욱 서로를 붙들고 싶었다. 오롯이 같은 마음이었다.

다음 단계는 굳이 묻지 않아도 되었다.

꽃이 자연스레 활개 치듯 두 사람은 자연스레 열꽃을 피웠다. 조금도 감추지 않았고 조금도 수줍어하지 않으며 서로의 갈구를 마음껏 분출했다. 오직 서로를 원하고 원하는 것에 솔직했다. 태초의 몸이 된 채 감정을 둘러싼 견고한 껍질마저 완전히 벗어 던졌다.

사랑이 깊어갔다.

헤어 나올 수 없을 정도로 깊어갔다.

창호지문으로 들어온 아침빛이 두 사람에게 비쳐들었다. 하나 된 몸이 하얗게 발광했다. 눈부시도록 화사하게.

쏴— 지희는 따스한 온수로 체내에서 감도는 열기를 가라앉혔다.

첫날밤보다 더 뜨거운 밤이었다. 단순한 욕망의 몸짓이 아니라 감정을 나누는 몸짓이었다. 처음부터 원했던 느낌마저 들었다. 처음부터 서로가, 서로에게 필요한 존재처럼 느껴졌다. 그래서 감정이 풍부한 밤이었고, 사랑이 깊은 밤이었다.

"아!"

샤워를 끝내고 수건으로 젖은 몸을 닦다 말고, 지희는 멈칫했다. 사랑이 끝난 후 도망치듯 욕실로 들어온 바람에 미처 옷을 챙기지 못했다. 벗은 몸을 가리기엔 수건의 크기는 턱없이 작았다. 알몸으로 나가는 건 도저히 용기가 나지 않았다.

빠끔히 욕실 문을 연 지희는 밖의 동태를 면밀히 살폈다. 공간 어디에도 우진의 모습은 보이지 않았다. 그새 어디 갔지? 어쨌건 지금이 기회다.

작은 수건으로 대강 몸을 가린 후 부리나케 나갈 태세를 갖출 때였다.

"픽."

그가 있었다. 비겁하게 문 옆에 숨듯이.

"나와요."

지희는 알몸이나 마찬가지였는데, 우진은 속옷 한 장을 걸치고 있었다. 이미 자신의 몸을 보여줬다고 아주 위풍당당하게.

"그럴 수 없어요."

지희는 설레설레 거부했다.

"이미 다 봤는데?"

우진의 한쪽 눈썹이 얄궂게 올라갔다.

그것과 이건 달라요. 움찔거리는 눈짓으로 속마음을 표현하자, 말간 입술이 다시 픽 늘어났다.

그의 손이 쓱, 문손잡이를 잡았다. 초점이 또렷이 그의 동작을 포착했다. 지희는 강렬하게 거부하며 더욱 세차게 고개를 흔들었다. 손잡이를 잡은 손아귀에 힘이 바락 들어갔다. 늘어난 입술이 짓궂게 꼬리를 더 길게 올렸다.

휙.

문이 활짝 젖혀졌다. 엉거주춤한 자세로 구부리고 있던 지희는 튕겨나가듯 욕실 밖으로 나갔다.

"앗."

반동하듯 나온 몸을 단단한 팔이 스스럼없이 감았다. 지희는 그대로 얇은 수건만 의지한 맨몸인 채로 그의 품에 안겼다. 쑥스러운 나머지 엉덩이가 뒤로 빠졌다.

그가 뒤로 감추고 있던 팔을 꺼내었다. 손에는 커다란 목욕타월이 들려 있었다. 그의 손짓에 따라 타월이 크게 펼쳐져 지희 몸을 포근히 감쌌다. 돌돌 수건을 만 몸을 꽉 안은 채 그가 다정한 눈동자를 내렸다.

"감기 걸려요."

"어?"

잠시 엉큼한 생각을 했던지라, 지희는 멀뚱거렸다. 눈치 빠른 그가 그 속내를 읽었다.

"무얼 바랐어요?"

"아뇨. 그럴 리가요. 제 몸도 피곤해요."

도리도리 고개를 흔들며 빠르게 덧붙이자, 그가 쿡쿡거렸다. 그러곤 가벼이 입맞춤했다. 지희는 싱긋 웃으며 뒤꿈치를 들었다. 쪽. 보답했다.

한데.

기다렸다는 듯 그가 지희 몸을 번쩍 안아 올렸다. 앗! 허공으로 뜨면서 지희는 수건을 놓치고 말았다.

"뭐, 뭐 하는 거예요!"

그가 버둥거리는 지희를 안아 성큼성큼 이부자리로 이동했다. 그러곤 도로 눕히고 제 몸으로 덮었다.

"아침 인사하려고."

"또? 질리지 않아요?"

"전혀."

앙앙거리는 입술을 그의 입술이 머금었다. 기도 안 찬다는 듯 뾰족하게 눈매를 늘리며, 지희는 양팔로 그의 목을 감았다. 표정과 달리 그의 입술에 붙은 제 입술을 떼지 않았다.

키스부터 다시 시작하는 아침이다.

좋은 아침이다.

"알고 계셨습니까?"

화재사고의 원인이 방화였음을 전하였으나 노인의 반응은 의외로 담담했다. 괴팍한 성미답게 바락바락 성낼 것이라 예상했는데. 꿰뚫어보는 눈초리를 회피하는 낌새도 심상치 않다.

"몰랐다니께."

요 며칠 겪은 바로 노인은 둔한 양반이 아니었다. 예민하다면 예민한 쪽에 속했다. 그런 노인이 둘이나 되는 좀도둑의 기척을 전혀 못 느꼈다는 건, 사실 어불성설이긴 했다.

우진은 노인의 동공에 서린 진실을 읽었다. 억측일지 모르나.

사고 당일, 노인은 암실에서 사진관으로 침입한 녀석들을 보았을 것이다. 어린 녀석들임을 인지한 그는 암실 문을 굳건히 닫고 기다렸을 것이다. 녀석들이 적당한 돈을 훔쳐나가길.

그런데 불이 났다.

숨어 있다시피 했기에 피할 새가 없이 독한 연기를 마셨을 것이다. 문 가까이 쓰러져 있던 이유가 그것이다.

"고 녀석들은 어찌 된다고 혀?"

"방화가 아주 무서운 중죄잖아요. 절도까지 했으니. 아마 할아버지가 합의해줘도 소년원에 갈 걸요?"

지희가 끼어들었다.

"몇 살 되었다고?"

"열일곱이요. 어린놈의 자식들이 못된 것만 배워서."

이기죽거리는 지희의 말을 노인이 잠자코 들었다. 곱씹듯 잠시 뜸 들이던 그가 느닷없이 침상에서 내려와 수납장으로 갔다. 주섬주섬 옷가지를 꺼내며,

"내가 합의해주면 죄가 좀 가벼워지나?"

라고 넌지시 물었다.

"합의요? 합의해주시게요? 그런 돼먹지 못한 놈들한테?"

"열일곱밖에 안 되었다며. 한창 클 놈들인디."

"크긴 뭘 커요! 이미 다 컸어요!"

지희가 걸걸하게 신경질을 부렸다.

"할아버지가 무슨 미리엘 신부예요! 도둑놈들을 왜 봐줘요. 더군다나 돌아가실 뻔까지 하셨잖아요!"

부르짖듯 반박하는 그녀를 우진은 잡았다. 그녀가 도움을 청하듯 눈동자를 깜박거렸으나, 그는 고개를 가로저었다. 그녀의 마음을 모르는 건 아니다. 하나 어르신 결정에 담긴 뜻 또한 이해한다.

"경찰서로 모셔다드리겠습니다."

"그려. 옷 갈아입고 나갈 테니 밖에서 기다려."

노인이 어서 나가라는 듯 휘휘 손을 저었다. 우진은 시무룩한 지희의 양어깨를 그러쥐고 밖으로 이끌었다.

"왜 저러실까요? 사진관도 다 타버렸는데. 그놈들 엄청 나쁜 놈들인데, 것도 모르시고."

"이 일을 계기로 스스로 뉘우치길 바라는 거겠죠."

"그럴 놈들이 아니에요. 그럴 만한 놈들이었으면 이런 일도 안 벌였겠죠."

"어린아이들이니 달라질 기회는 얼마든지 있잖아요. 넓게 생각해요."

우진은 자신의 일처럼 속상해하는 그녀를 다독였다. 볼멘 입술은 여전히 뾰로통히 튀어나온 채 들어갈 생각을 안 했다. 그는 통통한 입술에 엄지를 대었다. 쓰윽. 부드럽게 밀어주자 선홍의 입술이 금세 늘어났다.

모든 관용은 올바른 걸까. 비틀린 사고도 변화시킬 수 있을까. 백 퍼센트 장담할 수 없는 일이다. 지희는 그저 노인의 판단이 진정 옳았으면 좋겠다고 바랐다. 그로 인해 비뚤어진 아이들의 미래도 변화되었으면 좋겠다고. 소설 레미제라블에서 미리엘 신부의 관용으로 구원받은 장발장처럼.

"감사합니다."

노인은 합의에 이어 탄원서까지 작성했다.

어긋난 자식들로 인해 시름에 젖었던 부모들은 연신 감사의 인사를 했다. 거무죽죽한 부모들의 안색을 보며, 지희는 노인의 결정이 누굴 위한 것임을 깨달았다. 부모의 심정은 그 누구보다 부모가 아는 법이다.

"할아버지, 우리 점심밥 먹으러 가요."

경찰서를 나서는 노인의 뒷등이 무지근한 짐을 벗은 양 가뿐했다. 흐뭇한 지희는 살랑살랑 노인의 팔에다 제 팔을 끼워 넣었다. 노인의 눈이 심드렁하니 자글자글해졌다.

"덥게 왜 잡어."

"덥긴 뭐가 더워요. 하나도 안 더운 날씨인데."

"아, 불편, 혀."

"좀 참아요. 인내심이 참 넘치셔."

딱딱 끊어트리듯 투덜거리면서도 노인은 손을 뿌리치지 않았다. 곰살궂은 지희가 싫은 기색은 아니다.

"인정식당 가서 드실 거죠?"

"니가 살겨?"

"할아버지가 사주시면 안 돼요?"

"내가 돈이 어디 있어? 사진관도 홀라당 타버렸는디. 나 그지 된 거 몰러?"

"집이 두 채시면서? 그 넓은 땅에. 그냥 쿨하게 쏘세요."

깍쟁이처럼 구는 그가 이제는 익숙한 지희였다. 뻔뻔하게 반격하자, 노인의 광대가 어리둥절하게 치솟았다.

"쿨, 뭐? 뭘 쏴?"

"시원하게 한턱 쏘시라고요."

"뭘 자꾸 쏘래. 벌침이라도 맞고 싶은 겨?"

어린아이들처럼 투덕거리는 그들 뒤를 우진이 호위하듯 묵묵히 따랐다. 입매는 즐거이 늘어났고, 눈매는 반달로 휘었다.

"아이고! 안 그래도 내가 병원으로 가려 했는디!"

식당으로 들어서는 그들을 식당 아주머니가 격하게 반겼다. 그녀가 부리나케 햇살 좋은 자리를 행주로 닦아대며 호들갑을 떨었다. 표정이 화사하니 밝았다. 엉덩이도 기분 좋게 실룩거렸다.

"잠깐들 계셔요. 내가 한 상 거하게 차려줄라니께."

신난 아주머니가 콧노래를 흥얼거리며 주방으로 갔다. 그러곤 얼마 안 되어 민서의 일에 대한 보답이라면서 정성 들인 한 상을 차렸다. 노인은 '공짜 밥이냐'며 굳이 확인했다. 그렇다는 답을 받자, 노인의 표정이 한결 해사해졌다. 지희는 얄밉다고 흘기는 척했다.

마치
마법처럼 277

세 사람은 식사를 시작했다. 셋이 둘러앉아 먹는 밥은 그야말로 꿀맛이었다. 나누는 대화도 많지 않았으나 분위기에 취할 만큼 오순도순 단란했다.

　"편식하는 겨? 왜 생선은 안 먹어?"

　식사하다 말고 노인이 지희에게 물었다. 지희 앞에 놓인 구운 생선은 왔을 때와 같이 변함없는 자태 그대로였다.

　"제가 가시를 되게 못 발라서요. 꼭 한 번씩 목에 가시가 걸려서 잘 안 먹게 돼요."

　"어째. 야무진 구석이 하나도 없어."

　밥 먹을 때는 개도 안 건드린다고 하였는데.

　노인이 혀를 끌끌 차며 면박을 주어, 지희는 게슴츠레 눈을 늘렸다. 아랫입술을 삐죽거리던 노인이 젓가락으로 생선을 바르기 시작했다. 그제야 우진도 생선에 젓가락을 대었다. 두 남자가 여봐란 듯 생선을 야무지게 발랐다.

　치.

　지희의 입술이 퉁퉁 부었다.

　두 사람이 생선을 잘 바르든 말든 밥 한 수저를 크게 푸는데, 불쑥 젓가락 두 개가 밥 위로 왔다. 하나는 바른 생선을 집은 우진의 젓가락이었고, 나머지 하나는 생선살을 담뿍 꼬집은 노인의 젓가락이었다.

　"어?"

　깜짝 놀란 지희의 눈이 동그래졌다.

　시합하듯 젓가락을 움직인 두 남자가 멋쩍은 눈짓으로

서로를 살폈다. 어험. 한 차례 헛기침을 한 노인이,

"하여간 성가셔."

괜히 한 소리 보태며 지희 밥에다 생선살을 던져놓았다. 그러곤 놀부 같은 표정으로 밥을 우걱우걱 씹었다.

"많이 먹어요."

픽, 다정히 웃는 우진이 생선살을 지희 밥에 고이 놓았다. 지희는 제 밥 위에 그득하게 담긴 생선살을 보며 함박 미소를 띠었다. 왜인지 두 남자에게 사랑받는 기분이다. 불편한 삼각관계는 아니라서 더없이 좋다.

"그러고들 계시니 한 식구 같구먼요. 누가 보면 손자랑 손자며느리인 줄 알겠어요."

"신소리하지 마러."

아주머니가 살뜰히 식혜 세 잔을 내왔다. 그녀가 살갑게 건네는 말을 노인이 으레 나무랐다. 말투와 달리 표정은 유쾌했다.

지희도 마찬가지였다. 한 식구라는 말이 듣기 좋아 남몰래 히죽거렸다. 그 표정을 놓치지 않은 우진이 그윽이 그녀를 보았다.

"니 내 심부름 하나 혀."

사랑이 넘치는—할아버지는 인정하지 않겠지만—식사가 끝났다. 식당을 나서는 지희의 팔꿈치를 노인이 툭 건드렸다. 지희는 흔쾌히 끄덕였다.

"이 길로 내 집에 가서 가방 좀 가져와. 안방 장롱 열면 있어."

"제가 다녀오겠습니다, 어르신."

어젯밤의 일도 있었기에 우진이 나섰다. 그러나 노인이 강경히 도리질하며 고집스레 지희에게 턱짓했다.

"니는 나 따라오고, 니가 가. 못 가겄어?"

"가죠, 왜 못 가요. 벌건 대낮인 걸요."

지희는 거뜬하다는 듯 어깻짓을 했다. 그러곤 우진을 올려다보며 싱긋, 해맑게 웃었다. 걱정 마요.

"후딱 다녀올게요!"

틈을 주지 않고 우렁차게 돌아서는 지희의 뒷등을 우진이 좇았다. 등마루에 어리는 따스한 시선을 실컷 즐기며, 지희는 활기차게 삼거리를 걸었다.

아침도 좋더니, 낮도 좋은 날이다.

깜깜한 밤의 논길은 하염없이 으슥하였으나 화사한 볕 아래의 논길은 더없이 평화로웠다. 한낮의 나른함으로 꾸벅꾸벅 조는 벼이삭들은 푸르른 배경이었으며, 지천에 깔린 들꽃 무리는 심심한 길을 달래주는 길동무였다. 그렇기에 가는 길이 지루하지 않았다.

"이거인가?"

노인의 설명대로 안방 장롱에는 가방이 하나 있었다. 커다란 가방은 꽤 무게가 나갔으나 들고 가기엔 무리 없었다.

가방을 챙겨 나오다, 무심코 벽에 걸린 달력을 보았다. 달력은 하루에 한 장씩 찢는 형식의 구식이었다. 달력 날짜는 검은색으로 「29」였고, 커다란 날짜 상단에 작게 8월 표시가 있었다. 노인이 화재사고로 입원하신 바람에 달력의 날짜가 멈춘 것이다.

"이젠 9월이라고요."

지희는 가방을 놓고 달력으로 갔다. 무심히 29를 찢고, 30, 31까지 차례대로 찢었다. 8월에서 드디어 9월로 바뀌었다. 「1」 자를 찢으려는 순간.

최상단 붉은 글자가 시야에 들어왔다.

「1989年」

"와! 노인네."

20여 년 전 달력을 쓰다니. 20년이 뭐야. 올해가 2016년이니 자그마치 27년 전 달력 아니야?

"아무리 그래도 너무하시다."

요일도 틀리다. 29일이 월요일이었으므로 오늘은 금요일이다. 한데 이 달력의 날짜는 토요일이다. 그냥 어찌어찌하다 아무 달력이나 걸어놓은 게 틀림없다. 질린다. 질려.

찍— 지희는 이죽거리면서 마저 1일자 달력을 찢었다. 이왕 쓰는 거 편하시라고.

"허."

가방을 챙겨 나오다 말고, 또 한 차례 실소가 나왔다. 곱씹을수록 기가 찼다. 탈수기와 석유곤로에 이어 89년 달력이라니.

—*16. 9. 02.*

"오늘로 예정되어 있던 KS화학 대표님과의 오찬은 취소되었습니다. 권한 대행을 맡으신 윤 전무님께서 참석하시려 했으나 KS 박 대표님께서 원치 않으셨습니다. 그로 인해 협력 계약 일정에 차질이 발생하여……."

혜선이 업무보고를 이어가는 동안 동석은 침묵했다. 여느 때와 다른 잠잠한 태도가 거슬리는지, 혜선이 중간 중간 말을 끊었다.

"대표님? 듣고 계십니까?"

"몇 번을 물어봐. 잘 듣고 있어."

"한 마디 드려도 되겠습니까?"

"해."

조심스레 묻는 말에 동석은 간단히 끄덕였다. 그녀가 헛기침을 하며 제 목소리를 가다듬었다. 어려운 말인 모양이다.

"임원들의 고충이 큽니다. 이 이사님의 부재와 그 와중에 대표님의 공석이 길어지다 보니 임원들이 과중한 직무에 시달리고 있습니다. 그에 따른 업무적 차질이나 기업적 리스크는 말할 것도 없고요. 그러니 이제 그만 일선에 복귀하시어……."

"이제 그만?"

일순 동석의 눈빛이 날카로워졌다. 매서운 눈초리에 혜선이 급히 머리를 조아렸다.

"우진이 사고 난 지 고작 5일이야. 한데 이제 그만?"

"죄송합니다."

"누구 전언이야?"

"제 짧은 소견입니다."

"권 비서가 총대 멘다고 누가 알아주나? 말해. 누군지 말할 수 없다면, 뭐라 지껄였는지 낱낱이 밝혀."

나직하고 침착한 어조와 달리 목소리는 사뭇 냉소적이었다. 어쭙잖은 변명이 통하지 않음을 눈치챈 혜선이 마른 입술을 혀로 축였다.

"이사님 사고는 이루 말할 수 없이 애통하나, 수천 명의 직원을 거느린 기업의 대표인만큼 제 본분을 잊어서는 안 될 뿐만 아니라, 더불어 보다 객관적이고 냉철한 처신이 필요한 때임을 명심해야 된다는 임원들의 의견이 대다수입니다."

사람보다 기업이 중요하다는 말이군. 하물며 내겐 가족인데.

"권 비서 생각은?"

"네?"

"권 비서도 동감하냐고."

당신 의견이 중요해.

동석은 꿰뚫어보듯 그녀를 보았다. 곤란한 질문인지 혜선이 곧바로 대답하지 못하고 입술을 달싹거렸다. 그러다 결심했는지 고개를 빳빳이 들었다.

"솔직히 말해도 됩니까?"

"바라던 바야. 더도 말고 덜도 말고 솔직히."

동석은 시원스레 수락했다.

"저는 전적으로 임원들 의견에 동의하지 않습니다. 현재 발생한 리스크는 그간 임원들이 안일하게 처리해온 직무로 인해 빚어낸 결과임에도, 이 기회를 틈타 대표님께 책임을 전가하려는 꼴이…… 아니, 형국이……."

무심코 '꼴'이라고 뱉은 실수를 무마하려, 혜선이 얼른 단어를 교정했다. 동석은 즉각 지적했다.

"꼴! 꼴이 좋아. 꼴로 이어서 말해."

"……꼴이, 같잖다고…… 아!"

순순히 따르다가 연달아 실수한 혜선이 좌절의 탄성을 내었다. 제 입술을 뜯어내고 싶은지 애먼 아랫입술을 깨물며.

그런 그녀가 동석은 외려 마음에 들었다. 지금까지 겪었던 철저한 모습보다 한결 인간적으로 보였다. 또한 올곧은 소신 발언도 무척 흡족했다. 이 여자, 이제 보니 일절 가식이 없다. 제 모습을 속이며 인간관계를 계산하는 여자도 아니다.

"같잖지. 엄청 같잖지. 나도 알지."

동석은 끄덕끄덕 동조했다.

자신의 실수를 외려 흡족하게 받아들이자, 혜선의 한쪽 입술 끝자락이 설핏 꾸물거렸다. 웃고 싶은 모양이다. 웃을 거면 시원하게 웃지 답답하게 또 저런다. 한데 왜 자꾸 그녀 입술로 시선을 가는지. 새삼 저 입술이 예쁘게 보이긴 하지만.

"그런데 임원들 말이 어느 정도 일리는 있어. 내 직원이 자그마치 7천이고, 그들의 가족까지 합하면 적어도 2만은 될 텐데. 내가 이렇게 얼 빼고 있으면 안 되지. 우진이도 없는데."

내 가족만 소중한 것이 아니므로.

대표로서 직원의 가족도 책임져야 할 의무는 있으므로.

"우진이가 깨어나서 개판 된 걸 알면 얼마나 기막히겠어. 그렇지 않아도 삼촌을 무진장 한심하게 보는데."

"아직 개판은 아닙니다."

올곧은 혜선이 재깍 부정했다. 그러곤 또 자신이 '개판'이 라는 단어를 입에 올린 걸 깨닫고, 질끈 눈꺼풀을 닫으며 절망했다. 하하. 동석의 잇새에서 호탕한 웃음소리가 터졌다.

"사실……"

한바탕 웃고 나니 속이 후련하다. 동석은 웃음기를 거두며 사뭇 담담히 입을 열었다. 혜선이 의젓하게 뒷말을 기다렸다.

"겁이 나."

멀거니 중환자실이 있는 병동을 주시했다. 저곳에는 자신이 이 세상에서 가장 사랑하는 조카가 있다. 깊게 잠들어.

"우진이 없이, 내가 잘 버틸 수 있을까."

우진아.

난 너를 마냥 믿었어. 너에게 향한 의존도가 높아지면 질수록 난 더더욱 널 믿었다. 태만한 날 자각하지도 못하고.

그냥 못난 삼촌은 네가 내 곁에 쭉 있을 줄 알았거든. 과거에나 미래에나. 남들이 뭔 상관이야. 이기적인 새끼라고 욕하고, 무능한 대표라고 욕해도 거뜬했어. 네가 있으니까.

지금은 겁나.

네가 내 곁에서 없어지면 어떻게 될까, 무서워. 이 무서운 사회에 단독으로 남겨질까 봐 무진장 두렵다. 그래서 난 네 곁을 떠나질 못하겠어. 맞서 싸울 용기가 안 나.

"권 비서."

"네, 대표님."

"내가 이제야 철이 좀 들었나 봐."

동석은 병동에서 혜선으로 초점을 옮겼다. 그리고 발끝을 빙그르 돌렸다. 모호한 말을 잇지 않는 동석의 뒷등을 혜선이 의아한 듯 주시했다.

"권 비서."

"네, 대표님."

걷다 말고 돌아보니, 그녀가 즉답했다. 스위치도 아니면서 항상 곧바로 반응하는 혜선. 그 또한 동석의 마음에 또렷이 들어왔다.

"내일부터는 장거리 운전할 필요 없어."

마저 발길을 돌렸다.

"내가 올라갈 거니까."

우진아.

무서워도 싸워야 되겠지?

돌아올 네 자리를 지키기 위해 나는 내 자리로 가려고.

286 누구에게나
사랑의 순간은 온다.

네가 날 지켜줬듯이 내가 이제는 너를 지켜주려고.

그리고 말이야. 어떤 여자가 다른 이들처럼 날 한심하게 볼까 봐 두렵다. 그게 왜인지 싫어졌다.

사나이 자존심이 있지. 더럽고 치사하지만 나도 노력이란 걸 해야겠다.

그러니 네가 힘을 줘라.

깨어나서 주면 금상첨화고.

— 89. 9. 02.

"저 좀 앉지."

노인은 병실이 아닌 산책로로 갔다. 이동 경로가 상당했던 터라 벤치에 앉는 노인의 안색이 노곤했다. 우진은 걱정스레 그의 컨디션을 살폈다.

"괜찮으십니까?"

"일없어."

"차 뽑아올까요?"

"그려. 이왕이면 니도 한 잔 혀."

우진은 군소리 없이 따랐다. 꾸무럭거리는 법 없이 시원스레 자판기에 다녀오는 그의 모습을 노인은 흐뭇하게 지켜봤다. 건장한 몸부터 예의 바른 몸짓 하나하나 모두 제 마음에 들었다.

"어제 마신 율무차보다 오늘이 더 맛나네. 어뗘? 맛나지?"

"맛납니다."

후후 율무차를 마시며 노인이 물었다. 우진은 노인의 어
투대로 대답했다. 노인의 광대가 한껏 부풀어 올랐다.

잠잠한 침묵이 흘렀다.

한낮의 가을 정취를 즐기듯 노인은 제 입김으로 뜨거운
김을 느긋하게 가라앉혔고, 우진은 묵묵히 단맛을 잇속에 품
었다. 단풍잎 같은 발긋한 기운이 두 사람 주위에 아스라이
머물렀다.

"자네, 내가 니라고 해서 싫은감?"

"아닙니다."

못내 마음에 걸렸나보다. 노인이 넌지시 묻는 말에 우진
은 즉각 답했다. 단 한 번도 싫다는 생각은 하지 않았기에 거
짓은 아니었다. 그 의중을 꿰뚫어본 노인의 낯이 한결 편안해
졌다.

"내 손자 같아서 그러는 거니 고까워도 좋게 생각혀."

"네."

"자네 올해 서른둘이라 했지?"

"그렇습니다."

"우리 손자가 올해 6살이여. 3살 겨울 때 본 게 마지막이
었으니 안 본 지 햇수로 3년이 넘었네. 지금은 얼마나 컸을는
지 모르겠구먼. 유난스러운 법이 없던 놈이었어. 갓난쟁이 때
부터 양반이었지."

그리움이 깃든 음색이 이어갔다.

"나는 우리 손자 서른둘 먹는 건 영 보지 못할 테지. 장성

한 손자랑 밥 한 번 못 먹게 되겠지. 그래서 난 자네한티 고마우이. 자네가 우리 손자 대신으로다 나랑 밥도 먹어주고 잠도 자준 것 같아서. 나는 그게 억수 고마워."

농묵처럼 짙은 눈길이 왔다. 까맣게 일렁이는 눈동자를 우진은 진중히 받아들였다. 빙그르, 가라앉은 미소를 건 노인이 비로소 속내를 털어놓았다.

"나는 이제 서울로 올라갈 겨."

"가족에게 가실 겁니까?"

"응. 그려야지."

헛돌 듯 돌고 돌아 드디어 가족에게 돌아갈 결심이 선 듯했다. 자신의 발목을 잡던 꿈, 사진관이 꿈처럼 사라진 후라 현실로 돌아가야 할 시기임을 자각한 것이다. 그의 선택을 우진은 이해했다.

"병원에도 가실 겁니까?"

"왜? 안 가면 자네가 강제로라도 끌고 가게?"

"마음은 그렇습니다. 내내 걸릴 겁니다."

"협박보다 무서운 말이구면."

우진의 솔직한 언사에 노인이 으레 불퉁거렸다. 그러나 그를 마주보는 눈빛은 하염없이 정다웠다. 그간 들어버린 정이 깊어서였다.

"자네 덕분에 연명한 목숨이니 자네 말을 들어야겠지. 그게 내가 자네에게 할 수 있는 보답일 겨. 그렇지?"

"네."

"그려. 갈 겨. 가족한테도 가고, 병원에도 가고."

노인이 기꺼이 수긍했다.

"팔랑개비한테는 암 소리도 하지 마러. 방정 떠는 꼴은 보기 싫응께."

모나게 말하여도 그의 속내가 빤히 읽혔다. 행여 지희가 속상해할까, 오열하며 울까 걱정하는 거였다. 그렇기에 자신의 병을 숨기고 싶은 거였다.

"그러겠습니다."

"한 가지 부탁이 있어."

"말씀하십시오."

"내 가고 나면 내 집에서 편히 쉬다 가. 가려 했더라도 바로 가지 말고 내일 가. 오늘 밤 편히 묵으며 당분간 쓸쓸할 우리 손자 집을 지켜줘. 안 가고 싶으면 안 가도 되고."

한동안 혹은 영영 자신이 돌아가지 못할 집을 오늘만이라도 지켜달라고 그가 부탁했다. 쓸쓸하게 남아버릴 공간에 잠시나마 온기를 불어넣어달라는 뜻이 담겨 있었다.

"쭉 있어도 되겠습니까?"

우진은 농담조로 물었다. 어느새 지희에게 전이되어 제법 농담도 섞을 줄 알게 되었다.

"당연한 소리. 쭉 있어도 되고, 쭉 살아도 되고. 내 특별 대우해주는 거여."

노인이 심각한 투로 목소리를 깔았다. 자못 근엄하게 말을 끝낸 그가 허허, 크게 소리웃음을 내었다. 가을빛이 내려앉는 주름진 얼굴이 청명했다.

율무차가 식었다.

둥둥 떠다니는 알갱이를 잘근잘근 씹으며 노인은 호젓한
바람을 맞았다. 저만치 산등성이를 더듬는 눈길이었으나 저
멀리 서울을 보는 것 같았다. 저 멀리에 있을 가족을 그리는
것 같았다.

"기차 타기 딱 좋은 날이구먼."

노인이 말했다.

마지막 율무차를 넘기며.

마치 마법처럼

누구에게나
사랑의 순간은 온다

11화. 그건 사랑이다

부앙—

우렁찬 기적소리가 고적한 사위의 평화를 깨트렸다. 옹기
종기 줄 맞춰 있던 바퀴가 느릿느릿 철로를 훑었다. 서서히
기차가 플랫폼을 벗어났다.

지희와 우진은 손을 잡은 채 붉은 지평선으로 묻히는 기
차를 배웅했다. 꼬리 긴 기차는 미련 없이 목적지로 떠났고,
그 자리에는 붉은 노을빛만이 어렸다. 그렇게 짧은 인연이 끝
났다. 그리고 새 인연이 함께 남았다.

두 사람은 노인의 부탁대로 버드나무집으로 왔다. 그들도
쉽사리 이곳과 이별하고 싶지 않았다. 첫사랑을 나누었던 공
간이고, 자신들을 이렇게 이어주는 공간이었다.

"우리가 할아버지를 따라나섰어야 했을까요?"

지희는 대청마루에 걸친 다리를 까닥거렸다. 거무레한 정
원 어딘가에서 들려오는 귀뚜라미 울음소리가 촉촉한 밤의

정취를 한껏 고조시켰다.

"아예 댁까지 모셔다 드릴 걸 그랬나?"

"애 취급한다고 역정 내셨을 거예요."

"하긴. 꼬장꼬장하신 만큼 잘 도착하셨겠죠?"

"그럼요."

비딱하게 이기죽거리면서도 노인 걱정을 떨쳐내지 않는 지희의 정수리에 우진이 손바닥을 대었다. 꾹꾹 눌러주며 그가 고갯짓을 했다. 걱정 말라고.

"할아버지가 안 계셔서 그런가. 뭔가 허전하지 않아요? 알게 모르게 할아버지랑 정들었나 봐요."

"보고 싶어요?"

우진이 넌지시 물었다.

"설마요."

지희는 정색했다.

서운한 것과 보고 싶은 마음은 엄연히 별개인 것을. 매번 노인과 푸덕거리던 그녀였음을 아는지라, 우진은 나직이 쿡쿡거렸다.

"우리 내일은 이곳을 떠나야겠죠? 떠날 거죠?"

"어떻게 하고 싶어요?"

"잘 모르겠어요. 어차피 처음부터 목적지 없는 여행이라서. 원래부터 이곳이 목적지 같은 기분도 들어요. 굳이 어딘가로 떠나지 않아도 될 것 같은."

자신이 바랐던 여행의 목적은 충분히 이루었다. 보다 정을 많이 나눈 여행이었고, 멧돼지 대신 족제비와 싸운 용감무쌍한 일화도 생겼다. 무엇보다 기대하였던 행운보다 더한 행운을 만났다. 이우진, 이라는 남자를 만났으므로.

"왜인지 여기는 우리 집처럼 편해요. 여길 떠나면 무척 아쉬울 것 같아요. 그래도 떠나야겠죠?"

지희는 제 얘기에 언제나 귀기울여주는 그를 빙그레 보았다. 동조하듯 그가 설핏 고갯짓했다.

"우진 씨는요? 아버지 별장에도 가야 하잖아요."

"그래야죠."

지긋한 눈빛이 머물렀다. 흔들림 없이.

"당신이 이곳에 머문다면 나도 머물 겁니다. 당신이 가면 나도 가고."

단호하다시피 한 말.

어디든 당신과 함께이고 싶다. 그의 또박또박한 말은 간절한 염원이 담겨 있었다. 심장에서 우러나오는 감정이 터럭만큼도 숨김없이 드리워져 있었다.

행복하다.

행복감에 젖은 뺨도 봉숭아 꽃잎처럼 발그레하게 물들고, 행복감에 취한 입술도 선홍의 꽃잎을 문다. 이 충만한 감정을 그와 나누고 싶다.

지희는 제 뜨거운 마음을 한껏 드러내며 그를 제 눈 속 가득 담았다. 그리고 싱긋 어여삐 웃으며,

"내가 쭉 여기서 살자 하면?"

물었다.

"그래도 좋고."

어김없이 진지한 답이 돌아왔다.

킥. 픽. 누구라 할 것이 없이 잇새에서 소리웃음이 튀어나왔다. 웃음소리가 닮아간다. 서로를 바라보는 눈빛도 닮아간다. 심장에 깃든 감정처럼.

그의 입술이 비스듬히 왔다. 지희는 그대로 기다렸다.

너풀너풀한 깃털이 내려앉듯 보드라운 입술이 선홍의 꽃잎을 눌렀다. 꽃잎이 맺혔다. 어긋남 없이 온전히 맺혔다. 입술이 따뜻하다.

가속이 붙은 채 달리던 차가 땅과 마찰하였다. 객차가 종이블록처럼 무참히 구겨졌고, 모든 사물이 짓이겨졌다.

우진은 기차 안이었다.

땅으로 곤두박질치는 기차 안.

양 사이드로 좁혀지며 붙어버린 좌석의 등받이 사이에 낀 채 슬로모션처럼 움직이는 현상을 온몸으로 느꼈다. 퍽, 둔탁한 물체가 쓰러지면서 관자놀이를 강타했다. 이어 물체가 전신을 짓눌렀다.

제 아래에 깔린 여자가 있어 혼신의 힘을 다해 날갯죽지를 들썩였다. 그러나 인간의 힘으로 벗어날 수 없는 강렬한 압박이었다. 프레스에 몸이 낀 느낌마저 들었다.

우진은 하는 수 없이 여자를 굳게 잡았다. 제 온몸으로

감싸 제 품 안에다 감추었다. 자신은 이미 늦었음을 직감했
다. 그러니 다른 이라도 살리고 싶었다.

작은 새처럼 오들거리는 떨림이 여실히 전해졌다. 그녀를
으스러질 정도로 강하게 안으며 눈길을 내렸다.

순간.

그녀의 이목구비가 시야에 들어왔다.

지희.

우진의 동공이 열렸다.

그녀는 지희였다.

하. 경악한 동공이 열렸다.

검은 기운이 가시지 않은 공간이 정신을 일깨웠다. 어스
름하게 시야에 들어오는 천장의 격자무늬를 직시하며, 우진
은 비로소 현실을 자각했다. 기차가 아니다. 고로 기차사고는
꿈이 맞다.

한데.

꿈이 아니야. 그게 현실이야.

다른 자아가 꿈틀거렸다. 꿈이 아닌 잠재된 기억을 보는
거라 외쳤다. 기억, 이라고 분명하게 목소리를 높였다.

왜.

어째서.

언 것처럼 몸뚱이가 굳은 채 움직여지지 않는다. 근육이
뭉친 양 뻐근하고, 뼛속까지 싸늘하다. 메마른 침을 억지로

목구멍으로 넘겨봤으나 갈비뼈 안쪽을 찌르는 싸늘한 찬기는 가시지 않는다.

우진은 혼란 속에서 꿈과 현실의 경계가 무너진 기분을 맛보았다. 단순히 꿈이라 치부하면 그만인 일이었다. 하나 단순히 꿈이라고 단정하기가 어려웠다. 왜인지, 어떤 연유인지 갈피를 잡을 수 없다.

경직된 몸을 느꼈는지 품 안의 그녀가 잠결에 꼬물거렸다. 우진은 깊이 잠든 얼굴을 뚫어지게 응시했다.

지희.

이 사람이다.

내 현실의 여자는 오직 이 사람이다.

흐트러진 머리카락을 가만가만 쓸어 넘겼다. 맑은 얼굴이 완전히 드러났다. 그윽이 망막 가득 그녀 얼굴을 담았다.

심장이 뜨거워졌다.

주체할 수 없을 정도로 아린 감정이 소용돌이처럼 용솟음쳤다. 그는 따스한 그녀를 바짝 당겨 안았다. 포근한 어깨에 제 얼굴을 묻고 생생히 살아 있는 체향을 빨아들였다.

왜 당신이 거기 있어.

불안하다. 그녀가 제게서 사라질 듯해 두렵다.

어디 가지 마.

이대로 내 곁에 있어줘. 지금의 현실이 사라지지 않게 해줘.

지희가 꼬물꼬물 품속으로 깊이 파고들었다. 마치 애틋

한 마음을 전달받은 양. 마치 쭉 있을 거예요, 라고 속닥거리듯.

자면서도 사랑스러운 그녀다. 자면서도 심장을 보듬어주는 그녀다.

사랑.

사랑인지도 모르겠다.

24시간을 풀가동하며 살아왔다. 여유는커녕 자신을 돌아볼 여력도 없었다. 그렇기에 사랑이라는 감정도 모르고 무심히 살았다. 그러나 지금은 다르다. 그날들이 덧없이 느껴질 만큼 감정이 살아 있다. 풍부한 감정이 돋아난다.

이 감정을 사랑이라 말한다면 그건 사랑이다. 구구한 설명이 필요 없다면 그건 분명 사랑이다. 그러므로 사랑이 분명하다.

당신이 눈을 뜨면 말해주리라.

당신의 고운 눈을 보며 직접 말해주리라.

"신지희."

당신 이름을 입에 담고 당신 얼굴을 눈에 담으며.

사랑한다고.

내가 당신을 사랑하게 되었다고.

"음."

대답하듯 그녀가 잠결에 입술을 오물거렸다.

앙증맞게 달싹거리는 입술을 지그시 바라보는 입매가 길게 풀렸다. 늘어난 입술로 풍성한 속눈썹에다 짧은 입맞춤을 했다. 감긴 눈꺼풀에서 해사한 웃음이 전해졌다. 경직되어 딱딱했던 근육이 비로소 느슨해졌고, 시린 전신에 비로소 따뜻한 온기가 돌았다.

우진은 조용히 밖으로 나왔다. 마른 껍질이 걸린 양 목이 칼칼했다.

새벽 5시에 다다른 시각.

사위의 암흑은 흰 구름 같은 새벽안개가 중화시키고 있었다. 희뿌연 안개를 뚫고 앞채로 이동했다. 탁한 목부터 축이며 흉흉한 심기를 가라앉혔다. 그런 후에야 돌아섰다.

불현듯 주방 바닥에 놓인 박스에 담긴 달력 몇 장을 포착한 건 그때였다. 붉은색 숫자가 시야에 들어왔다. 천천히 달력 한 장을 집었다.

「1989년」

선명한 최상단 숫자.

날짜는 8월 30일이었고, 년도는 분명 1989년이다.

스치듯 의사와 면담 당시 그의 일지에 적혀 있던 숫자가 상기되었다. 무심히 보았던 숫자들이었다. 「890901」 틀림없이 여섯 개의 숫자 배열이었다.

그때의 89는 89년을 뜻하는 거였나.

우진은 서둘러 안방으로 들어갔다. 분주한 초점으로 훑다 벽걸이 달력을 발견했다. 89년 9월 2일. 찢어진 박스와 동일한 달력이었고 동일한 년도였다.

대체 왜 하나같이 89년을 뜻하는 건가.

여러 겹의 영상이 오버랩 되어 복잡하게 얽혔다.

난데없이 배터리가 나갔던 태블릿 PC, 시골이기에 낙후된 거라 짐작했던 역사 풍경, 너무나도 구시대적인 병원과 의료기구들. 그리고 자판기.

그러고 보니.

식당에서 식사 계산을 치렀을 때, 슈퍼마켓에서 아이스크림을 샀을 때, 자판기에서 음료수를 뽑거나 율무차를 뽑았을 때의 금액이 기억나지 않는다. 자연스럽게 지불했고, 자연스럽게 동전을 넣었는데, 전혀 기억나지 않는다.

인지하자마자, 둔탁한 압박이 갈비뼈를 눌렀다. 선득한 기류가 사이사이 빈틈을 채웠다. 호흡도 가빠졌다.

우진은 갑갑한 가슴팍을 손바닥으로 누르며 주위를 탐색했다. 역시 현시대에서 벗어난 물건들이 가득했다. 볼록한 브라운관 TV, 버튼 누르는 형식의 카세트 라디오 등.

TV 테이블에 놓인 액자를 발견한 우진은 성큼성큼 다가갔다.

액자를 든 순간.

뇌가 흔들렸다. 사방이 비틀리며 빙글빙글 돌기 시작했다. 벗어날 수 없는 강렬한 힘이 사슬처럼 전신을 짓눌렀다. 뼈마디가 조이고, 호흡이 뚝뚝 끊겼다.

쿵.

칠흑의 먹물이 망막을 덮었다.

— 16. 09. 03.

새벽 5시 30분.

VIP병실에서 두어 시간 선잠이 들었던 영주는 비척비척 일어났다. 수면부족으로 어지러웠고 편두통이 극심했다. 그러나 습관적으로 중환자실로 향했다. 아들 소식이 언제 올지 모르는 상황이기에 잠시 잠깐이라도 한숨 돌릴 여유는 없었다.

중환자실 복도에 이르렀을 때였다.

"…이우진 환자……."

담당의가 간호사에게 지시하며 정신없이 중환자실로 들어가고 있었다. 이우진 환자. 분명히 그의 입에서 아들 이름이 나왔다.

타다닥.

인턴이 후다닥 영주 곁을 지나쳤다.

"저, 저기."

영주는 황급히 그의 팔목을 부여잡았다. 낯익은 인턴이었는데, 긴박한 상황임이 표정에 역력히 드러나 있었다.

"우리 아들에게 무슨, 일이."

말이 제대로 나오지 않았다. 뚝뚝 끊겼다.

"아."

그가 퀭한 혈색의 영주를 알아보았다. 안절부절못하던 그는 안타까운 어미의 눈길을 냉정히 외면하지 못하였다.

"먼젓번처럼 이우진 환자의 뇌압이 상승하고 있습니다."

"그, 그래서요?"

"일단 지켜봐야 하지만, 실은 상태가 위독합니다. 오늘 밤이 고비일 듯합니다."

"고, 고비요?"

가슴골이 서늘하다.

"저희가 최선을 다하겠습니다."

빠르게 덧붙인 인턴이 부리나케 중환자실로 사라졌다. 믿기지 않은 현실에 다리가 풀렸다. 털썩. 차가운 대리석 바닥에 주저앉는 영주의 입술이 벙긋거렸다. 눈앞이 아득했고 아무런 소리도 나오지 않았다. 숨도 쉬어지지 않았다.

그때.

[코드블루! 코드블루 3층 중환자실. 코드블루! 코드블루 3층 중환자실!]

새벽의 적막을 깨우는 소름끼치는 안내방송이 들렸다.

— 89. 09. 03.

사랑은 아침빛도 달게 만든다. 행복한 단잠에서 깨어나는 지희의 입술에 다디단 미소가 배어 나왔다. 속눈썹도 햇살 품은 처마처럼 곱게 휘었다. 세상의 전부를 가진 기분이다. 세상의 전부 같은 남자와 함께이니 그렇다.

쓱, 옆자리를 손바닥으로 쓸었다. 찬 기운이 손바닥으로 스며들었다.

"응?"

눈을 번쩍 떴다.

그의 자리는 텅 비어 있었다. 그제야 지희는 자신이 혼자 있음을 인지하고 서둘러 주위를 살폈다. 우진이 보이지 않는다.

첫날의 자신처럼 그가 먼저 일어난 모양이었다. 부러 그녀를 깨우지 않고 조심조심 나간 거이리라.

일 초라도 빨리 보고 싶은 마음이 들어 부랴부랴 일어났다. 말끔히 주변을 정리할 때도, 앞채로 가는 짧은 길을 밟는 동안에도 괜스레 조급했다.

"우진 씨!"

앞채 사잇문을 벌컥 열었다. 한데 그는 없었다.

어디 갔지?

갸웃하며 앞채와 나란히 붙어 있는 창고를 살폈다. 연이어 널따란 앞마당도, ㄱ자인 뒷마당도 훑었다. 자신과 길이 어긋나는 건가 싶어 뒤채 한옥의 구석구석도 탐색했다.

그러나 머리꼭지는커녕 흔적도 찾을 수 없었다.

그가 온데간데없이 사라졌다.

"이우진 씨!"

결국 그를 크게 불렀다.

쩌렁쩌렁한 외침이 메아리처럼 저 멀리 산등성이까지 날아갔다. 윙윙거리며 되돌아오는 울림은 시나브로 소멸되었다. 그러는 동안에도 그의 음성이 담긴 대답은 돌아오지 않았다.

"인정식당에 간 건가?"

아침식사를 포장해오기 위해 식당에 다녀오는지도 모른다. 배려 넘치는 그이니 충분히 가능하다.

지희는 대청마루에 앉았다.

오전 8시.

온화한 햇살이 아련히 정수리와 잇닿았다. 선선한 바람결도 기분 좋게 흘러들었다. 마냥 그를 기다리는 시간이었으나 마냥 좋았다.

오전 9시.

햇살의 온도가 상승하기 시작했다. 여름에 못다 한 늦더위를 뿜어내는 태양이 얄미웠다. 그래도 지희는 그 자리에 붙박은 것처럼 앉아 있었다.

오전 10시.

속절없이 시간은 흘렀다. 볕이 따끔따끔하니 살갗을 찔렀다. 주위에 감도는 고요한 정적을 깨트리는 작은 기척조차 여전히 들리지 않았다.

그가 오는 길이 더디다.

아니 오는 것이 맞는 걸까.

심장이 뛰었다.

두근두근 기분 좋게 뛰는 것이 아니라 쿵덕쿵덕 섬뜩하게 뛰었다. 불길한 기류가 끊임없이 전신을 휘감았다. 애써 외면하면 외면할수록 날카로운 가시 같은 뾰족한 의심이 제 심장을 찔렀다.

아니야.

그럴 리 없잖아.

미련스레 기다리던 지희는 다시 집 안 곳곳을 헤맸다. 그러다 깨달았다.

그의 가방이 없다는 사실을.

사라진 것처럼 그의 흔적이 조금도 남아 있지 않음을.

"말도 안 돼."

속이 울렁거렸다. 치밀어 오르는 서러움을 억제하며, 뿌옇게 변질되는 눈동자를 연거푸 깜박였다. 아릿한 파장이 자신을 점점 구렁텅이로 몰아붙였다.

"그럴 사람이 아니잖아."

자신이 보아온 이우진은 그 누구보다 반듯하고 진실한 사람이다. 자신이 겪은 이우진은 그 누구보다 정의롭고 옳은 사람이다. 자신이 아는 이우진은 그 누구보다 따뜻하고 배려 넘치는 남자다.

그런 남자다.

그 남자는 어젯밤에도 뜨거운 사랑을 속삭였다. 사랑한다는 말은 없었으나 그의 몸짓, 그의 손짓 전부에서 사랑이 넘쳐났다.

그런 남자인데.

이런 식으로……

"그래."

무슨 일이 생긴 거다.

무언가 잘못된 일이 생긴 것이 확실하다.

지희는 부랴부랴 가방을 챙겼다. 버드나무집에서 나와 논길을 지나 삼거리로 들어섰다. 조급하여 걸음새가 듬성듬성 들떴다. 불안하여 무릎이 자꾸 휘청거렸다.

"안 왔는디."

"못 봤습니다."

그러나 인정식당 아주머니도, 경찰서 경찰들도 그를 본 이는 없었다. 상가들이 밀집한 삼거리 어디에도 그를 본 사람은 없었다.

그는 정말 가버린 것이다.

자신을 두고 완전히 떠나버린 것이다.

투덕투덕.

지희는 거리에 홀로 남았다. 망연한 채 무겁고 무거운 다리를 옮기다 시꺼멓게 그슬린 사진관에 도달했다. 심장도 저 시커먼 재해처럼 시커멓게 타버렸다.

"흑."

끝내 오열 같은 울음이 나왔다.

그대로 주저앉았다. 무릎에 제 얼굴을 묻고 소리 내어 흐느끼고 말았다. 서러웠다. 서러워서 견딜 수가 없었다.

그 빛나던 남자는 거짓이었나.

자신의 슈퍼맨 같던 그 근사한 남자는 가짜였나.

"이우진 씨."

어떻게 이럴 수가 있어요.

누구에게나
사랑의 순간은 온다.

"우진 씨."

지금이라도 돌아와요.

나 여기 있으니까 제발 돌아와요.

제발.

부질없는 시간이 흘렀다.

정오의 따가운 해가 정수리와 대립하는 동안에도 망연자실한 지희를 위로하는 건 시커메서 잔인한 사진관 잔해뿐이었다. 기도하고 기도하였으나 자신이 그리는 사람은 나타나지 않았다.

구부렸던 무릎을 폈다.

청승맞은 자신이 한심스러워 쓰디쓴 숨이 토해졌다. 탈색된 것처럼 머릿속이 새하얗게 멍했고 뻥 뚫린 것처럼 심장에 시린 바람이 들었다.

걸었다. 체내의 기운이 완전히 소진되어 다리가 비틀거렸다. 그래도 걸었다. 걸을 수밖에 없었다.

한데.

갈 곳이 없었다.

그가 없는 이곳 그 어디도 자신의 자리는 없었다.

"서울이요."

결국 지희는 제자리로 돌아가기로 했다. 낯이 익숙한 중년 역무원이 아쉬운 기색으로 표를 넘겼고, 그녀는 무념하게 끄덕 묵례했다. 미련이 그에게도 물어보라 했다. 하나 단념했다.

그에게서도 듣지 못할 것이 자명한 일이기에.

기차에 올랐다.

3번 객차는 승객이 거의 없이 텅 비다시피 했다. 돌이켜보니 서울에서 이곳으로 올 때도 3번 객차를 타고 있었다. 왔을 때보다 마음은 더 텅 비고 말았다. 빈 객차 안보다 빈 마음이 더 쓸쓸하다.

"후."

지희는 심호흡을 거듭했다.

버림받았음을 인정하자. 헛된 미련을 언제까지 가질라고.

가방에서 휴대폰을 꺼내었다. 무심코 꺼놓았던 전원을 켜며 무지근한 뒤통수를 좌석 등받이에 실었다.

지금에 와서 깨닫는다.

그에 대해서 아는 게 없다. 전화하고 싶어도 전화번호도 모른다. 찾아가고 싶어도 주소도 모른다. 그가 무엇을 하는 사람인지, 그의 주위 사람들은 어떤 사람들인지 하나도 모른다. 아무것도 모른다.

오직 이름과 나이, 그리고 얼굴뿐.

진짜 부질없는 거였다.

띠—

신호음이 아득히 들렸다. 신호가 가는 10초가량이 참으로 길게 느껴졌다. 뚜, 이윽고 상대방이 전화를 받았다.

—지희야.

귀 익은 목소리를 듣자마자, 왈칵 격한 감정이 올라왔다.

"엄마."

엄마를 불렀다.

그때.

흔들리는 초점 너머 실루엣 같은 이목구비가 나타났다. 하늘하늘하게 눈앞으로 다가온 얼굴은 다름 아닌 엄마 이현옥의 얼굴이었다. 그녀가 그렁그렁하게 눈물 맺힌 눈동자로 내려다보고 있었다.

"지희야. 지희야."

부들부들 떨리는 엄마의 입술이 열렸다. 듣고 있음에도, 보고 있음에도, 지희는 멀뚱거렸다.

왜 엄마가 여기? 언제 여기에?

"……엄마?"

"그래, 엄마야. 엄마 여기 있어."

덥석 지희 손을 잡아채며 엄마가 감격하고 있었다. 지희는 어리둥절하여 입술만 벙긋거렸다. 불쑥 아빠 승경의 얼굴도 나타났다.

"지희야, 아빠도 있어. 아빠 보여?"

그가 엄마의 손등에다 제 손을 덮으며 강하게 말했다.

혼란이 왔다. 자신이 타고 있는 기차에 부모가 언제 탄 건지, 부모님이 왜 이렇게 눈물을 흘리며 자신을 부여잡는지.

"깨어나 줘서 너무 고마워. 고마워, 지희야."

"고맙다, 지희야."

엄마 아빠가 하염없이 눈물을 흘렸다. 울고 있으면서도

마치
마법처럼

309

행복한 미소를 입술 가득 머금고 있었다. 그러면서 연신 고맙
다는 말을 중얼거렸다.

왜…….

흐릿한 초점이 부모의 뒤로 어른거리는 배경을 보았다.
형광등이 훤하게 밝히는 흰 천장. 하느작거리는 푸른색 커튼.

여기.

기차 안이 아니야?

순간 지희는 인지했다. 자신이 기차가 아닌 새하얗게 페
인트칠 된 공간에 있다는 사실을. 환자복을 입은 자신의 팔이
어렴풋이 보였고, 손목과 연결된 가느다란 링거의 줄이 또렷
이 보였다.

병원?

자신이 누워 있다. 병실 침대에서.

번쩍, 동공이 열렸다.

대체 무슨 일이 일어난 거지?

누구에게나
사랑의 순간은 온다.

12화. 당신은 꿈처럼

현실이 바뀌었다.

혼수상태에서 깨어난 지희는 중환자실에서 일반병실로 옮겨갔다. 몇 가지 검사를 받았는데 이상 증후는 일절 없이 모두 정상이었다. 기적 같은 일이라고 만나는 사람마다 침이 마르도록 말했다.

"8월 29일. 그날 기차사고가 있었다고? 어떤 사고?"

그리고 듣게 되었다. 자신이 여행을 떠났던 그날 기차사고가 있었다고. 극한의 순간 구조되었으나 일주일가량 의식 불명이었다고. 8월 29일부터 9월 3일까지 쭉.

"그래. 기차가 탈로해서 일어난 사고였어."

"몇 시에?"

"오전 10시 약간 넘어서라던데. 넌 11시쯤 구조되었고."

"11시?"

오전 11시라면 기차에서 내려 플랫폼을 거닐 즈음. 그 후

역사에서 나왔고, 과거로 돌아온 듯한 기분을 만끽하며 거리를 걸었다. 그리고 사진관 노인을 만났고, 우진과 연결되었다.

"응급실에 실려 왔을 때, 네가 한 차례 심정지도 겪었다더라. 근데 네가 버텨주어서 살았다고 해. 얼마나 감사한 일인지."

장수사진을 찍어주는 노인이 공짜 사진을 찍어준다고 하여 사진을 찍었다. 없던 복도 엉겨 붙는다며 웃으라 했다. 우진도 웃어보라, 강요하여 웃었다. 사진을 찍고 난 후의 시간이 또렷이 기억난다. 11시 34분.

"진짜 나 기차사고 당했어?"

"그렇대도. 기사 보여줄까?"

"응."

엄마가 휴대폰의 기사를 검색하여 건네었다. 지희는 액정 가득 채워진 처참한 사진을 보았다. 앞부분이 무참히 일그러진 기차 사진이었다. 찌그러지고 부서진 잔해가 철로 가득 채우고 있었다.

"내가 탔던 기차가 맞아?"

"그래. 넌 3번 객차에 있었다던데."

3번 객차.

서울에서 인정역으로 갈 때도, 인정역에서 서울로 향할 때도 3번 객차였다.

"도무지 기억이 안 나는 거야?"

누구에게나
닥칠의 순간은 온다.

기억이 안 나는 게 아니라 기억이 잘못되었어.

너무나도 생생하게 살아 있는 나의 기억은 다른 기억이야.

이우진을 만나는 순간도, 이우진의 목소리를 듣던 순간도, 이우진과 눈이 마주쳤던 순간도 생생하게 살아 있는 내 기억인데.

그의 눈길은, 그의 손길은, 그의 체온은 모두 어디 있는 거지.

그는 꿈이었을까.

꿈인 건가.

"나 꿈꾼 거야?"

"응? 꿈? 무슨 꿈을 꿨어?"

얼빠진 채 웅얼거리는 말에 영문 모르는 엄마가 반문했다. 지난 일주일 동안 혼수상태인 딸을 지키느라 그녀의 낯은 핼쑥하니 핏기가 없었다. 그런 엄마에게 공연한 걱정거리를 만들어주고 싶지 않았다.

"아니야, 아무것도."

그의 존재가 무엇인지 설명하고 싶은데, 설명할 수가 없다. 자신이 보고 겪었던 일들을 말하고 싶은데 말할 수가 없다.

이대로 묻어두어야 할까.

"엄마, 여기가 인정역 근처 병원이라고 했지? 혹시 여기가 인정병원이야?"

"응. 그래."

인정병원이라.

현실의 자신이 인정병원에서 혼수상태로 있는 동안, 그곳의 자신은 사진관 할아버지, 우진과 함께 인정병원에 머물렀었다. 기막힌 연결고리다.

"엄마, 나 부탁이 있어."

"말해."

"가고 싶은 곳이 있어, 지금."

"지금? 어딜?"

"병원 밖에."

"밖으로? 아직은 안 돼. 너 깬 지 이제 이틀이야. 아무리 별 이상이 없더라도 속은 얼마나 곯았겠니. 의사 선생님도 허락 안 할 거야."

"지금 가야 돼. 꼭 지금."

"지희야."

딸의 고집을 엄마가 꺾질 못했다. 짧은 외출은 괜찮다는 담당의의 허락을 받아온 엄마가 휠체어를 대여해왔다. 걷고 싶었으나 엄마 입장에서는 행여 딸이 무리할까 걱정이었다. 하는 수 없이 엄마의 고집도 받아들여야 했다.

아빠가 밀어주는 휠체어에 앉아, 지희는 병원에서 나왔다. 자신이 보았던 병원 풍경은 딴판이었다. 세련되고 깔끔한 병원에서 허름하고 구식이었던 그 병원의 자취를 찾을 수 없었다. 단지 병동 건물 모양만 동일할 뿐.

누구에게나
사랑의 순간은 온다,

정문으로 향하다, 지희는 중앙 안내판을 발견했다. 외과 1층, 내과 2층, 중환자실 3층.

"중환자실이 3층이었어?"

"응."

기찬 숨으로 가슴이 조였다. 사진관 할아버지와 우진이 입원했던 병실이 3층이었는데. 같은 위치였을까.

병원 정문을 통과했다.

산책로는 없었다. 그와 나란히 앉았던 화단도 없었고, 산책로 중앙을 지키던 고목 또한 없었다. 한갓진 산책로 풍경 대신 삭막한 주차장이 시야를 채웠다.

삼거리 길도 달랐다.

봉숭아꽃이 탐스러웠던 삼거리 모퉁이 화단은 소방대비 시설로 바뀌었고, 키 낮은 점포가 즐비하던 길은 3층, 5층 등의 상가 건물이 우후죽순 들어서 있었다. 휘황찬란한 간판도 덧대어져.

머지않아 단단한 콘크리트 건물을 지났다.

경찰서였다. 그곳의 경찰서보다 곱절로 커진 크기는 웅장하기까지 했다. 당연히 인정식당도 없었다. 인정식당이었던 자리에는 외벽이 화사한 색채로 페인트칠 된 미용실이 있었다. 역전다방은 심플한 카페가 되었고, 시커먼 잔재로 남았던 사진관은 7층 건물의 오피스텔이 되었다.

그리고 **인정**人停**역**.

인정역은 폐역이었다.

역사 입구 안내판에는 96년 운행을 끝으로 폐역이 되었다고 기재되어 있었다. 그러므로 인정역에는 더 이상 기차가 멈추지 않았다. 기차 정거장 표시에도 나타나지 않는다 했다.

"안으로 들어가?"

"응."

아빠가 휠체어를 부드럽게 밀었다. 한편으로 젖혀진 초록 바리케이드를 지나 플랫폼에 섰다.

황량하다.

발길을 이끌었던 평화로운 전경, 저 멀리 보이는 봉긋한 산등성이 밑자락, 강줄기처럼 흐르는 구절초 무리, 그네들은 모두 그날처럼 그대로였으나 오가는 이 없는 간이역은 황량하기 그지없었다.

더없이 쓸쓸하다.

"여기가 오고 싶었어? 사고 난 지점은 이 폐역을 지나서 바로래. 벌써 흔적도 없이 깨끗이 치워졌어."

엄마가 설명했다.

지희는 기차사고가 났다는 지점을 초점 없이 더듬었다. 아무리 각인시켜도 믿기지 않는다. 눈이 거짓말을 하는 것 같다.

"돌아가자, 엄마."

돌아오는 길은 둥그런 골목 반대편으로 이동하길 원했다. 그곳에서는 광활한 논이었던 지점이 보일 것이다. 벼이삭이 무르익은 널따란 논이라도 담고 싶었다.

누구에게나
사랑의 순간은 온다.

하나.

논은 없었다.

푸른 수평선 같던 논은 사라지고 높은 키를 자랑하는 아파트들이 세워진 단지가 조성되어 있었다. 멀리 저 멀리 들풀이 우거지고 반딧불이가 살았던 들길까지.

"아주 예전에는 반딧불이가 많았지. 이곳이 청정지역이었거든. 한데 진즉 사라졌어. 이 동네에 상가들이 들어서고 아파트 단지가 생기면서. 누가 그러더군. 반딧불이는 오염되지 않은 곳에만 산다며. 그 말이 맞는지 여기가 변하면서 반딧불이가 사라졌어. 세상이 발전하는 만큼 잃어버리는 것들이 있어서 그게 참 아쉬워."

목이 말라 잠시 쉰 편의점에서 만난 주인 할아버지는 반딧불을 기억하고 있었다. 그의 씁쓰레한 설명이 가슴을 사무치도록 만들었다.

"흑."

음료수를 한 모금 마시다 말고, 끝내 울음을 토하고 말았다. 파르르 떨리는 입술을 앙다물어도 구슬픈 울음소리가 새어나왔다.

"지희야! 너 왜 그래!"

당황한 엄마가 무릎을 굽혀 앉았다. 아빠 승경이 휠체어 뒤편에서 등마루를 보드랍게 얼렀다.

지희는 한 손으로 얼굴을 가렸다. 손바닥으로 그득하니 뜨거운 액체가 젖어들었다. 서러움이 멈추지 않는다. 멈출

수가 없다.

이렇게 인정해야 한다.

자신이 있었던 그곳이 현실이 아니었음을.

이렇게 받아들여야 한다.

자신이 사랑하는 당신은 떠난 것이 아니라 원래부터 존재하지 않았음을.

꿈처럼.

한낱 같은 꿈은 끝나도 현실의 시간은 간다. 지희의 시간도 그랬다. 일시 정지 없이 흘렀다. 깨어난 지 5일 만에 퇴원하여 일상생활로 돌아왔다. 그러나 온전치 못한 나날이었다. 현실과 환상의 경계에서 어중간하게 멈춘 것처럼 제 삶에 적응하지 못했다. 삶의 전부를 잃어버린 양 상실감이 컸다.

똑똑.

조심스러운 소리가 뒤숭숭한 뇌를 깨웠다. 지희는 턱을 괸 채 무심한 눈초리를 들었다. 주먹으로 테이블을 두들기며 어정쩡하게 서 있는 경호가 보였다.

"이제야 보네. 불러도 모르더니."

"나 불렀어?"

"그래. 두 번이나. 무슨 생각을 그렇게 깊게 했어? 내 생각했어?"

경호가 짐짓 서운한 티를 내었다. 지희는 설핏 쓴웃음을 흘리며 손가락을 까닥거렸다. 신소리 말고 앉으라는 손짓에 경호가 머쓱한 듯 제 뒷머리를 매만졌다.

"컨디션은?"

"좋아."

"표정은 그러지 않은데?"

"새삼 내 표정까지 읽어주시고, 웬일이래. 무심함에 극치인 녀석이."

"너무 그렇게 면박 주지 마라. 네 사고 소식 듣고 내가 죽다 살아난 사람이야."

샐그러지게 흘기자, 경호가 앓는 소리를 내었다.

그가 병원에 와서 한참 울었다는 이야기는 엄마로부터 전해 들었다. 무딘 녀석이라 생각해 왔기에 녀석의 이야기는 새삼스럽게 들렸다.

"우리 헤어진 얘기 왜 부모님께는 말씀 안 드렸어?"

"왜? 내가 미련이라도 남아서 그랬을까 봐?"

"뭐, 조금은."

종업원이 내려놓는 커피로 시선을 옮기며, 경호가 웅얼거렸다. 얼핏 기대하는 기색이 이마에 드리워졌다. 프린트되는 것처럼 그의 속내가 빤히 읽혀, 지희는 환히 웃었다.

"경호야."

"응."

"우리가 얼마나 되었지?"

"햇수로 따지면 20년쯤 되었지?"

"맞다. 20년."

경호와는 20년 지기다.

동네 친구였으며 초등학교 동창이면서 중학교 동창이었다. 이성친구로는 유일한 단짝 친구였다. 주야장천 붙어 다니지는 않았으나 자주 어울렸다. 때론 삼삼오오 몰려다녔고, 때론 둘이 오순도순 지냈다.

성격이 유독 잘 맞았다. 지희가 토끼라면, 경호는 곰이었다. 둔한 순둥이였다. 티 없이 발랄하여 사고뭉치였던 지희의 뒤치다꺼리를 도맡은 친구가 경호였다. 툭하면 위험에 처한 친구를 돕는다고 출동하는 지희의 가방을 도맡은 친구도 경호였다.

그리고 스물셋.

입대를 앞둔 경호가 뜬금없이 고백이라는 걸 했다. 우리 사귀자, 정도의 담백한 고백이었다. 지희도 싫지 않았기에 그러자, 했다.

친구로서 연인이 되긴 했는데 그다지 달라진 점은 없었다. 군인인 경호와는 휴가 때마다 친구들과 떼거리로 우르르 만나는 것이 데이트의 대부분이었고, 군 제대 후에도 마찬가지였다. 공시 준비하는 경호의 시간이 부족해서였고, 친구들과 함께인 것이 경호나 지희에게 익숙해서였다.

그럼에도 잘 만났다.

애정관계는 항상 이상 무無였다. 서로에게 요구하는 것이 없었기에 불편한 부분은 없었고, 크게 말다툼한 적도 없었다.

그렇게 5년이 흘렀다. 8살이었던 두 사람이 스물여덟이

누구에게나
사랑의 순간은 온다.

되었고, 아이였던 두 사람이 어른이 되었다.

두 사람과 마찬가지로 어른이 된 친구들이 슬슬 결혼과 미래에 대한 고민을 토로하기 시작했다. 차츰차츰 두 사람은 각성하기 시작했다. 두 사람 사이에서 결핍되고, 두 사람 관계에서 배제되었던 것에 대해.

그것은 감정이었다.

우정 이상의 정은 있을지언정 사랑은 없다는 것을. 그렇기에 단 한 번도 두 사람의 미래를 그리지 않았다는 것을.

둘 다 인정했다.

그래서 헤어졌다. 사랑이 존재하는 미래를 서로에게 주기 위해.

"긴 시간을 함께해서인지 우리 엄마, 우리 아빠, 너희 엄마, 너희 아빠. 심지어 너희 할머니까지 우리 관계를 아시잖아. 그래서 시간을 주고 싶었어. 주위 사람들에게."

"너는 아니고?"

"나는 글쎄."

지희는 담담히 말했다.

긍정도 부정도 아니다. 아예 아무런 감각도 없었다는 그것이야말로 거짓말이다. 경호와 헤어진 후에 가장 먼저 찾아온 것은 허전함이었다. 심장이 느끼는 허전함이 아니라 살점이 떨어져나간 허전함이었다. 더불어 씁쓰레한 공허도 찾아왔다. 연애를 하긴 했음에도 연애다운 연애를 못한 것에 대한 공허.

"나는 조금 방황했어."

묵직한 경호의 음성이 가라앉았다.

"우리는 진짜 사랑이 아니라고, 네게 돼먹지 않은 소리를 지껄이긴 했는데……. 막상 네가 내 옆자리에 없으니까 이상했어. 적응이 안 되더라. 그래서 3개월 동안 친구 녀석들 모임도 안 나가고 그랬어. 그러다 네 사고 소식을 듣고……."

그가 헛기침하며 쉰 목소리를 가다듬었다.

"나는 그때서야 내가 무얼 놓쳤는지 알았어. 후회가 되었어."

"어이구. 있을 때 잘하지."

경호가 이상했다. 우리 사귀자, 하고 고백하던 당시보다 더하게 끈적거리는 분위기를 조성하고 있었다. 지희는 농담으로 어색한 분위기를 전환하려 했다. 그러나 그가 받아들이지 않았다.

"나는 너 없으면 안 돼, 지희야."

이윽고 경호가 토해내듯 고백했다.

"내가 늦되어서, 뒤늦게 깨달아서 미안해. 그래도 나는 너 사랑해. 쭉 사랑해왔고, 앞으로도 사랑할 거야."

지난 사랑의 과오를 후회하며, 경호가 말했다.

"사랑해, 지희야."

지그시 다가오는 경호의 눈빛이 달랐다. 15년간 친구로, 5년간 연인으로 지내는 동안 보지 못하였던 눈빛이었다. 남자의 눈빛.

누구에게나
이별의 순간은 온다,

"우리, 다시 시작하자."

지희는 남자의 일렁이는 눈동자를 가만히 들여다봤다. 저 눈동자는 자신의 심장 속에 잠식되어 있는 어느 눈빛을 닮았다. 그도 저런 눈빛으로 자신을 보았으니, 아마 경호의 말은 솔직한 고백이 맞을 거다. 진실일 거다.

문득 코끝이 시큰했다.

지희는 외면하듯 턱을 아래로 당겼다. 진실한 사랑의 눈동자를 마주볼 수 없었다. 그럴 여력도 남아 있지 않았다. 무엇보다 심장이 아팠다.

"경호야."

"응."

"나는 안 돼."

지희는 강경하다시피 거절했다. 공연히 기대를 품게 만들고 싶지 않았다. 미련스레 기다리다 오지 않는 사랑으로 인해 상처 입지 않길 바랐다.

"나 사랑하는 사람이 있어."

새기고 새겨도 사라지는 모래사장에 묻어두듯 심장에 묻어두었던 이야기를 꺼내었다. 그 누구에게도, 그 어디에도 말하지 못하였던 이야기. 꿈같은 남자의 이야기.

"나도 알아. 그 사람이 꿈이었다는 걸."

입술이 춥다.

"내가 보았던 환상이 만들어낸 사람이라는 걸."

스스로 단정을 지었으니, 앞으로는 진짜가 될 것이다. 이

고백이 생애 마지막 고백이 될 터이니, 그의 존재는 영영 사라질 것이다.

"그래도 나는 그 사람을 기억해. 되게 짧은 순간이었을 텐데, 나는 너무나도 또렷하게 그 남자를 기억해. 그 사람의 눈빛, 목소리, 손길."

영영 보지 못할 것이다.

"할 수만 있다면, 나는 다시 꿈속으로 들어가고 싶어. 근데 꿈이 안 꿔지더라. 아무리 노력해도 꿈이 안 꿔져."

또르르, 방울진 눈물이 눈가를 이탈했다. 참을 수 없는 서글픔이 치밀었다.

"지희야."

경호가 다독이듯 불렀다. 남자의 서운함은 접어두고 그가 친구로서 안쓰러워했다.

"꿈이 아니면 그를 볼 수 없다는 걸 알아. 그래서 나는 포기하기로 결심했어. 그 사람은 이 세상에 없는 사람인 걸 인정하기로 했어."

추운 입술을 달싹거리며, 지희는 깐닥거리는 감정을 가다듬으려 애썼다. 그러나 그럴수록 가슴이 찢어질 듯 저몄다.

"근데 지워지지 않아. 그 사람이 내 속에서 살아 움직여. 그래서 더 보고 싶어. 보고 싶어서 미치겠어. 미치겠는데, 볼 수가 없어. 그 사람을 볼 수 없어."

"왜 헤어졌는데?"

이별한 남자를 꿈속의 남자로 비유한 거라, 경호가 오해했다. 당연한 반응이었다. 지희는 피식, 자조적으로 웃으며 눈물을 훔쳤다. 그러곤 젖은 눈꺼풀을 깜박이며 크게 심호흡했다.

"꿈이니까."

그래.

꿈이니까.

잊어야 되는 거지.

— 한 달 후

크레인의 둔한 기계음이 멈추었다. 4층 오피스텔 창에서 대기하던 이삿짐센터 인부들이 크레인에서 책상을 내렸다. 주차장에서 빠끔히 올려다보던 지희는 후다닥 4층으로 올라갔다. 어수선한 입구를 통과하여 자리를 찾아가는 제 책상을 보았다.

"지희 씨, 이 자리 좋지?"

"딱 좋네요."

중앙에서 지시하던 김 부장이 넘겨다봤다. 지희의 대답이 끝나자마자, 창가 자리에 책상이 반듯하게 놓였다. 고운 볕이 책상 언저리에 드리워졌고, 사선 방향으로 청명한 10월 하늘이 내다보였다.

"제 자리가 명당자리 같은데요?"

"당연히 명당자리를 줘야지. 하나밖에 없는 우리 소중한 여직원인데."

"소중하게 대해주셔서 감사합니다."

높이 엄지를 보이자, 김 부장이 넉살스레 받아쳤다. 지희
는 함박 미소와 깊숙한 고갯짓으로 답례했다. 양손 각각 커피
캐리어와 도넛 포장봉투를 든 박 전무가 입구로 들어섰다.

"아이고, 수고들이 많네. 시원하게 커피 한 잔들 해."

"도넛까지 사오셨어요? 역시 전무님은 센스가 넘치세요."

"지희 씨, 전무님이라니. 이제 대표님이라 불러야지."

"맞다. 우리 대표님."

김 부장이 지적하여, 지희는 곧바로 정정했다. 세 사람은
탁한 먼지를 환기시킨 후, 오순도순 중앙 소파에 앉아 커피와
도넛으로 허기를 채웠다.

박 전무와 김 부장은 지난 4년 동안 물류회사에서 함께 일
했던 사람들이었다. 지희와 마찬가지로 감축되어 퇴사한 그
들로부터 연락이 온 것은 보름 전이었다. 박 전무와 몇몇 뜻
맞는 직원들이 작은 물류회사를 인수했다는 내용과 함께 지
희도 도와주었으면 한다는 제안이었다.

박 전무는 청렴한 사람이었고, 김 부장은 추진력이 좋은
사람이었다. 지희는 두 사람을 예전부터 잘 따랐고 존경했다.
그렇기에 제게 다가온 좋은 기회를 놓치고 싶지 않아 선뜻 수
락했다. 그렇게 의기투합한 다섯 사람이 오늘 새 사무실로 이
사 왔다.

"유 과장님하고 최 대리님은 언제 오신대요?"

"오후에 나와서 마무리 청소한다고 했어. 지희 씨는 아침

부터 고생했으니 이만 가봐. 어차피 오후에 병원 가야 한다고
했지?"

"네."

"허튼 데 돌아다니지 말고 주말까지 푹 쉬어. 괜히 몸살
날까 무섭네."

"너무 소중히 대해주시는 거 아니에요?"

"성심성의껏 보호해서 길이 보존하려고."

김 부장의 우스갯소리에 지희는 까르르 웃음을 터트렸다.
박 전무도 동의한다는 듯 굳게 머리를 주억거렸다. 상사의 명
령은 고분고분 잘 듣는 직원이었으므로, 지희는 그들의 뜻을
기꺼이 받아들였다.

금요일 오후의 거리는 한산했다. 한산한 거리를 보자, 어
깻죽지가 까무룩 꺼졌다.

언제까지 이러려고.

병이다, 병.

하루에도 몇 번씩 멍해지고, 하루에도 몇 번씩 가라앉는
지희였다. 그럴수록 더더욱 명랑한 척 씩씩한 척 굴었지만,
그 기운은 얼마 가지 않았다.

상념을 떨쳐내고 부러 하늘로 시선을 두지 않고 지하철역
으로 향했다. 병원 퇴원 후로 습관적으로 하늘을 보지 않았다.
가을의 맑은 하늘은 그리운 이를 자연스레 떠올리게 만들었
다. 잠재된 기억을 지울 수 없다면 외면하는 길밖에 없었다.

—지희야. 어쩌니? 문방구 물건 들어오는 날이라 아빠가

자리를 비울 수 없는데. 너 정말 혼자 다녀올 수 있겠어?

전화한 엄마의 목소리가 근심스러웠다.

퇴원 후 한 달이 된 시점이라 인정병원에 마지막 검진이 예약되어 있었다. 단순한 체크에 불과했는데, 사고 이후 딸을 어린아이 취급하는 엄마는 내내 같이 가야 한다고 성화였다. 결국 여건이 맞지 않아 같이 못 가게 되자 불안한 모양이었다.

"지금 사무실 나와서 고속버스터미널로 가는 길이야. 고속버스만 타면 한 번에 가는 길인데 뭘 그리 걱정해. 걱정하지 말라니까."

―도착해서 전화해, 바로.

"네네. 명심하겠습니다."

기세등등하게 대답하고, 지희는 씩씩하게 고속버스터미널로 갔다. 서울에서 150KM 떨어진 인정병원이었으나 가는 길이 그리 멀게 느껴지지는 않았다. 도로가 막히지도 않았다. 쓸쓸함이 묻힌 속은 막혔으나.

"아주 깨끗하고 좋네요. 이상 증후는 없었죠?"

"네. 선생님."

"서울로 다시 가야 하죠? 이제 다시는 볼 일이 없겠네요."

"감사했습니다."

이동한 시간이 아쉬울 만큼 검사시간은 짧았다. 지희는 담당의와의 마지막 인사를 나누고, 1층 로비로 내려왔다. 저도 모르게 「중환자실 3층」 안내판으로 눈길이 갔을 때였다.

"엄마!"

누구에게나
사랑의 순간은 온다.

아이가 잡고 있던 아빠의 손을 놓고 로비를 가로질러 뛰어왔다. 해사하게 웃으며 달려가 엄마의 품에 안기는 아이의 얼굴이 또렷이 동공에 들어왔다. 일순 심장이 철렁했다.

"뛰지 말라니까."

"엄마, 이제 안 아프대? 괜찮대?"

"응. 엄마, 이제 안 아프대. 멀쩡하대."

아이와 눈높이를 맞추는 엄마의 이목구비도 세세히 보였다. 제자리에 굳은 채 지희는 두 사람을 직시했다.

다인이.

미아가 되어 엄마를 찾던 아이. 경찰서에서 우진과 함께 해맑게 놀던 아이. 그리고 아이를 찾아 달려왔던 엄마.

두 사람이 맞다. 그 두 사람이 지금 눈앞에 있다.

꿈.

꿈이라 생각했는데, 꿈에서 만난 사람들뿐이라 생각했는데, 그들이 현실에서 존재한다. 지금 자신의 현실에.

"어떻게……."

지희 곁을 다인과 엄마가 손을 잡은 채 지나갔다. 다인 엄마가 동공이 팽창한 채 멍해진 그녀를 힐끔 일별했다. 그러나 모르는 사람이라는 듯 무심히 지나쳤다. 지희는 자신에게서 멀어져 정문으로 넘어가는 그들을 넋 놓고 좇았다. 곧 그들이 시야 반경에서 사라졌다.

무얼 놓친 걸까.

무엇이 어떻게 엉켜 있는 건지, 어떤 연결고리가 중간에서 끊어진 건지 가늠되지 않는다.

지희는 한 대 크게 맞은 양 얼떨떨한 상태로 인정병원에서 나왔다. 투덕투덕 걷다, 먼발치에서 세련된 위상을 자랑하는 아파트 행렬을 물끄러미 주시했다.

"아!"

순간 번쩍, 번개를 맞은 것처럼 깨달았다.

버드나무집.

깨어나서 변한 이곳을 훑고 다녔을 때, 할아버지의 집이 있는지 확인하지 않았었다. 그 집의 존재를 망각하고 있었다.

달렸다.

지희는 무작정 자신이 그리던 그 자리를 향해 달려갔다. 울긋불긋한 간판 꽃이 핀 삼거리를 지나고, 딱딱한 담벼락이 세워진 아파트 단지를 지났다.

개천이 나왔다.

반딧불이가 살던 풀숲이 사라지고 개천 길 따라 깔끔한 산책로가 조성되어 있었으나 경로는 동일했다. 민서와 손잡고 뛰던 다리도 그 위치에 똑같이 있었다.

그리고…….

버드나무가 있었다.

늙은 고목이 된 버드나무가 뇌리에서 그리는 그대로 길목을 지키고 있었다. 그때보다 더하게 풍성해진 잎줄기가 마치 지희에게 '늦었네' 하듯 사부작거렸다.

지희는 가파르게 달리는 심장을 가다듬었다. 식은땀이 배어 나오는 손바닥을 웅그려 잡고 차근차근 길을 밟았다.

머지않아 널따란 앞마당이 나타났다.

사진관 할아버지가 살던 허름한 앞채는 사라지고 없었다. 대신 앞채에서 ㄱ자로 꺾어 들어가면 나왔던 한옥이 훤히 내다보였다. 그때처럼 고즈넉한 분위기를 물씬 풍기며 세월의 흔적을 여실히 드러내고 있었다.

그리고 다른 풍경 하나.

창고가 있던 자리에 다른 건물이 있었다. 눈에 익숙한 건물 모양새였다. 지희는 느릿느릿 건물로 다가갔다.

「장수사진관」

건물 위에 새겨진 현판을 읽었다.

화재로 전소되어 있던 사진관이 살아났다. 기계로 새겨진 현판이 달려있을 뿐, 알루미늄 샤시 미닫이문도, 불투명한 유리창도 같았다. 부들거리는 손끝으로 미닫이문을 스륵 만져보았다. 그날의 기억이 생생히 되살아났다.

꿀떡.

울렁이는 감정을 질끈 동여매고 문을 조심스레 열어보았다. 삐거덕거리는 느낌이 있었으나 잠겨 있지 않았다.

안으로 들어갔다.

그 당시의 사진관과는 다른 공간이 나타났다. 나무판으로 덧대어져 있던 바닥은 돌무늬 대리석이 깔려 있었고, 구식 수동카메라와 백작부인 의자가 있던 자리는 깔끔히 비어 있었다. 그리고 사면의 흰 벽에 무수히 많은 액자가 가지런히 걸려 있었다.

사진관이 아닌 사진 전시관이었다.

첫 번째 액자부터 훑어보았다. 오래된 흑백사진이 대부분이었고, 대부분 황혼에 접어든 노인들의 인물사진이었다. 장수사진관에서 찍은 장수사진일 거라 생각하며 중간 지점까지 움직였다.

그때.

보았던 사진을 발견했다.

흰 정복을 갖춰 입은 해군 장교 사진과 단아한 할머니의 독사진이 나란히 걸려 있었다. 그리고…….

"하."

잇새에서 돌풍이 일 듯 거친 숨이 내뱉어졌다. 오소소한 소름으로 머리카락 뿌리가 뽑힐 듯 당겨졌다. 천천히 사진 가까이 발을 디뎠다.

역시 사진관 장식대에서 보았던 사진이다. 예닐곱 살 된 여자아이와 너덧 살배기 사내아이를 각각 무릎에 앉힌 젊은 가족사진. 그날 이 사진을 보며 흐뭇하게 웃었었다. 그때는 몰랐다. 전혀 인지하지 못하였다. 젊은 아빠의 얼굴을.

"……우진 씨."

지희는 얼른 벌어진 입술을 제 손바닥으로 막았다. 하마터면 울음소리가 쏟아질 뻔했다.

그가 여기 있다.

누구에게나
사랑의 순간은 온다.

이 가족사진 속에 우진이 있다. 서른둘의 우진보다는 조금 더 나이가 든 우진이었고, 조금 더 담백한 미소를 진 우진이었다.

우진은 웃고 있는데, 자신은 울고 있다. 우진은 이 안에 있는데, 자신은 밖에 있다. 다른 세계의 사람들처럼.

그리고 또 하나의 사실을 깨달았다.

자신이 그를 처음 보았을 당시 어디선가 보았다고 생각했던 이유를. 사진관 장식대의 사진을 스치듯 구경한 거라 명확히 기억 못 한 거였다.

당신이 어떻게 여기에…….

끝내 굵은 눈물이 눈동자를 이탈했다.

흐느낌이 나올 듯해 아랫입술을 질끈 깨물며 손을 들었다. 파르르 경련이 일어나는 손끝으로 가만가만 그의 얼굴을 더듬었다. 차갑고 시린 유리의 감촉이 전부였다. 그에게서 전해오던 따스한 온기는 없었다.

"누구……?"

열린 문틈으로 연세 지긋한 할머니가 들어왔다. 연세가 80세 이상으로 짐작되었으나 정정하게 걸어오는 품새가 우아했다. 이곳의 주인인 듯했다. 지희는 후다닥 젖은 얼굴을 손바닥으로 닦아내며 가렸다.

"죄송해요, 허락도 없이."

"괜찮아. 아무나 보라고 만들어놓은 곳인걸. 옛날 사진들이라 볼품이 하나도 없는데, 뭐 볼 만한 게 있었어?"

꾸벅 허리를 굽히는 지희를 그녀가 살갑게 대했다. 사진관 할아버지 부인인가? 지희는 문득 그녀의 외모가 낯익다고 생각했다. 본 적 없는데.

"우리 양반 사진들이야."

사진들을 넌지시 훑으며 그녀가 말했다.

"원래 학자였던 양반이었는데, 그때부터도 사진을 엄청 사랑했어. 은퇴하고 사진관을 열었는데 안타깝게도 큰 불이 나서 사진관은 사라졌어."

사진관을 하셨던 할아버지. 화재가 나서 사라진 사진관.

할아버지가 실존인물이었다는 사실에, 화재가 실제로 일어났던 사건이었다는 사실에, 지희는 감격했다.

"사진도 그 불로 죄 없어진 줄 알았더니, 이 양반이 자기 마음에 드는 사진은 꼭 두어 장씩 뽑아 놨었나봐. 우리 아들이 그 사진들을 발견하고 이리 사진관 건물을 세워놓고 사진 전시를 해놓은 거야."

사진관이 불타면서 사라졌을 사진들이 원상복귀된 것처럼 전시되어 있는 이유를 그녀가 설명했다.

"그때의 그 불로 우리 양반도 세상을 뜰 뻔했다지, 아마. 근데 어떤 고마운 청년이 우리 양반을 구해줬다고 하더라고. 그래서 간신히 살았다고."

어떤 고마운 청년.

우진이 할아버지를 구하였던 이야기다.

자신이 겪은 사실적인 이야기가 그녀의 입을 통해서 전해왔다. 지희의 가슴골을 뜨거운 전류가 쓸었다.

"할아버지는 살아 계세요?"

"진즉 세상을 떴지. 큰 병이 있었어. 인명재천이라 하더니 화재가 났던 그 해를 갓 넘기자마자 떠났어."

큰 병.

우진이 인정식당으로 먼저 보냈던 날이 떠올랐다. 어림짐 작으로 검사결과가 좋지 않은 모양이라고 생각했었는데, 역 시 큰 병이 있으셨던 건가.

"이게 나야. 우리 양반이 세상 뜨기 전에 찍어줬던 사진이 지. 제 몸의 이상을 알았는지 뜬금없이 사진을 찍자 하더니, 이게 그 양반이 찍어준 마지막 사진이지."

그녀의 손가락이 단아한 할머니 사진을 가리켰다. 눈에 익은 사진이다. 그렇기에 그녀도 눈에 익었던 것이다.

"그리고 이 사람이 우리 양반. 젊었을 때 엄청 잘생겼었 지. 내가 이 얼굴에 반했었어."

이어 그녀가 해군 장교의 사진을 보며 부연했다. 지희의 눈썹이 들썩였다. 주름진 얼굴만 기억하고 있는데, 젊은 청년 의 모습을 보니 새삼스러웠다.

"이분은……."

지희는 떨리는 손으로 가족사진 속의 아빠를 가리켰다.

"우리 아들. 잘생겼지?"

아들.

하면 우진은 할아버지 아들이었나?

마치
마법처럼 335

"몇 달 전 간경화로 세상을 떴어. 어미보다 먼저 간 배은 망덕한 놈이지."

그는 세상에 없다.

절망이 가감 없이 내려앉았다. 심장이 지끈했고 초점이 여러 겹으로 분산되듯 흩어졌다. 세상이 비틀거렸다.

"이놈이 우리 손자."

지희의 동요를 알아채지 못한 채 할머니가 사진 속 사내아이를 짚었다.

"제 아버지를 쏙 닮아 잘생겼지."

아련한 음성이 느리게 말을 이어갔다. 부옇게 젖어가는 눈으로 지희는 멀거니 사내아이를 보았고, 홀리듯 그녀의 말을 들었다.

"한데 왜 이런 일이 생기는 건지. 세상 떠난 아비가 왜 제 아들을 보살피지 않는 건지. 이 고운 녀석이 지금 병원에 있어. 기차사고를 당했거든."

"네?"

스러지던 사고가 번쩍 깨어났다.

"사고 난 지 한 달이나 되었는데, 여직 의식 없이 혼수상태야. 어서 빨리 깨어나야 할 텐데……. 이 할미가 이리 기도하고 있는데……."

"혹시……."

쇳소리가 나왔다. 지희는 헛기침으로 제 목소리를 가다듬었다.

"손자분 성함은……."

버드나무 잎사귀처럼 입술이 파들거려 말소리가 불분명했다. 지희는 제 힘을 입술에 실어 또박또박 말하려 애썼다.

"우리 손자 이름?"

그제야 그녀가 지희를 보았다.

"이우진."

그리고 강조했다.

"이우진이야."

13화. 안녕합니다

꿈이 현실이 되었다.

인정병원으로 달려가는 길이 꿈길 같았다. 아스라이 사라
져가던 회색의 그림자가 선명한 색채를 가지고 되살아난 기
분이었다. 그렇기에 벅찼다. 말로 표현할 수 없을 만큼 감격
스러웠다.

"신지희 씨, 여긴 어쩐 일이에요?"

인정병원 3층 중환자실 간호사는 갑작스러운 지희의 등장
에 의아해했다. 지희는 마음이 조급했다. 어서 빨리 그를 확
인하고 싶었다.

"이우진 씨가 이 안에 있나요?"

"이우진 환자요? 지희 씨와 같은 기차사고로 혼수상태이
신 분이요?"

"네, 맞아요."

그가 여기 있다.

"그분 여기 계세요. 집중치료실에 계시다가 며칠 전 중환자실로 옮겨왔어요."

"집중치료실이요?"

"지희 씨 의식이 돌아왔던 날이었나? 그분은 그날 안타깝게도 상태가 위독했었거든요. 심정지도 왔었고. 고비는 간신히 넘겼는데 바이탈이 계속 불안정해서 한동안 집중치료실에서 치료를 받으셨어요."

"지금은요?"

자신이 깨어났던 날, 그는 위독했다는 사실에 시야가 아득해졌다.

"최근에는 정상으로 돌아왔어요. 여전히 의식은 없지만. 근데 지희 씨가 왜 갑자기 이우진 씨를 묻죠? 원래 아시는 분이세요?"

"……네."

원래는 아니나, 아는 사람은 맞아요. 자신이 아는 사람이 맞을 거예요.

"김 간호사님. 죄송한데, 저 잠깐 이우진 씨를 면회할 수 있을까요?"

"그건 안 돼요. 면회시간도 아니고."

"부탁 좀 드릴게요. 꼭 봐야 될 일이 있어서."

매정히 일축하는 간호사에게 지희는 간곡히 부탁했다. 머리까지 조아리며 사정하자, 김 간호사가 난감해했다. 끝내 마음 여린 그녀가 주위를 살피다가 작은 목소리로 속삭였다.

"아주 잠깐이면 되죠? 다른 분들 눈에 안 띄게 어서 들어오세요."

그녀가 절실한 마음을 알아주었다.

지희는 서둘러 간호사의 뒤를 따라 중환자실로 들어갔다. 면회복을 착용하는 동작이 자꾸 어긋났고, 두근거리는 심장을 진정시킬 수 없어 연신 심호흡을 해야 했다.

이윽고.

그에게 갔다.

우진.

그를 보았다.

맞았다. 비록 산소마스크를 한 채 죽은 듯 깊은 잠이 들어 있었으나, 비록 한 달 전보다 뺨이 핼쑥해져 있었으나, 그는 자신이 아는 이우진이 확실했다.

왈칵 눈물이 났다. 그간 느꼈던 절망이 송두리째 사라졌고, 그간 느꼈던 공허가 물거품처럼 소멸되었다.

감격스럽고 미안했다.

자신은 깨어나 일상으로 돌아왔는데, 그는 내내 이곳에서 갇힌 듯 있었다는 사실이 사무치게 가슴 아팠다.

지희는 링거바늘과 연결된 그의 손을 조심조심 보듬었다. 촉감이 같다. 자신이 어루만졌던 그의 부드러운 살결이 고스란히 제게로 닿았다.

"이우진 씨."

어서 돌아와요.

제발 깨어나세요.

이 말을 들어주길 간절히 바란다. 지금 어느 곳에 있을지 모르겠으나 그가 제 목소리를 듣고 깨어나 주길 절실히 바라였다.

그리고…….

살아 있어 주어서, 정말 고마워요.

덧없이 일주일이 갔다.

우진을 확인하고 돌아온 일주일은 유유히 흐르는 강물 같았다. 그동안 지희는 다시 인정병원 중환자실로 가지 못했다. 마음은 언제나 그가 있는 곳으로 향하였으나 몸은 제 위치를 지켜야 했다.

못 가는 연유는 여러 가지가 겹쳐 있었다. 가족도 아닌 자신이 소중한 면회시간을 뺏을 수도 없었고, 의식 불명인 그 앞에 정상인 자신이 감히 설 수 없었다.

무엇보다 겁이 났다.

그의 전부를 세세하게 기억하는 자신과 달리 그는 자신을 기억하지 못할까, 겁이 났다. 의식이 돌아온 그가 낯선 눈빛으로 자신을 바라볼 듯해, 무서웠다. 그 경험은 아마 버림받는 것보다 더하게 아플 것 같았다.

그래서 그저 기계적으로 일상을 살았다.

"먼저 퇴근하겠습니다. 참, 최 대리님! 월요일 오전에 하남 물류센터 들렀다 오셔야 되는 거 아시죠? 간신히 다시 잡았으니까, 어제처럼 착각하시면 안 돼요."

가방을 챙기다 말고, 지희는 최 대리에게 으름장을 놓았다.

어제 하남 물류센터의 담당자와 미팅 약속이 있었는데, 센터 이름을 착각하여 성남 물류센터로 갔던 최 대리였다. 일은 빠릿빠릿하게 잘하는데, 간혹 엉뚱한 실수를 하는 최 대리를 지희는 항시 체크했다. 평소 덤벙거리기 일쑤였으나 업무에 있어서는 꼼꼼한 지희였다.

"제가 월요일 오전에 전화할게요."

"틀림없이 하남으로 다녀오겠습니다. 어서 가십시오."

최 대리가 머쓱한지 강하게 머리를 조아렸다. 김 부장이 '한 번 봐줘, 갓난쟁이 아들이 밤새 울어서 정신이 없었다잖아.' 라고 두둔했다. 갓난아이 아빠가 된 최 대리이므로, 지희는 너른 마음으로 이해해주기로 했다.

"주말 잘 보내세요."

"지희 씨, 불타는 금요일 보내!"

사무실을 나서는 그녀에게 박 대표가 고갯짓을 했고, 김 부장이 손을 들어 보였다. 넉살 좋게 크게 외치는 최 대리에게 지희는 엄지와 검지로 오케이 사인을 보냈다.

지희는 단란한 사무실을 기분 좋게 나섰다. 몇 십 명의 직원과 일할 때와는 분위기가 사뭇 달랐다. 인맥 좋은 대표이사와 김 부장 덕분에 물류업계에서의 출발은 순조로웠고, 가족 같은 사무실 분위기는 더할 나위 없이 좋았다. 새 길로 들어

선지 일주일, 지희는 자신이 잘한 선택을 한 거라 믿어 의심치 않았다.

—금요일이다, 지희야. 나하고 데이트할래?

오피스텔 엘리베이터에서 나서는데 경호로부터 전화가 왔다. 어느 놈에게 조언을 들은 건지 경호는 요즘 들어 부쩍 능청을 떨어댔다. 그럴 때마다 지희는,

"질척거리지 마."

적절히 대응했다.

—신지희. 너무 매정하다. 너 어쩔 때보면 무진장 냉정한 거 아냐?

"헤어지자고 먼저 한 건 너야. 나는 가는 놈 안 붙잡는다."

—오는 놈은?

"골라서 잡아야지?"

—나는?

"넌 이미 아웃."

단칼로 자르는 지희의 답이 기막힌지 경호가 실소했다. 그러더니 '아웃이 세 번이면 삼진인데, 난 대체 삼진이 몇 번이냐.' 하고 혼잣말했다. 지희는 쿡쿡 웃음으로 때웠다.

경호는 간간이 농담을 섞어 찔러보는 언사를 하곤 했으나 지희의 감정은 인정했다. 점점 친구로 돌아가는 그들이었다. 연인보다는 친구 사이였던 때가 훨씬 편했음을 아는 두 사람이었기에.

—데이트하자는 건 그냥 하는 소리고. 애들하고 만나기로

했는데, 너 안 올래?

"오늘?"

─민우 생일이잖아. 귀빠진 날이라고 한턱 쏘겠다던데?

'뭘 자꾸 쏘래. 벌침이라도 맞고 싶은 거?'

사진관 할아버지의 카랑카랑한 말소리가 경호의 말소리
을 덮었다. 오버랩 되는 영상에 빙그레 웃으며 지희는 오피스
텔 정문을 통과했다.

오후 6시가 갓 넘은 시각이라 밖은 환했다. 가시거리가 유
독 좋은 날이라 오피스텔 주차장은 물론이거니와 그 너머 차
도까지 선명히 들어왔다.

정면 주차장에서 서성거리는 기다란 남자도.

세련된 슈트 차림의 남자에게서 고귀한 아우라가 퍼졌다.
거닐며 한쪽 손을 바지주머니에 넣는 간단한 동작도 우아했
다. 어디서 본 듯한.

지희는 무심히 남자를 훔쳐보았다.

─특별한 약속 없으면 와서 맥주 한잔해.

"봐서……."

갈게, 라고 말하려던 참이었다.

남자의 발끝이 빙그르르 틀어졌다.

일순 남자의 옆얼굴에 초점이 사로잡혔다. 우뚝, 두 발이 달
라붙듯 시멘트 바닥에 멈추었다. 동공이 동그랗게 팽창했다.

―온다고?

경호의 목소리가 두둥실 떠올랐다.

귀에서 들리는 모든 소음이 흩뿌려지듯 사라졌고, 사위를 감싼 배경이 시나브로 옅어졌다.

오직 한 사람만이 뚜렷했다.

하루에도 몇 번씩 떠오르는 남자.

걷는 순간에도, 밥을 먹는 순간에도, 심지어 복사기 앞에서도 생각나는 남자. 잠시 잠깐 빈틈이 생기면 기다렸다는 듯 그 틈새로 파고드는 남자.

그였다.

우진.

―야, 신지희! 왜 대답이 없어? 너 뭐 해?

"나, 못 가."

지희는 전화를 끊었다.

팔이 무기력하게 축 늘어졌다.

자신이 보는 사람이 진짜인지, 환상인지 제대로 인식할 수 없어서 멍하니 멈추었다. 그러면서도 그에게 머문 눈길을 떼지 않았다. 뗄 수 없었다.

그도 지희를 발견했다.

바지주머니에 넣어져 있던 손도 빠지고, 서성거리던 걸음도 정지했다. 그리고 이쪽을 보았다. 또렷한 초점이 오롯이 지희에게로 다가왔다. 달려오는 듯한 눈길이었다. 1초라도 빨리 오고 싶다는 눈길이었다.

마치
마법처럼 345

당신, 맞아요?

맞아요.

먹빛의 동공이 길게 늘어났다.

그가 웃었다. 지희를 자신의 눈에 담자마자, 길게 웃었다. 지희 기억에서 살아 있는, 그 그윽하고 다정한 미소였다.

울컥.

눈자위가 뜨거워졌다.

그러나 지희는 울지 않았다. 우는 대신 빙그레, 환한 웃음을 보내었다.

알 수 있었다. 굳이 말하지 않아도, 굳이 묻지 않아도, 그가 자신을 기억하고 있다는 것을. 우리는 우리를 기억하고 있다는 것을.

그가 왔다.

성큼성큼 큰 걸음으로 다가왔다.

오는 동안 그의 눈길은 어김없이 지희에게 잇닿았고, 오는 동안 그의 미소는 여지없이 지희에게 연결되었다.

지희는 기다렸다.

제게로 이어지는 근사한 남자를 꼼짝없이 기다렸다. 기다리면서도 그를 보았고, 기다리면서도 그를 새겼다.

두근두근.

점차 좁혀지는 간격만큼 심장박동의 격차도 좁아졌다. 귀까지 울리는 심장의 고동소리를 감추지 않았다. 제 심장소리마저 듣기 좋았다.

드디어.

그가 앞에 섰다.

지그시 자신을 내려다보는 그를, 지희도 지그시 올려다보았다. 두 사람의 눈이 서로에게 머물렀다. 하염없이.

"안녕하세요."

그가 인사했다.

깊게 울리는 나직한 목소리는 기억 속에서 존재하는 목소리와 같았다. 또박또박한 발음 또한 한 치의 어긋남 없이 똑같았다.

그가 맞다. 자신이 아는, 자신이 기억하는 이우진이 틀림없이 맞다.

"네, 안녕하세요."

지희도 인사했다.

우리는 안녕한 상태로 마주했다. 아무런 상처 없이, 아무런 고통 없이, 서로를 마주보게 되었다.

"이름을 물어도 되겠습니까?"

그가 말했다. 그날처럼.

"저는 이우진입니다."

토씨 하나 틀리지 않는 이 말들에는 모든 것이 내포되어 있었다. 나는 당신을 처음부터 끝까지 기억한다는 의미가 담겨 있었다.

"신지희요."

지희는 또렷이 말했다. 그때처럼 그대로 말하는 입술이

배시시 길어졌다.

"그렇군요."

그의 입술도 호선으로 휘었다.

"신지희 씨."

읊조리듯, 되새기듯 그가 반복했다. 역시 너무나도 의젓한 목소리로.

쿡. 지희는 웃었다. 그날처럼 제 입술을 손바닥으로 막지 않았다. 그날처럼 경찰관 눈치를 살필 필요도 없었고, 그날처럼 해질 대로 해진 경찰서 소파도 아니었다. 실제인지 실제가 아닌지도 모르는, 그 이상한 세계도 아니었다.

이곳은, 여기는.

현실이다.

실바람 닮은 미소가 입가를 떠나지 않았다. 실바람 닮은 미소를 품은 눈길도 떠나지 않았다.

이렇게.

다시 만났다.

그를.

에필로그 1. 처음 만났지만

눈이 자꾸 옆을 의식한다. 가자미처럼 한쪽으로 쏠리는 눈동자의 모양새가 보기 흉할까 걱정스럽기까지 하다. 그럼에도 도둑 눈짓이 멈추어지지 않는다.

자신이 기억하는 그는 편안한 일상복 차림으로 느긋이 걷는 모습일 뿐이라, 운전대를 잡은 그가, 세련된 슈트 차림의 그가, 낯설면서도 신선했다. 새삼 멋있기도 했다.

그는 여유로웠다. 자신에게 꽂히는 시선을 느끼면서도 은근히 즐기는 듯했다. 싫은 기색은 일절 없었다. 그 또한 운전하면서 틈틈이 그녀를 곁눈질했다. 지희도 그의 눈초리가 싫지 않았다.

"이런 모습 이상해요?"

힐끗 일별하며 그가 물었다. 자꾸 훔쳐보는 의도를 알아챈 것이었다. 지희는 얼른 도리질했다.

"전혀 이상하지 않아요. 굉장히……."

"굉장히?"

우진의 눈썹이 들썩였다.

"근사하게 자연스러워요. 딱 맞는 옷을 입은 것 같아요."

지희는 부러 '근사하게'를 붙였다. 그에게는 제가 느끼는 모든 감정을 솔직하게 밝히고 싶었다. 철석같이 알아들은 우진의 고개가 설핏 기울어졌다.

"늘 이런 차림을 유지했어요. 하루의 대부분을 일에만 매진했으니. 사실 일상복보다 슈트가 편해요. 낯설지는 않아요?"

"안 낯설어요."

화법이 재미있는지 그가 피식, 웃었다. 지희도 싱그레, 입술을 벌렸다.

지희는 짠―하듯이 나타난 우진의 차를 타고 이동 중이었다. 서둘러 자리를 떠야 한다고 말한 건 지희였다. 행여 퇴근길에 나서는 사무실 직원과 마주칠까 싶어서였다. 당장 그를 어찌 설명해야 할지 난감할 거라는 생각이 들었기에.

좁은 공간에 둘이 있으니 새삼 그의 존재가 실감 났다.

따지고 보면 현실에서는 처음 만난 두 사람이었다. 그러나 서먹한 분위기는 없었다. 단 한 번도 낯섦을 느끼지 않았다. 마치 첫눈에 반한 사람들처럼 서로의 기류에 설레고 있었다.

이미 날 기억해요? 기억한다 등의 질문과 답은 필요 없었다. 눈이 마주친 순간부터 두 사람은 느꼈다. 본능처럼 아스라이 감지되는 감정을. 서로가 서로에게 어떤 가치인지.

"배고파요?"

"아니요."

한 달은 안 먹어도 배부를 것 같아요.

기분이 그랬다. 꿈속의 신기루 같은 그를 지워야 하는 강박에 시달리던 한 달의 허기가 모두 채워진 기분이었다. 배불러도 이리 배부를 수가 없다.

"잠시 멈출까요?"

자동차는 블루에서 레드로 물들어가는 하늘 아래 한강대교를 건너고 있었다. 붉게 그을려가는 강물을 우진이 턱짓했다. 하고 싶은 말이, 나눌 대화가 많다는 뜻이었다.

이제는 시간도 많다. 함께할 우리의 시간이.

"네."

지희는 선뜻 끄덕였다. 그의 말이라면 무조건 오케이였다. 그와 함께라면 어디든 무조건 오케이였다.

자동차가 부드럽게 선회하여 잔잔한 강물이 내다보이는 지점에 멈추었다. 수줍게 두근거리는 심장을 느끼며, 두 사람은 한동안 조용히 서로를 보았다. 각인시키듯 서로의 눈 코 입을 새겼다.

"날 불렀죠?"

지그시 머물던 눈길이 물었다. 중환자실에서 불렀던 것을 말하는 거였다. 그의 무의식이 지희 목소리를 들은 모양이었다.

"들었어요?"

"이번에도 당신 목소리가 나를 이끌었어요."

"제가 그랬나요?"

"당신만이 가능한 일이에요. 나는 오직 당신 목소리를 좇았으니."

그에게는 한 가지만 들렸다는 이야기다. 자신의 목소리만이.

다행이다. 자신이 화염 속에서 헤맸던 그를 인도했듯, 어딘가 깊은 암흑에서 허우적거렸을 그를 다시 이끌 수 있어서.

"어디에 있었어요?"

현실의 몸과 과거의 의식은 연결되어 있었다.

미아였던 다인이 엄마를 찾은 시점에서 다인 엄마의 의식이 현실로 돌아온 것부터 우진의 의식이 현실로 돌아왔을 때까지.

지희는 자신이 현실에 있는 동안 그의 의식은 어디에 있었는지 궁금했다.

"모르겠어요. 그날 아침 정신을 잃었어요. 깨어나 보니 당신은 없고 나 혼자 남아 있더군요. 그 자리, 그대로."

"그날 쓰러졌어요? 아팠어요?"

그것도 모르고 그가 자신을 버린 거라 배신감에 사무쳤었다. 미안하고 걱정스러워, 지희의 동공이 불그스름해졌다.

"아프지 않았어요."

그 마음을 읽은 우진이 다정히 고개를 가로저었다.

"돌이켜보니, 내 기억이 깨어나고 있었던 거였어요. 그날 아침, 그곳의 자신과 현실의 기억이 부딪치면서 혼란이 온 거죠."

그날 아침.

노인의 안방에서 사진 한 장을 발견한 우진이었다. 젊은 부부의 가족사진이었는데, 익숙한 사진이었다. 자신의 어머니 화장대에도 늘 같은 사진이 있었다. 아버지와 어머니 무릎에 앉아 있는 자신과 누나의 사진.

우진은 어째서 이 사진이, 라는 의문이 들었다. 그 순간 뇌가 울렸다. 둔탁한 망치가 두들기듯 뇌가 흔들렸고, 귀가 먹먹했다. 연이어 겹겹이 겹쳐진 영상이 해일처럼 덮쳐왔다.

어렸을 적 보았던 할아버지 사진, 아버지 장례식, 기차표를 예매할 당시 표시되지 않았던 인정역, 기차에서 통화했던 어머니 목소리, 삼촌 동석의 문자 그리고 터널. 그리고 잔혹하고 끔찍한 기차사고.

기차사고는 터널 통과 후 폐역이었던 인정역을 지나치자마자 일어났다. 피곤하여 깜박 잠이 들었던 상태로 사고를 겪었다. 본능적으로 깨어나 버틸 때에는 이미 늦은 상태였다. 통로 옆자리에 있던 여자가 쏟아질 듯 제게로 쓰러졌다. 그녀가 지희였다. 우진은 그녀를 잡은 채 찌그러진 좌석과 좌석 사이에 끼었다. 머지않아 내려앉는 객차 지붕에 깔렸고, 그녀만이라도 살리고자 제 품에 담았다. 그리고 의식을 잃었다.

사고 기억을 떠올린 채 쓰러졌던 우진의 의식이 깨어났을 때는 캄캄한 밤이었다. 거무레한 어둠이 깔린 그곳에서 우진은 홀로 있었다. 지희를 찾아 헤맸고, 지희의 흔적을 잃어버려 절망했다. 그리고 한옥 대청마루에 앉아 무기력한 시간을 보냈다. 하염없이 지희를 기다리고, 기다렸다.

그리고 드디어 자신을 부르는 지희 목소리를 들었다.

'이우진 씨.'

목소리를 따라 춤추듯 방울방울 노란빛이 공기에 퍼졌다. 노란 망울을 꼬리에 문 반딧불이 무리가 굳어진 그의 전신을 감싸며 따스한 빛을 주었다. 그 빛이 말하고 있었다.

'제발 돌아와요.'

그 목소리를 좇아 우진은 현실로 돌아왔다.

"날 기다렸어요?"

현실의 우진이 나직이 물었다.

지희의 눈시울이 왈칵 젖었다. 꿈인 줄 알았어요, 당신의 존재가. 그래서 잊으려 애썼어요. 한데 잊을 수 없었어요. 어떻게 당신을 잊겠어요.

큰 손이 공기를 가르며 천천히 다가왔다. 촉촉이 젖은 눈가를 섬세한 손가락이 쓰다듬듯 쓸었다. 알고 있던, 기억하던 그 감촉이다.

"미안해요. 내가 늦게 와서."

먹빛 동공도 촉촉해졌다.

"나도 미안해요. 혼자 두어서."

지희는 그의 손등에 제 손을 덮었다. 따뜻하고 부드러운 체온이 합쳐졌다. 이 역시 알고 있던 체온이다. 그리웠던 체온이다.

심연처럼 짙어지는 눈동자가 맑은 갈색 눈동자를 깊숙이 들여다봤다. 갈색 동공도 제게 쏟아지는 눈길을 오롯이 받아들였다.

놓침 없이 그녀를 바라보던 그의 목울대가 실룩했다. 여릿하게 입술을 달싹거린 그가 입을 뗐다.

"우리, 현실에서는 처음 만났지만……."

그의 긴 입술이 천천히,

"키스해도 될까요?"

아주 조심스럽게 물었다. 자못 심각하고, 자못 진중한 눈빛이다. 그와 상반되게 질문은 터무니없이 원초적이다.

"쿡."

눈물이 쏙 들어갔다.

그는 역시 주저하는 법 없는 행동파다. 자신이 하고자 하는 일은 거침없이 밀어붙인다. 그곳에서처럼, 어김없이.

"싫다고 하면요?"

"그래도 할 거예요."

농담 식으로 묻자, 농담 식으로 그가 강경히 말했다.

쿡쿡, 연이어 해맑은 소리웃음을 뿜어낸 지희는 끄덕끄덕, 턱을 당겼다. 미세한 흔들림도 없는 승낙에 그의 입술도 다정히 늘어났다. 그럴 줄 알았다는 당당한 자신감도 어렴풋이 어렸다. 얄밉게도.

그럼에도 웃는 입술은 멋있었다.

그가 서서히 다가왔다.

자연스레 닫히는 눈꺼풀로 그윽한 공기가 가라앉았다. 느긋하고 따스하고 포근한 공기였다.

이어 긴 입술이 선홍의 입술을 베어 물었다. 톡톡히 감아오는 입술의 감촉은 더할 나위 없이 부드러웠다. 스르 벌어지는 잇새로 들어오는 촉촉한 혀의 감촉은 더할 나위 없이 짜릿했다.

강한 혀가 잡아채듯 뾰족한 혀를 묶었다. 오소소한 소름이 등마루를 훑었다. 좌우로 벌어진 심장이 주름 없이 꽉 조여지는 느낌으로 가슴팍이 뻐근했다.

이 느낌.

이 무섭도록 설레고, 이 무섭도록 짜릿한 전율.

모든 것이 그대로다.

그곳에서 느꼈던, 그곳에서 공유했던 그 전율 그대로.

이곳의 우리와 연결된 그곳의 우리를 터럭만큼도 의심해서는 안 된다. 현실의 우리와 동일하였던 우리였다. 그곳의 감정과 동일한 현실의 감정이었다. 우리는 분명하다. 분명히 우리를 알고, 분명히 우리를 느낀다.

갈증 가득한 키스가 시작되었다.

한 달이라는 시간 동안 떨어져 있던 간격을 좁히기 위해,

서로가 사라진 것에 대한 절망과 공허를 지우기 위해, 애틋한 그리움으로 서러웠을 감정을 다독이기 위해, 오직 서로를 품었다.

서로를 꽉 채우는 키스였다.

우진이 큰 손으로 지희의 양 뺨을 감쌌다. 제게로 당겨 취하던 입술에서 서서히 떨어진 입술이 흐르듯 귀로 이동했다. 보드라이 지희 귓불에 닿은 입술이,

"사랑해."

토해내듯 말했다.

감겨 있던 지희 눈동자가 열렸다. 울렁울렁 치솟는 감정이 목구멍을 타고 올라왔고, 두근거리는 뜨거움이 전신을 휘감았다.

한없이 애정 가득한 눈동자가 지희의 눈으로 들어왔다.

"당신을 사랑해."

조금의 거짓도, 조금의 숨김도 없는 고백이었다. 진심이었다.

"이 말을 그날 하고 싶었어."

늦게 해서 미안해.

그의 눈이 사과했다. 주르륵, 감동의 눈물이 눈망울에서 이탈했다. 아련한 입술이 지희의 눈가를 훔쳤다. 이어 눈꺼풀도 부드럽게 훔쳤다.

다시 입술이 내려왔다.

"사랑해요."

입술과 입술이 잇닿기 직전, 지희도 고백했다. 드디어 그에게 제 감정을 털어놓았다. 털어놓을 수 있어, 이런 시간이 와서 감사했다.

길게 늘어난 입술이 촉촉이 늘어난 입술과 만났다. 또다시 시작될 길고 긴 키스의 첫 맞춤이었고, 앞으로 지속적으로 나눌 키스의 첫 맞춤이었다.

부스럭—

이불을 들썩이는 지희의 등을 긴 팔뚝이 감았다. 따뜻하게 허리를 감는 팔의 촉감으로 지희는 상체를 움직였다. 그의 널따란 품으로 깊숙이 들어가자마자, 허리를 감은 팔의 힘이 강해졌다.

"쿡."

탄탄한 근육이 서린 가슴팍에 코를 묻자마자, 바람 같은 웃음이 났다. 날렵한 턱이 수그러지며 짙은 동공이 내려왔다.

"왜 자꾸 웃어요?"

"우리 상황이 웃겨서요."

피식피식, 연속으로 새어나오는 바람소리를 의아한지, 그의 눈썹이 들썩였다. 지희는 깜박깜박 해맑게 눈꺼풀을 움직였다.

"우리 오늘 처음 만난 거나 마찬가지인데, 진도가 너무 빠르지 않아요?"

"조금도."

그의 어깨가 능청스레 으쓱했다.

잇따라 그것만으로는 아쉽다는 듯 그가 다시 억세게 지희의 허리를 당겨 몸을 붙여왔다.

진득한 키스를 나누고, 진한 감정을 전한 두 사람은 이대로 떨어질 수 없음을 깊게 절감했다. 그 길로 우진은 자신의 오피스텔로 향했다. 지희는 낯선 그의 오피스텔에 들어설 때도 망설이지 않았다. 솔직한 두 사람에게 있어 굳이 미룰만한 일도 아니었다. 정해진 수순 같았다. 그리고 두 사람은 짙은 사랑을 나누고, 나눴다.

"묻고 싶은 게 있어요."

"말해요."

"어떻게 날 찾아왔어요? 우리 회사를 어떻게 알고."

"의식이 깨어나자마자, 난 당신을 찾았어요. 다행스럽게도 당신 자취가 여기저기 남아 있더군요."

"김 간호사를 만났군요?"

피식, 웃어주는 그에게 지희는 샐쭉 넉살을 피웠다. 중환자실로 들여보내준 김 간호사가 그 일을 우진에게 언급했으리라. 그렇다는 듯 우진이 짤막히 끄덕였다.

"퇴원하면 무조건 당신부터 찾으려 했는데, 때마침 당신 어머니가 찾아왔어요. 당신 소식은 당신 어머니께 들었죠."

"우리 엄마요?"

지희는 깜짝 놀랐다.

"의식 불명인 당신과 나를 지키면서 두 어머니께서 서로를 의지하고 지내셨다고 하더군요. 내가 깨어났다는 소식을 듣고 당신 어머니께서 한달음에 달려오신 거라면서, 사고 당시 당신을 구해줘서 고맙다는 인사를 하셨어요."

그의 부연에 지희는 기억이 났다.

의식이 돌아온 지 얼마 안 되어 엄마로부터 사고 당시의 이야기를 들었다. 자신과 함께 사고를 당한 사람이 있는데, 그 사람 덕분에 지희가 살 수 있었다는 이야기였다. 그때는 우진에 대한 그리움이 가득 차 있는 상태라 그 어떠한 내용도 담아낼 여력이 없었다. 그렇기에 깊게 새겨듣지 않았고, 그저 고마운 사람이 있었다고 넘기듯 생각했을 뿐이었다. 더불어 우진과 자신을 갈라놓은 사고에 대해서는 더 이상 듣고 싶지 않았다. 지희의 심중을 간파한 엄마가 그 후 사고에 대해 언급하지 않았다.

"당신이 그 사람이었어요?"

"날 기억해요?"

"아니. 나는 사고 기억이 없어요. 하나도 기억이 안 나요. 사고 당시 느꼈던 두려움으로 내면에서 스스로 기억을 지운 거라고, 담당 의사 선생님이 말했었어요. 굳이 떠올리려 애쓰지 않아도 되는 기억이니, 심각히 생각하지 말라는 말도 하면서."

"다행이다. 당신이 그 기억을 잊어서."

우진이 지희의 몸을 가득 담으며 말했다. 끔찍하였던 사고에 대한 기억은 자신의 몫으로 충분하다고 생각하는 모양

누구에게나
사랑의 순간은 온다,

이었다.

"이 상처도 그 사고로 난 상처죠? 그때 당신의 상처를 보긴 했는데, 우리의 사고와 연관된 건지 전혀 생각 못했어요."

지희는 손끝으로 세심하게 우진의 관자놀이 부근을 만졌다. 붉은 선의 상처는 그때 보았을 때보다 상당히 아물어 있었다. 나아지고 있다는 증거다. 다행이다.

"내 얼굴에 상처가 있었어요? 보았어요?"

"응. 몰랐어요?"

"나는 전혀 인지하지 않았어요."

"정말?"

"응."

"신기하다."

지희는 제 동공에 꽉 차는 남자를 애틋한 눈길로 보았다. 남자의 상처를 애틋하게 보았다.

"날 보호해주다가 난 상처인데 흉터로 남으면 어쩌나 걱정돼요."

"괜찮을 거예요."

관자놀이에 머문 지희 손을 잡아 내린 우진이 손바닥에 입을 살며시 맞추었다.

"엄마에게 날 보호해줬던 사람이 있었다는 얘기는 듣긴 했어요. 근데 고마운 일이라고 생각했을 뿐 더는 듣고 싶지 않았어요. 당신인 줄 까맣게 모르고."

"왜요?"

"사고에 대해 자세히 들으면 들을수록 서글펐거든요. 사고 내용이 인지될수록 당신과의 일이 전부 꿈이 되어버리니까, 사고에 대해 말하는 게 싫었어요. 내 삶에서 다시는 당신을 느낄 수 없다는 사실에 절망하고 있었거든요."

"난 여기 있어요."

우진의 다른 손이 지그시 지희의 뒷등을 눌렀다. 그리고 입술이 이마로 내려왔다. 짧은 입맞춤이 이마에서 눈꺼풀로 이어졌다.

"난 앞으로도 여기 있을 거예요."

곧 입술이 뺨으로, 콧잔등으로 연결되었다.

"당신 곁에."

윗입술에 그의 입술이 포개어졌다.

느긋하게 진입한 혀가 세밀하게 구석구석 잇속을 훑었다. 그리고 혀로 그녀를 단단히 묶었다. 마치 자신의 존재를 부각시키듯. 자신은 언제나 곁에 있을 거라고 약속해주듯.

지희도 제 팔로 그를 단단히 묶었다. 다시는 제 곁에서 떠나도록 내버려두지 않겠다는, 다시는 보내지 않겠다는 의지였다.

큰 손이 부드럽게 지희 몸을 쓸었다. 매끄러운 등마루와 허리라인을 쓰다듬듯 어르던 손길이 밑으로 미끄러졌다. 자그마한 엉덩이를 한 손으로 너끈히 쥔 그가 바짝 자신에게로 붙였다.

두 몸이 밀착되었다.

붙으니 더 좋은 밀착이었다. 바스락바스락 속살거리는 꽃잎처럼 달라붙은 몸들이 서로의 보드라움을 여실히 느꼈다.

그의 손이 지희 허벅지를 끌어올려 자신의 다부진 허벅지에 올렸다. 그리고 자신의 전부를 준다는 듯 깊숙이 들어왔다. 불과 몇 분 전 나눈 뜨거운 사랑의 여파가 남아 있는 몸이었다. 사랑의 열기가 채 가시지 않은 몸은 거부 없이 그에게 열렸다.

그가 지희에게, 지희가 그에게 꽉 채워졌다. 터럭만큼도 빈틈없이 전부가.

또다시 그들에게 경이로운 순간이 온다.

현실의 사랑은 그곳에서 공유했던 사랑 이상의 감정을 이끌어낸다. 살아가는 삶의 가치를 완전히 충족시켜주며 빛보다 더 찬란한 광채를 선사한다.

비로소 하나, 그 이상의 결합으로 이루어진다.

이것이 사랑이다.

이렇게 사랑이 시작된다.

누구에게나
사랑의 순간은 온다,
마치
마법처럼

에필로그 2. 또 다른 시작이

노트북 모니터 시계가 오후 06:00 정각을 가리켰다. 문서를 빼곡하게 채운 텍스트에 멈춰 있던 커서가 X박스로 움직였다. 저장하겠느냐는 팝업창이 뜨자마자, 서슴없이 딸깍 소리가 났다.

주저 없이 시스템을 종료시킨 우진은 벌떡 상체를 일으켰다. 선 채로 두터운 서류바인더도 닫고 널브러진 집기들도 제자리로 보냈다. 어수선한 책상을 정리하는 손길이 자못 분주했다.

책상이 말끔해지자마자, 그는 붙박이장으로 걸어갔다. 걸어가면서도 두어 번 접었던 셔츠 소매를 풀고 단정히 단추를 채웠다. 그러곤 시원스레 장에서 슈트 상의를 꺼내었다.

"퇴근합니다. 수고했어요."

비서실에서 대기하는 혜선에게 우진은 의례적으로 인사했다. 그녀의 동공이 동그랗게 커졌다. 어제도, 그제도, 그끄

제도 같은 표정이었다.

"이사님. 오늘도 칼, 아니 정시 퇴근하십니까?"

혜선으로서는 당황스러운 일이었다. 지난 3년 동안 우진이 정시 퇴근하는 일은 극히 드물었다. 3년 동안의 수를 헤아려도 열 손가락도 되지 않았다. 부하 직원들은 죄 퇴근하도록 만들고 자신은 꿋꿋하게 업무를 마무리 지은 후에야, 자리에서 벗어났던 우진이었다. 그는 늘 혜선에게도 먼저 퇴근하라고 당부했었다. 혜선이 지키지 않았을 뿐. 정시 퇴근뿐이 아니었다. 주말 근무도 태반이었다. 때론 일에 미친 사람 같았다.

그런 우진이 달라졌다.

의식 불명에서 깨어난 지 보름 만에 복귀하고서는, 이우진 이사가 이우진 이사가 아닌 것처럼 굴었다. 주말 근무는 물론이거니와 꼬박꼬박 정시 퇴근했다. 업무시간은 명확히 지키니 그것에 대해서 왈가왈부할 필요는 없었다. 변한 건 행동도 마찬가지였다. 냉담하게 느껴질 만큼 꿋꿋하던 태도는 느슨해졌고, 실수를 용납하지 않던 사람이 직원들의 실수를 너그러이 넘기기도 했다.

더한 문제는 허파였다. 아무래도 사고로 허파에 구멍이 났는지, 밥 먹다가도 웃었고, 일하다가도 피식거리기 일쑤였다. 표정을 잃은 양 도무지 웃지 않던 사람이었던지라, 혜선은 기차사고의 후유증일까 심각하게 걱정하는 중이다.

"내일 봐요."

"이사님!"

양문 손잡이를 잡는 그를 혜선이 급히 쫓았다.

"대표님께서 어제 올리신 제안서에 관해 의논하고 싶다고, 방금 연락하셨는데요. 대표님께 가셔야……."

"내일 오전에 하자고 전해줘요."

"네? 내일이요?"

내일로도 미루는 법이 절대 없던 우진이었다.

기함하는 혜선의 동공이 번개 맞은 토끼 같았다. 그간 자신이 얼마나 인간적인 모습을 안 보였던 건지, 새삼 인지한 우진은 약간의 여유를 주기로 했다.

"지금 대표이사실로 올라갈게요. 권 비서는 먼저 퇴근, 아니 여기서 대기해요."

일부러 그녀를 비서실에 두고, 우진은 대표이사실로 올라갔다. 바른 노크를 하자마자, 들어오라는 대답이 바로 넘어왔다.

"대표님."

대표이사실로 들어서던 우진은 멈칫했다.

진귀한 풍경이 펼쳐지고 있었다. 대표이사이면서, 우진의 삼촌이기도 한 동석이 자신의 자리를 반듯하게 지키며 제안서를 검토하고 있었다.

대부분 오후 5시가 넘으면 뜬구름처럼 대표이사실에서 소멸되었던 동석이었다. 기척도 없이 사라지는 그를 찾아 헤매느라 최 실장의 구둣발은 닳고 닳았다. 그런 그가 오후 6시가 넘은 시각에 사무실에 붙어 있다. 심지어 일하면서.

"어, 왔어? 네가 보낸 화학단지 제안서 말이야. 이 프로젝트대로 시행하려면 얼마간의 준비 기간이 필요……."

그런데다 실없는 우스갯소리나 징징거리는 투정 없이 곧장 업무적 대화에 돌입하다니.

우진이 중환자실에 있는 동안 대표이사로서의 본분대로 기업을 이끌었다고 임원들이 극찬하더니 입에 발린 소리가 아닌 모양이다. 한량 삼촌의 변화가 새삼스러우면서도 한편으로는 흐뭇하다.

"대표님."

그러니 마음 편히 놀아도 문제없겠다.

"제안서에 관한 브리핑은 내일 오전에 하겠습니다. 저는 약속이 있어서 이만 퇴근하겠습니다."

"뭐? 퇴근?"

동석이 되레 황당해했다.

"너 어제도 일찍 퇴근했다며? 그제도. 아니! 출근한 다음부터 계속, 일찍."

"일찍 아니고, 정시입니다."

우진은 당당히 정정했다.

"그 말이 그 말이지. 너 요즘 왜 안 하던 짓을 하냐? 왜 자꾸 정시 퇴근을 해? 집에 꿀떡이라고 숨겨놨어?"

"네."

그녀를 '꿀떡'이라고 표현하는 건 좀 그렇긴 하지만 꿀처럼 달긴 하므로, 우진은 긍정적으로 받아들였다. 사실인데, 사실인 줄 모르는 동석이 어처구니없는지 콧방귀를 꼈다.

"그리고 이 기회에 명확히 말씀드릴 것이 있습니다."

"뭘 명확히?"

"저는 앞으로 법정근로시간인 주 40시간 근무를 필히 준수할 테니, 그리 아십시오."

"뭐! 법정근로시간? 야, 내가 언제 못 쉬게 했어? 네가 네마음대로 마구 일한 거지? 누가 들으면 내가 족쇄 채워 일 시킨 줄 알겠네!"

"그러니까 앞으로는 대표님께서 그런 억울한 오해 안 받으시도록 기필코 지키겠습니다."

"허!"

왜인지 더 억울한 동석이었다. 무언가 손해 보는 기분이 드는 건 어쩔 수 없다.

연신 콧구멍 평수를 늘리던 동석이 별안간 책상 서랍에서 돋보기를 꺼내었다. 성큼성큼 책상에서 나온 그가 돋보기를 우진의 얼굴에다 들이밀었다. 그러곤 튀어나온 동공을 붙인 채 골동품처럼 요리조리 살폈다.

"너 누구냐? 우리 우진이 어디 있냐? 어디서 굴러먹던 잡귀가 우리 우진이 몸에 함부로 들어온 게냐!"

"치우십시오."

우진은 일말의 농弄기 없이 냉담히 눈꺼풀을 내리깔았다.

"아, 우리 우진이 맞구나."

동석이 즉각 인정하며 물러났다. 슬렁슬렁 책상에다 엉덩이를 걸친 그가 턱을 까닥였다.

"좋아. 너의 법정근로시간 준수는 내가 받아들인다. 뭐, 나도 원하던 바야. 그런데 말이야. 네가 그리 칼퇴근을 하면 내 업무에도 지장이 있지 않을까?"

쓸데없이 사설이 길다.

"업무를 미루지는 않습니다만."

"그건 알지만, 그래도 말이야. 내가 이것도 필요할 때가 있고, 저것도 필요할 때가 있고, 내가 마구 네 일이 궁금할 때도 있고 말이야."

"본론을 말씀하십시오."

바쁜데.

"아무튼 지간에 그래서 말이야. 권 비서 있잖아. 그러니까 권혜선 비서, 네 비서."

"네."

"음…… 그러니까 네 권 비서를 나한테 넘기는 건 어때? 너도 예전에 말했었잖아. 권 비서를 내 비서로 전임하는 게 어떠냐고. 꼼꼼한 친구라 내게 적절한 비서일 거라고."

"그때는 권 비서가 고리타분하다고 싫다하셨잖습니까."

"그때야 내가 권 비서를 잘 몰랐잖냐. 근데 너 병원에 있는 동안 같이 일해 보니까, 일을 겁나 잘하더라고. 네 말대로 겁나 꼼꼼하고."

헤벌쭉거리는 표정이 심상치 않다.

"내가 대표이사 자실이 많이 부족한데, 권 비서처럼 뛰어난 인재가 내 수행비서가 되면 딱 보충이 되겠더라고. 네 말대로."

네 말대로, 를 강조하며 이쪽으로 떠넘기겠다는 말이군. 우진은 그의 속내를 간파했다.

"최 실장님도 충분히 뛰어난 비서입니다만."

그래서 짐짓 건조하게 굴었다.

"물론 최 실장도 뛰어나지. 근데 최 실장은 비서실장이라 전반적으로 바쁜 사람이잖아. 나는 보다 날 세심하게 보좌해 줄 사람이 필요한 거지. 나는 성실한 태도로 보아 권 비서를 지향하는 거지 다른 의도는 없어, 전혀."

동석이 손사래까지 치며 둘러댔다.

"네 의중은 어때?"

제발 날 주라, 날 줘.

은근슬쩍 찢어지는 눈초리가 그리 애원하고 있었다. 설설 눈치 보는 낌새도 우스울 지경이었다. 동석의 눈빛이 낯익다. 최근 거울에서 마주하는 제 눈빛과 닮았다.

"글쎄요. 권 비서가 가판대 물건이 아니라서 제가 함부로 넘긴다고 말씀드리기가. 우선 권 비서의 의향을 물어보겠습니다."

"날 싫어할까?"

동석의 고개가 코브라처럼 쑥 내밀어졌다.

"그럴 수도."

짓궂은 마음이 들어 딱딱하게 끄덕이니,

"그렇구나. 싫어할 수도 있겠구나."

동석의 어깻죽지가 쑥 빠졌다.

하마터면 웃음이 터질 뻔했다. 큰일이다. 지희를 만난 후로는 웃음이 흔해져서.

"직접 물어보시죠."

우진은 움찔거리는 입꼬리를 잡아채어 사뭇 담담히 입을 열었다. 낙심의 절벽에서 대롱거리는 동석을 구제해주기로 했다.

"직접?"

"권 비서는 비서실에서 대기하고 있습니다."

선견지명이 있었나.

갈까 말까 갈팡질팡하는 동석을 뒤에 두고, 우진은 꾸벅 묵례하고 돌아섰다. 문으로 성큼성큼 걸어가다 말고, 그는 자신의 삼촌에게 작은 선물을 주기로 결심했다.

"그리고 이건, 조카로서 삼촌에게 드리는 팁인데."

한 템포 애태운 후.

"권 비서는 삼촌을 좋아합니다. 아주 오래전부터."

혜선이 동석을 좋아하는 건 오래전부터 눈치채고 있었다. 그렇기에 휴가를 떠나기 전 혜선에게 동석을 부탁한 것이었다.

"뭐?"

동석의 동공이 번쩍 커졌다. 책상에 걸쳐져 있던 엉덩이도

벌떡 섰다.

"그럼 저는 이만."

"야! 이우진! 그게 말이 돼? 권 비서랑 나랑 나이 차이가 얼마인데. 자그마치 14살이나 나잖아! 나 같은 노땅을 권 비서처럼 예쁜 아가씨가 왜 좋아하냐? 아무리 내가 동안童顔 소리를 듣는다고 해도, 권 비서랑 사귀는 건 너무 양심 없지 않냐? 야! 이우진! 말은 끝까지 해줘야지! 진짜 내가 좋대? 진짜야? 진짜냐고!"

동네방네 소문나도록 버럭버럭 질러대는 동석의 목소리가 방방 뛰었다. 설렘이 담긴 목소리가 공기방울처럼 사방으로 퍼졌다.

비서실의 최 실장이 어리둥절한 표정으로 대표실을 넘겨다봤고, 의연히 나오는 우진에게 눈짓했다. 대체 무슨 일이냐는.

우진은 태평스레 까닥, 턱짓하고 그 자리를 벗어났다. 대표이사실 양문을 단단히 닫자마자, 쿡쿡 웃음이 나왔다. 지희의 웃음소리를 닮은 소리웃음이었다.

철없이 굴긴 하여도, 한량처럼 살아왔더라도, 여자 문제만큼은 깨끗하였던 동석이었다. 그러므로 남자 보는 눈이 특이한 혜선도 오랜 짝사랑의 종지부를 찍게 될 것이고, 조금은 외로웠을 마흔다섯 싱글 동석의 삶에도 꽃바람이 불게 될 것이다. 덤벙거리는 동석에게 꼼꼼한 혜선은 더할 나위 없이 좋은 짝일 테고.

지극히 좋은 인연이다.

우리처럼.

징—

지하주차장으로 내려가는데 휴대폰이 떨렸다. 발신자는 자신에게 웃음을 가져다준 그녀였다. 받는 목소리가 저절로 들떴다.

"어디예요?"

—어떡해요? 퇴근을 하긴 했는데, 엄마가 급하게 만나자고 해서 가봐야 돼요. 그래서 오늘은 만나기 어려울 것 같아요.

"안 좋은 일이에요?"

—그건 아닌 것 같아요. 걱정하지 마세요. 근데 진짜 어떡해요? 오늘 못 보게 되어서. 너무너무너무 보고 싶은데. 이제는 하루라도 못 보면 입 안에 가시가 돋을 것 같은데.

그녀의 애교에 우진의 입술이 숨김없이 길어졌다. 내숭이라고는 일절 없는 그녀가 더없이 사랑스럽다.

"이따 밤에라도 시간이 되면 말해요. 즉시 달려갈 테니."

우진도 진심으로 말했다.

쿡쿡, 듣기 좋은 소리웃음이 수화기 구멍으로 넘어왔다. 맑은 웃음소리를 들으니 더 보고 싶긴 하다.

아쉬운 마음을 접고, 우진은 운전석에 올랐다. 휴대폰을 거치대에 놓으며 힐끔 액정화면을 보았다. 배경화면은 지희가 카메라를 들이밀어 억지로 찍은 두 사람 사진이었다. 질색한

마치
마법처럼 373

것이 거짓말처럼 사진 속 자신은 환하게 웃고 있었다. 지희와 똑같은 표정으로.

톡.

우진은 까맣게 꺼져가는 휴대폰 액정을 손가락을 건드렸다. 거무레해지던 지희 얼굴에 다시 환한 빛이 들어왔다. 그녀를 제 눈에 담으며 시동을 걸었다.

징—

휴대폰이 다시 진동했다. 휴대폰 액정의 사진이 사라지고 발신자 표시가 떴다. 어머니 서영주 여사였다.

"네, 어머니."

—퇴근했니? 요즘 일찍 퇴근한다면서?

"네."

그사이 누나에게 징징거리며 고자질하는 동석의 모습이 그려졌다. 일순 동석에게 혜선의 마음을 전한 것이 후회되었다. 다음에 실컷 약 올려주어야겠다.

—잘했다. 사람이 일하는 것도 중요하지만 쉬는 것도 중요해. 그나저나 너 혹시 약속 있니? 만약 없으면 엄마 부탁 하나 들어줄래?

"말씀하세요."

—너 선 안 볼래?

"선이요? 어머니 저 선은……."

—아주 좋은 혼처자리라서 그래.

난감한 우진의 미간이 좁혀졌다. 그의 표정을 일절 볼 수

누구에게나
사랑의 순간은 온다.

없는 어머니가 연이어 간곡히 사정했다.

　—엄마, 소원이야. 이번에 보면 다시는 맞선 보라고 안 할게. 응? 우진아.

　웨이트리스가 K호텔 스카이 창가 자리로 안내했다. 사박사박 얌전히 앉으며, 지희는 얼떨떨한 기색으로 주위를 살폈다. 웨이트리스가 테이블 중앙에 놓인「예약석」안내판을 치우고 글라스 잔을 세워 투명한 물을 채웠다.

　"예약하신 음식은 일행분 오시면 내올까요?"

　"아, 예약한 음식도 있어요?"

　"네."

　"그러면, 그렇게 하세요."

　어수룩하게 끄덕이자, 웨이트리스가 싱긋 친절한 미소를 머금고 물러났다.

　이토록 고급스러운 공간에는 생전 발길도 두지 않던 엄마였다. 웬일인가 싶으면서도 좋은 곳에서 식사하고 싶었던 모양이라 생각하며, 지희는 엄마를 기다렸다. 한데 약속 시간이 지나도록 엄마의 모습이 나타나지 않았다.

　급히 오라 하더니.

　걱정되어 휴대폰을 꺼내는데, 딩동 문자메시지가 도착했다.

　[지희야. 오늘 거기서 좋은 사람과 맞선 보기로 했으니까, 얌전히 잘 만나고 와. 맛있는 것도 많이 먹고. 엄마가 미리 말

안 해서 미안해.]

"에?"

기겁한 동공이 확장되었다.

맞선이라니. 엄마, 나는 그럴 만한 상황이 절대! 아니야.

황급히 엄마에게 전화하려 통화버튼을 누르려는 찰나, 뒤편에서 기다란 그림자가 드리워졌다. 그리고 나직한 저음이,

"신지희 씨?"

하고 물었다.

언뜻 어디선가 들어본 음성이라고 생각하면서도 긴장한 바람에, 지희는 '네' 하고 대답했다. 시원스레 움직인 남자가 통로를 이동하여 맞은편 자리로 왔다. 느긋이 자신의 의자를 당겨 앉는 남자를 보지 못하고 지희는 안절부절못했다. 맞선을 본 적도 없을 뿐만 아니라, 저 멀리 다른 곳에 있을 남자한테 죄짓는 심정이었다.

죄송하다고 말하고 얼른 가야지.

뭉그적거리듯 느리게 고개를 들었다. 잘난 이목구비의 남자가 맞은편에 있었다. 일순 지희의 동공이 튀어나왔다.

"우진 씨!"

그는 다름 아닌 우진이었다.

그가 약간 퉁명스러운 표정으로 그녀를 도도하게 직시하고 있었다. 불편한 심기를 고스란히 내뿜는 그에게서 익숙한 아우라가 풍겼다. 민서와의 도주를 겪은 후 혼났을 때가 오버랩 되었다.

"맞선을 나왔군요. 급한 일이라 하더니."

"아! 제가 알면서 맞선을 보러 온 게 아니고요. 분명 엄마가 급한 일이 있다고 여기 오라고 했는데, 그래서 안내를 받고 앉아 있던 건데, 엄마는 오지 않고. 그러다 뜬금없이 엄마가 문자로 맞선을 보라고 해서 내가 깜짝 놀라고 있는데, 갑자기 우진 씨가 나타나서……"

당황한 지희는 두서없이 주절거렸다. 그러다 문득 깨달았다. 저 남자가 맞선인지 어떻게 아는 거지? 내 문자를 해킹해서 본 것도 아니면서?

"우진 씨는…… 여긴 왜?"

"맞선을 보러 나왔습니다."

우진이 삐뚜름하게 대답했다. 듣는 사람은 기막힐 정도로 당당하게.

"맞선이요?"

이런 법이.

나야 엄마에게 속아서 어쩔 수 없이 이 자리에 있다고 쳐도, '자기'는 어떻게 이토록 태연하게 맞선을 보러 나올 수 있지? 우리 연애하는 거 아니었나? 아, 연애는 하더라도 결혼은 별개인 건가? 하긴 조건으로나 집안으로나 차이가 나니까, 그럴 수도 있겠구나. 그래, 그런 거였어.

부질없다. 다 부질없다.

"무슨 생각을 그리합니까?"

"아니요. 그냥요."

담담한 질문에, 지희는 심드렁히 옹얼거렸다. 내색하지 않으려 해도 입술이 뽀로통히 튀어나왔고, 주먹이 옹그려졌다. 동요 없이 지켜보는 우진이 미워서 한 대 때리고 싶은 충동이 일었다.

"식사부터 할까요?"

"식사는 맞선 상대이신 그분하고 하세요. 어서 가서 맞선 보세요. 기다리시겠네요."

우진이 태연자약하게 물었다. 콧방귀 뀌며, 지희는 슬그머니 스카이라운지 손님들을 훑어보았다. 저쪽에 앉아 있는 아나운서 같은 여자인가? 아님 저쪽의 모델 같은 여자?

"나는 지금 내 맞선 상대와 앉아 있습니다."

"네?"

뭔 소리야.

"신지희 씨가 내 맞선 상대입니다."

"네?"

화들짝 놀라는 표정이 우스운지, 우진이 픽, 웃었다. 장난기 서린 눈매가 반달로 휘어졌다. 깜빡깜빡, 지희의 동공이 멀뚱거렸다.

"우진 씨는 내가 여기 있는 줄 원래부터 알고……? 설마, 나한테 장난친 거예요?"

"설마, 장난친 거죠."

우진이 천연덕스레 응수했다.

"너무해. 놀랐잖아요."

누구에게나
사랑의 순간은 온다.

원망이라는 원망은 다 하고, 오해라는 오해는 다 했는데. 섣부른 자신의 판단을 부끄러워하면서, 지희는 자신에게 닥칠 뻔했던 위기에서 벗어난 듯해 살며시 안도했다. 그래서 짓궂은 그를 용서하기로 했다.

"어떻게 우리가 맞선을 보는 거죠?"

예정되어 있던 '일행분'이 오셔서 예약되어 있던 음식이 세팅되었다. 입맛을 살리는 애피타이저를 혀로 음미하며 지희는 행복한 미소를 지었다.

"두 어머니께서 우리 두 사람을 중신 서기로 하셨다던데. 못 들었어요?"

"전혀요. 제 의사도 묻지 않고 오늘 이런 식으로 자리를 만든 거라니까요. 갑자기 우진 씨가 나타난 건 완전 반전이었어요."

엄마도 참. 몇 차례 경호와의 이별에 관해 언급하면서 새로운 사람을 만나야 된다고 넌지시 떠보더니, 이런 앙큼한 계획을 세우다니. 우진과의 사이는 일절 모르시니, 이런 식으로라도 좋은 사람과 인연이 연결되길 바라였던 모양이다.

"아, 근데 어머니들끼리 중신 서기로 하셨다면, 어머니들께서 우리 두 사람을?"

"인정한 거죠."

철석같이 알아들은 우진이 말했다.

"우리 사이를 이미 아시나요?"

"그건 아니고."

중환자실에서 마주한 것이 전부였을지언정 서로의 인연을 깊게 느끼셨던 것일까. 당신들께서도 이 인연이 소중하다고 느끼셨던 것일까.

"지금 알리려고요."

그가 돌연 슈트 안주머니에서 휴대폰을 꺼내었다. 자지러지게 기겁한 지희는 포크를 굳게 움켜쥐었다.

"지금요? 진짜요?"

그녀의 반응을 느긋이 즐기며, 그가 휴대폰 통화버튼을 눌렀다. 우진 씨, 급히 막으려는 포크가 허공에서 휘적거렸다.

"어머니, 저예요."

그러나 늦고 말았다.

뭐라 하려고. 어떻게 우리 사이를 설명하려고.

암담하여, 지희는 애먼 포크만 테이블에다 긁어댔다. 꼬물거리는 그녀 모습을 귀엽다는 듯 빙그레 바라보며, 우진이 입을 열었다.

"맞선 상대가 무척 마음에 듭니다. 결혼하겠습니다."

또렷한 깊은 울림.

쿵덕. 심장이 널뛰기를 하듯 들썩거렸다. 또렷하게 제 귀로 들려온 청혼에 지희의 포크가 뒤집혔다. 놀람 이상의 감격이 심장을 그러쥐었다. 터질 듯 팽창하는 심장을 토닥토닥 두들겼다.

"네. 첫눈에 반했어요."

누구에게나
나랑의 순간은 온다.

그가 덧붙였다.

하염없이 사랑스러운 눈동자를 제 눈에 담으며 오롯이 그녀에게 전하듯. 오롯이 그녀에게 고백하듯.

"그녀가 허락하면 바로 결혼하고 싶습니다. 올해 안에."

이어 그가 물었다. 묻는 말이었다.

기쁨에 젖은 입술이 아래로 당겨졌다. 수줍은 턱이 까닥까닥, 반동했다.

실바람 같은 미소는 여느 때보다 더 맑았고, 그 입술을 담아내는 눈빛은 그 여느 때보다 그윽했다.

마주보며, 마주 웃는 어깨 너머로 어스름한 저녁 빛이 비쳐들었다. 스카이라운지 통창을 통해 내다보이는 한강대교의 가로등이 하나둘 켜졌다. 반딧불이의 꼬리 불처럼 노랗게 방울지는 빛이 켜졌다. 연결되듯 하나씩 이어지며.

우리의 인연처럼.

에필로그 3. 마치 마법처럼

착한 바람이 차창을 두들긴다. 12월 공기도 상냥하다. 다물린 차창을 내리고, 지희는 손끝을 내밀었다. 장난기 다분한 바람이 손가락을 톡톡 간질였다. 입술 끝자락에 걸린 미소가 활짝 만개했다.

자동차가 목적지에 도착했다.

인정역 역사 앞에 정차한 후, 우진이 안전벨트를 풀고 운전석에서 내려 보조석으로 돌아왔다. 문을 열어주는 그에게 지희는 빙긋한 미소로 보답했다.

두 사람은 인정역으로 들어갔다.

낡은 역사는 변함없었다. 시간이 멈춘 공간이었다.

빠끔히 고개를 내밀던 중년 역무원 아저씨는 없었지만, 반달 구멍의 매표소도, 미닫이 창문 아래 놓인 투박한 대기의 자도, 여전했다. 폐역이 된 이래 그 누구도 손대지 않은 모양이다.

플랫폼에 서니 고즈넉한 공기가 흘렀다. 웃자란 풀들이 유일한 주인이었고, 먼발치의 산에서 뜨문뜨문 들여오는 새 소리가 유일한 소리였다.

"기차사고가 저쪽에서 일어났대요. 알아요?"

"들었어요."

지희는 철로로 내려갔다.

좁디좁은 철로에 올라서서 휘청휘청 걷는 그녀에게 우진이 손을 내밀었다. 버팀목처럼 제 곁에 단단히 서 있는 그의 손을 잡고 철로를 따라 걸었다. 걷는 길이 안정적이었다. 그가 곁에만 있어준다면 아무리 위태로운 길도 평평한 평지 같아질 듯하다.

"다시 보아도 그날 보았던 풍경과 똑같아요. 내 눈과 마음을 홀렸던 풍경."

어느 정도 이동하다, 지희는 철로에 두 발을 대고 주춤주춤 돌아섰다. 눈높이가 비슷해진 그와 마주보고 섰다.

다만 다른 하나.

그가 눈앞에 있다.

지희는 그의 손을 놓고, 그의 넓은 어깨에 양손을 올렸다. 그러자 그가 지희의 허리를 잡았다. 싱긋, 환히 웃으며 상체를 비스듬히 기울여 그의 입술에 쪽 입을 맞추었다. 우진도 어김없이 피식 웃어주었다.

딩동딩동.

갈라지는 철로와 철로 사이에 놓인 키 낮은 검은색 신호

등이 깜박거리며 신호음을 내었다. 곧 기차가 들어온다는 신호였다.

두 사람은 철로에서 나왔다. 손을 잡은 채 인정역 역사 밖 골목을 거닐었다. 사진관 흔적은 전혀 찾을 수 없는 멋스러운 오피스텔 건물에서 잠시 멈추었고, 역전다방이었던 카페 입구를 잠시 구경했다. 그러다 미용실 통창을 멀거니 응시했다. 저 위치에는 인정식당의 맛깔스러운 메뉴가 붙어 있었다.

"저기에 정말 인정식당이 있었을까요? 인정식당 아주머니 순두부 정말 맛있었는데."

정 많고 손맛 좋은 아주머니가 보고 싶다. 이 공간에서 사라진 그곳만의 정취가 그립다. 환상 같은 그곳으로 다시 돌아가지는 못하겠지만.

"나는 있었을 거라 생각해요."

"나도요."

냉큼 동조하는 지희의 볼따구니를 우진이 살짝 꼬집었다. 귀여워서 미치겠는 모양이다. 지희는 새침하게 올려다보며 키득거렸다.

미용실에서 주인으로 보이는 중년 여자가 나왔다. 그녀가 미용실과 연결된 나무 단상에 퍼진 빨래대로 갔다. 고이 널어놓은 수건을 걷는 그녀를 주시하다, 지희는 우진과 눈을 마주쳤다. 가요. 네. 무언으로 대화하고, 두 사람은 돌아섰다.

"김민서!"

그때, 걸쭉한 음성이 들렸다.

김민서. 인정식당 아주머니 딸 이름. 두 사람은 동시에 소리의 방향을 뒤돌아봤다. 미용실 갓길에 멈춘 파랑색 트럭이 보였다. 운전석에서 중년 남자가 미용실 쪽으로 손날을 휘저어댔다.

"야! 김민서!"

"야! 너 내 이름 부르지 말랬지! 내가 낼모레면 쉰이다. 근데 왜 자꾸 이름을 불러!"

미용실 여자가 신경질적으로 윽박질렀다. 중년 남자에게 삿대질하는 몸짓이 누군가를 쏙 빼닮았다. 기억 언저리에 살아 있는 인정식당 아주머니.

"왜 그러냐. 동창끼리 이름을 안 부르면 뭐로 부르냐."

"얼어 죽을 동창은. 네가 얼마나 날 괴롭혔는지 깡그리 잊어버렸냐? 앞으로 정중히 대우하면서 불러!"

"네, 알아 모시겠습니다. 김민서 여사님."

김 여사의 으름장에 중년 남자가 주눅 든 강아지처럼 꼬리를 내렸다. 김 여사는 그가 제 비위를 저리 맞추어도 영 마음에 들어차지 않는 모양이었다. 불평 가득한 눈초리로 흘기고 미용실로 들어가 버렸다. 멋쩍은 남자가 뒷머리를 긁적거리더니 자리를 떴다.

"우진 씨!"

떠나는 트럭을 좇다 말고, 치희는 번뜩 아이디어가 떠올랐다. 영문을 모르는 남자의 다정한 눈길이 내려왔다.

"머리 커트할래요?"

손을 높이 올려 우진의 정수리를 매만졌다. 보드라운 머릿결이 손끝에서 해초처럼 미끄러졌다. 그제야 의도를 알아챈 눈동자가 찌그러졌다.

"아니다. 이 세련된 헤어스타일을 망치면 어떡해."

지희는 곧바로 생각을 고쳐먹었다. 시골 미용실의 솜씨가 어느 정도인지 장담할 수 없으므로.

"나야 묶으면 되니까."

그러곤 휘익, 제 긴 머리카락을 고갯짓으로 넘기고 씩씩하게 미용실로 향했다. 우진의 손가락이 지희 목덜미를 덥석 잡아챘다. 앞으로 가려던 몸뚱이가 반동으로 뒷걸음질 쳤다.

"차라리 내가 자를게요."

그가 의도를 눈치챘다. 지희의 어여쁜 헤어스타일을 망치는 건 그도 용납할 수 없었다.

시험대에 오를 사람을 결정하지 못한 채, 두 사람은 끝내 가위 바위 보를 하면서 미용실로 걸어갔다. 문을 통과함과 동시에 지희의 가위가 우진의 보를 이겼다. 지희는 승리의 주먹을 불끈 쥐었다.

"어서 오세요."

할머니 손님의 파마를 말던 김 여사가 간드러지게 맞이했다. 공연히 긴장한 지희는 입술을 억지로 찌익— 늘렸다. 비스듬히 고개를 기울인 우진이 귓속말로 '어색해요'라고 속닥였다. 얄궂은 그를 설핏 흘겼다.

"우리 미용실에 온 적 있어요?"

소파에 나란히 앉아 다음 차례를 기다리는 그들에게 김 여사가 물었다.

"아니요. 처음 왔는데요."

"그래요? 어째 낯이 익네. 어디서 봤더라."

지희의 대답에 김 여사가 고개를 갸웃거리며 혼잣말했다.

지희와 우진의 초점이 부딪쳤다. 그때의 열일곱 살 민서가 맞을까요? 우리를 알아보는 걸까요? 그럴지도. 초롱초롱한 눈빛 질문을 우진이 바르게 받았다.

"바쁜가."

미용실 문으로 귀밑머리 희끗한 아저씨가 들어왔다. 김 여사가 '이 소장님!' 하고 반색했다. 이 소장이라 불린 아저씨가 지희와 우진을 번갈아 보며 난색을 표했다.

"토요일이라 그런가, 오늘따라 손님이 많구먼. 나 빨리 염색하고 가야 하는데."

"왜요? 바쁜 일 있으세요?"

"오늘 우리 손자 돌잔치가 있어서."

"소장님. 벌써 손자를 보셨어요? 엊그제 큰딸 결혼식 치른 것 같은데."

"기억력도 좋아. 내가 속도위반 딱지는 숱하게 끊었으면서, 우리 딸 속도위반은 미처 단속 못하였네."

"아이고, 소장님! 그러셨어요?"

이 소장의 넉살스러운 비유에 김 여사가 까르르 웃음을 터트렸다. 경망스러운 웃음소리가 영락없이 인정식당 아주머니였다. 지희는 그녀가 민서임을 확신했다.

"그나저나 어째요? 파마는 거의 끝났는데, 커트 손님이 있어서 좀 기다리셔야 해요."

"먼저 하셔도 돼요."

원래 계획에 없던 커트였으므로, 지희는 선뜻 양보했다. 이 소장이 고맙다는 인사를 건네며 거울 자리에 앉았다. 김 여사가 엉덩이를 살랑거리며 자판기에서 커피 두 잔을 뽑아와 지희와 우진에게 건네었다.

"하용훈이가 서울에서 왔대? 봤어?"

"봤죠. 조금 전에도 이 앞을 지나갔어요. 나이 먹어서 그런가. 왜 그리 능글맞게 구는지 모르겠어요."

"방화사건 집행유예 끝나자마자 도망치듯 서울로 갔잖아. 서울에서 한참 고생하고 난 후에 정신 차렸다 하더라고. 우리 파출소로도 인사 왔었어."

방화?

아! 그럼 아까 그 트럭 아저씨가!

"파출소도 인사 갔어요? 진짜 사람 되었네."

지희는 귀동냥으로 듣는 대화를 얼추 파악했다. 트럭에 타고 있던 아저씨는 족제비 인상을 풍기던 방화범 녀석이었고, 염색하는 저 이 소장은 그때 경찰서에서 만났던 이휘철 경장이라는 사실을. 그러고 보니 거울로 비추는 이 소장 인상이 낯익었다. 힐끗 우진을 넘겨보자, 그도 같은 생각이 들었는지 눈썹을 들썩였다.

"아! 그래!"

난데없이 김 여사가 무릎을 쳤다. 그러더니 말똥거리는 지희를 돌아보았다.

"맞네. 그때 날 도와주었던 서울 언니를 닮았네."

"저요?"

"응. 어디서 봤나 했더니, 그 언니를 쏙 닮았어. 아, 옆의 총각도 그때 구해줬던 잘생긴 오빠를 꼭 닮았고. 그 언니 오빠 자식들인가?"

김 여사가, 그 당시 민서가 지희와 우진을 알아보았다.

자식들이 아니라 본인이에요. 지희는 속으로만 대답했다. 당당히 밝히고 싶었으나 과학적으로 설명할 수 있는 근거도 없으므로 굳게 참았다. 그저 모르는 척 도리질했다.

"누굴 말하는 겨?"

이 소장이 김 여사의 눈길을 좇았다. 지희와 우진은 동시에 천연덕스레 어깨를 으쓱했다. 저희는 아무것도 몰라요.

"왜 그 있잖아요. 서울에서 온 언니 오빠. 사진관 불났을 때 할아버지도 구해주고, 하용훈이한테 내가 큰일 당할 때 나도 살려주고. 기억 안 나요?"

"그런가. 나는 영 얼굴이 가물가물해서. 그래도 누구를 말하는지는 알겠네. 기차에서 엄마 잃어버린 꼬맹이를 데려와서 한참 경찰서에 있었거든."

"아시죠?"

"그려. 남다른 사람들이었지. 그런 사람들이 없었지."

"없고말고요. 이 동네 사람들이 얼마나 야박했어요. 할아버지는 외지 사람이라고 텃새부리고, 우리 가족은 과부 딸내미라고 괄시하고. 그런 우리를 유일하게 도와주었던 사람들이었는걸요."

김 여사가 회상에 젖었다.

"우리 엄마는 오죽하면 신이 보내준 사람들이라고 했어요. 하늘에서 보내준 것이 분명하다고."

신이 보내준 사람들.

그들이 듣는지 모르는 채 김 여사가 그들의 이야기를 했다. 지희의 손을 잡은 우진의 손아귀에 힘이 들어갔다.

"팔십 먹은 노인네 가슴에 얼마나 깊게 새겨졌으면, 돌아가시기 직전까지 그 소리를 했어요. 잘 살겠지, 하면서. 나도 맞는 말이라 생각해요. 그 언니 오빠 아니었으면 할아버지도 불 속에서 돌아가셨을 테고, 나도 어찌 되었을지 모르니까. 신이 보내준 사람들이 맞을 거예요."

그녀의 눈길이 한쪽 벽으로 갔다.

노랗게 페인트칠 된 기둥에는 액자가 하나 걸려 있었다. 연세 지긋한 할머니 사진이었는데, 주름이 자글자글한 눈매가 인자했다. 인정식당 아주머니의 눈매였다. 그리웠던 얼굴을 마주하여, 지희는 감격했다.

모두 존재한다.

단발머리 찰랑거리던 민서도, 듬직하게 경찰서를 지키던 이휘철 경장도, 족제비 인상을 풍겼던 양아치 녀석도, 그리고

정이 담뿍 들었던 착한 인정식당 아주머니도 모두 존재하는 사람들이었다.

그리고 지희와 우진은 그때 그곳에 있었다. 그곳에 있던 그들을 기억하는 사람들이 존재한다.

"저희는 다음에 오겠습니다."

조금 더 지체했다가는 눈물을 펑펑 쏟을 지희였다. 울컥거리는 지희의 심경을 알아챈 우진이 지희 손을 잡아끌었다. 지희는 붉어진 눈망울을 내리깔며 그가 이끄는 대로 따랐다.

"아이고, 나 때문에 바쁜 사람들의 시간을 못 맞춘 모양이지?"

"아닙니다."

겸연쩍어하는 이 소장에게 우진이 정중히 대답했다. 그리고 그는 진심으로 머리를 조아렸다.

"감사합니다."

우리를 기억해주셔서 감사합니다. 우리의 기억이 사실임을 알려주셔서 감사합니다.

"해준 것도 없는데 뭘 고맙다고……."

김 여사와 이 소장이 미용실을 나서는 두 사람을 물끄러미 응시했다. 지희는 젖은 눈가를 훔치며 우진과 함께 미용실을 나왔다.

다음에는 조금 더 가벼운 기분으로, 조금 더 가뿐한 걸음으로 와서 진짜 손님이 되어야지. 자신보다 이십 년 이상 커버린(?) 민서에게 머리를 잘라야지.

한때는 인정식당이었으면서, 지금은 미용실이 된 그곳을 떠난 두 사람은 원래의 목적대로 버드나무집으로 갔다. 그리고 앞마당에서 내다보이는 사진관으로 들어가 우진의 가족사진 앞에 섰다.

"우진 씨가 여기 있었는데."

콕, 지희의 손가락이 네 살배기 아이를 짚었다. 4살밖에 안 된 녀석의 인물이 훤하다. 이러니 커서도 준수한 청년이 되었지.

"여기서 할머니를 만났어요. 만약 할머니를 만나지 않았다면 우진 씨의 존재는 아예 몰랐을 거예요."

우진이 혼수상태였던 동안 우진의 할머니는 이곳에서 머물렀다고 했다. 이 근방 절에서 기도를 올리며 우진이 무사히 깨어나길 빌었다고 했다. 그때 지희와 만난 것이었다.

"할머니가 인상이 예쁜 아가씨가 다녀갔다더니, 그게 지희 씨였군요."

"진짜?"

"진짜."

들썩 눈썹을 올리자, 우진도 눈썹을 들썩했다.

사진관에서 나온 지희는 그가 이끄는 길로 갔다. 사진관 옆쪽 공터에는 고고한 나무 한 그루가 세워져 있었다. 고목 줄기에는 고이 새겨진 현판이 걸려 있었다.

「90년 1월 5일. 故 이한복. 편히 잠드소서.」

수목장으로 모셔놓은 우진의 할아버지 나무였다. 즉 사진관 할아버지 나무.

지희는 나무 밑동에다가 가져온 국화꽃다발을 사뿐히 내려놓았다. 그런 후 우진과 함께 깊숙이 묵례했다.

"할아버지. 약속드린 대로 인사 왔습니다. 저희 다음 달에 결혼합니다."

"저희 잘 살게요. 지켜봐주세요."

우진의 의젓한 인사에다 지희는 살갑게 덧붙였다.

볕 좋은 자리의 나무라 붉은 낙엽이 풍성하게 달려 있었다. 바스락거리는 낙엽들이 '그려' 하듯이 하느작하느작 흔들렸다.

"어? 할아버지 성함에도 복福자가 들어가요. 내 이름도 복지祉 복 희禧인데."

"그래요? 내 이름도 복 우祐 참 진眞인데."

현판의 복福자를 가리키며 말하자, 우진도 놀라워했다. 지희는 우리 셋 다 이름에 복福이 들었다면서 특별한 인연인 게 맞다, 고 행복해했다. 우진 역시 흐뭇해했다.

"할아버지가 정말 학자셨어요?"

두런두런 대화를 나누며 한옥으로 걸어가다, 지희는 물었다. 말투나 성정으로 보면 절대 학자처럼 안 보이는데, 라는 속말은 감추고.

"학계에서 괴짜로 유명하셨대요."

"어쩐지."

돌발적으로 괴팍하게 구는 할아버지 모습이 떠올라, 지희는 키득거렸다. 그러곤 유려한 굴곡의 지붕과 아늑한 한옥을 바라보았다. 괴상한 분이었더라도 손자에 대한 사랑은 넘치셨다. 그러니 이렇게 근사한 집도 지으셨지.

"아버지의 별장 겸 작업실이 이곳이었어요. 나는 이미 목적지에 도착해 있었죠."

한옥 안으로 들어가며, 우진이 설명했다.

거실은 그와 함께 했던 공간에서 많이 달라져 있었다. 삼면이 빼곡하게 책이 채워진 책장이 둘러 있었고, 중앙 자리에는 커다란 좌식 테이블이 있었다. 노트북과 여러 권의 노트가 쌓여 있는 테이블을 내려다보며 우진이 입을 열었다.

"아버지가 이곳에서 글을 쓰셨죠."

"할아버지가 손자를 위해 지으신 집이라 하셨는데, 이곳이 우진 씨를 위해 지은 곳이었어요. 그죠?"

"맞아요."

"알았어요?"

"몰랐어요. 아버지도 아마 모르고 계셨을 거예요."

만약 이곳이 할아버지가 손자를 위해 지은 집임을 아셨다면, 당신 마음대로 개조하여 작업실로 만들지는 않았을 것이다. 그럴 만한 성정은 아니다.

한옥 내부를 한 바퀴 둘러본 두 사람은 12월 햇살이 비쳐드는 대청마루에 앉았다. 온화한 기운이 정수리부터 발끝까지 스며들었다.

"아버지에 대해 몰랐던 부분이 많아요. 그래서 당신의 일이 중요하여 가족을 등한시한 분이라 판단했죠. 무던히 묻어두었지만 어린 마음에 서운했던 것 같아요."

할아버지에게 들었던 아들의 이야기는 다름 아닌 우진의 아버지 이야기였다. 아들이 몰랐던 아버지의 사정이었다.

"할아버지가 전해준 이야기로 어느 정도는 아버지를 이해하게 되었어요. 당신이 감내하고 고뇌했을 세월을. 그걸 붙잡기 위해 외면했던 것들에 대해."

"사진관 할아버지가 우진 씨 할아버지였다는 사실이 너무나 신기해요. 할아버지는 손자를 무척 사랑하셨는데, 실제로 손자를 만나신 거잖아요."

지희의 말에 우진의 뇌리에 할아버지와의 대화가 상기되었다.

'나는 우리 손자 서른둘 먹는 걸 보지 못할 테지. 자네가 우리 손자 대신 나랑 밥도 먹어주고, 잠도 자준 것 같아서 나는 고마워.'

그 당시에는 단순한 위안거리의 하나라고 생각했는데, 돌이켜보니 할아버지는 손자를 그 세계에서 만난 것이었다. 서로 닿을 수 없던 연緣이 특별한 힘으로 그 세계에서 이어진 것이다.

"할아버지가 진짜 우리를 중신 서주신 거예요."

"그래요."

그 연緣은 각각 다른 세계에서 살던 두 사람을 연결시켜주었다. 두 사람을 사진관으로 이끌어준 할아버지로 인해.

마치 마법처럼.

"우리에겐 이곳이 현실이었죠?"

지희가 물었다.

빙그르, 입술을 늘린 우진이 깊게 머리를 끄덕였다.

맞다.

다른 이들에게는 그날 일어난 기차사고가 현실이었다면, 우리에게는 이곳이 현실이었다. 그날들이 무엇인지 설명할 수는 없으나 우리 머릿속에서 존재하는 행복한 기억이었다. 우리 사랑은 현실이었다.

바람이 불어왔다.

고운 할아버지 손길처럼 지희의 긴 머리카락을 보듬었고, 우진의 짧은 머리카락을 쓰다듬었다. 귓가로 내려앉는 바람소리가 살가웠다.

사진을 찍다 보면 말이여.

내 눈에 쏙 들어차는 사람들이 있어.

니그들이 딱 그랬어.

따로따로 둘이어도 하나로 보였어.

둘이 같이 세워놓으면 좋은 그림이 나오겠다 싶었지.

그렇게 살아.

눈에 넣어도 안 아플, 그런 그림처럼.

누구에게나
사랑의 순간은 온다,

그리 살아.

오래오래.

그리고

1월 5일.

장수사진관 전시관에는 신랑 이우진과 신부 신지희의 웨딩사진이 걸렸다.

〈完〉

작가 후기

말로는 표현하지 못하는 이야기가 있습니다.

「누구에게나 사랑의 순간은 온다, 마치 마법처럼—이하 마법처럼」은 그런 마음을 고이 담고 담아 써내려간 글입니다. 그렇기에 한 자 한 자 애썼습니다.

조금은 지쳐 있었습니다.

그때, 그런 생각이 들었습니다.

온몸 구석구석 찌든 때를 벗겨내고 과감히 훌훌 떠나는 건 어떨까. 그런 여행은 남은 인생을 살아가는데 있어 큰 윤활유가 되지 않을까.

설사 그 길에 예측할 수 없는 위험이 도사리더라도 필히 극복할 수 있는 희망은 어디에서든 싹틀 테지.

마법처럼, 은 그런 마음으로 출발했습니다. 조금은 지친 나에게 선물이 되어줄 글이길 바라며.

그렇게 열심히 살았지만 제 자리를 잃은 지희가 여행을 떠났고, 바쁜 제 삶에서 자신을 돌아보지 못하였던 우진을 만났습니다. 판타지 같은 그들의 세계에서.

현실에서는 생사의 기로에 선 그들을 지키는 꿋꿋한 가족이 있었습니다. 우리의 가족이 항상 희망의 끈을 놓지 않고 우리를 잡고 있듯이. 우리에게 항상 돌아갈 자리를 만들어주는 가족이.

이 모두에게 있어 희망의 교차점은 오직 하나였습니다.
사랑.
판타지 같은 사랑.

사랑은 판타지 같습니다. 이토록 고귀하고 찬란한 감정을 만들어주는 건 판타지의 일종이라는 생각이 듭니다. 그렇기에 우리의 세상에서는 오래전부터 오래도록 판타지가 존재하고 있습니다.

이 판타지 같은 글은,
혹여 원치 않은 현실로 제 갈 길을 헤매고 있을 당신에게,

혹여 팍팍한 제 자리에 지쳐 고된 당신에게, 혹여 반복되는 일 상으로 무기력해진 당신에게, 그리고 문득문득 웃지 않음을 깨 닫는 당신에게, 조금이나마 작은 선물이 되고 싶습니다.

오직 그 마음 하나로 이 글을 마무리 짓습니다.

이 글을 읽어주신 모든 분들께 깊은 애정과 감사의 인사를 보냅니다.

당신과 나의 인연도 마법 같다는 생각이 듭니다. 당신에게 도 행복한 마법이 일어나길 진심으로 바랍니다.

거듭, 거듭 감사합니다.